DU MÊME AUTEUR

La forme de l'eau (Fleuve Noir, 1998)

CHIEN DE FAÏENCE

DANS LA MÊME COLLECTION

1	*Une ville rose et noire*	Pierre Le Coz
2	*Tout ce qui est à toi...*	Sandra Scoppettone
3	*Rouge, impair et manque*	Eric Knight
4	*Trois jours d'engatse*	Philippe Carrese
5	*Je te quitterai toujours*	Sandra Scoppettone
6	*Mourez, nous ferons le reste*	Christian Cambuzat
	Le flic qui n'avait pas lu Proust (grand format)	Georges Moréas
7	*Cap des Palmes*	Alain Nueil
8	*Faux frère*	Béatrice Nicodème
9	*Filet garni*	Philippe Carrese
10	*Poissons noyés*	Laurence Gough
11	*La solution esquimau*	Pascal Garnier
12	*Juillet de sang*	Joe R. Lansdale
13	*Éloge de la vache folle*	Christophe Claro
14	*Billi Joe*	Jean-Paul Nozière
15	*Le Petit Parisien*	Frank Goyke
16	*Toi, ma douce introuvable*	Sandra Scoppettone
17	*Rafael, derniers jours*	Gregory McDonald
18	*Le doigt d'Horace*	Marcus Malte
19	*Délit de fuite*	Bernard Alliot
20	*Corinne n'aimait pas Noël...*	Jean-Luc Tafforeau
	La vie truquée (grand format)	G.-J. Arnaud
21	*La vie duraille*	J.-B. Nacray
22	*Béton-les-Bruyères*	Olivier Pelou
23	*L'honneur perdu du sergent Rollins*	Nicholas Meyer
24	*La traversée du dimanche*	Boris Schreiber
	Blood posse (grand format)	Phillip Baker
25	*Cyclone*	Alain Nueil
26	*Ligne dure*	Laurence Gough
27	*Pet de Mouche et la princesse du désert*	Philippe Carrese
28	*Le lac des singes*	Marcus Malte

29	*Mortelle déviance*	Frank Goyke
30	*La place du mort*	Pascal Garnier
31	*Toute la mort devant nous*	Sandra Scoppettone
32	*Cœur-Caillou*	Virginie Brac
33	*On a rempli les cercueils avec des abstractions*	Kâa
34	*Un matin à Trieste*	Edith Kneifl
35	*Ultime retour à Berlin*	Silvo Lahtela
36	*Douze et amères* (nouvelles noires)	Collectif
37	*La vie est une marie-salope*	Serguei Dounovetz
38	*Les crimes de la via Medina-Sidonia*	Santo Piazzese
39	*Carnage, constellation*	Marcus Malte
40	*Les faiseurs de crimes*	Eric Frank Russell
41	*Mort à l'hameçon*	Laurence Gough
42	*Tangos*	Jean-Paul Nozière
43	*Le sourire contenu*	Serge Quadruppani
44	*Alice au pluriel* (nouvelles noires)	Collectif
45	*Les insulaires*	Pascal Garnier
46	*Vol au-dessus d'un nid de ripoux*	Frank Goyke
47	*Le navigateur de femmes*	Alain Nueil
48	*Mental*	Kâa
49	*La forme de l'eau*	Andrea Camilleri
50	*Le petit bonheur piégé*	G.-J. Arnaud
51	*Le violoniste vert*	Mario Spezi
52	*Mauvais garçon, garçon mort*	Frank Goyke
53	*Simple comme un coup de fil*	Jason Starr
54	*Un bon petit gars*	Olivier Mau
55	*Trajectoire extrême*	Laura Carolis
56	*Odyssée Odessa*	Serguei Dounovetz
57	*Déjà mort*	Agnès Dahan
58	*Long Island blues*	Sandra Scoppettone
59	*Pollutions* (nouvelles)	Collectif
60	*Chien de faïence*	Andrea Camilleri
61	*Rage campagne*	Olivier Pelou

ANDREA CAMILLERI

CHIEN DE FAÏENCE

*Traduit de l'italien (Sicile)
par Serge Quadruppani
avec l'aide de Maruzza Loria*

Texte proposé par Serge Quadruppani

FLEUVE NOIR

Cet ouvrage est paru sous le titre
Il cane di terracotta
Publié pour la première fois
par Sellerio Editore, Palermo (Italie)

Le Code de la propriété intellectuelle n'autorisant, aux termes de l'article L. 122-5, 2° et 3° a), d'une part, que les « copies ou reproductions strictement réservées à l'usage privé du copiste et non destinées à une utilisation collective » et, d'autre part, que les analyses et les courtes citations dans un but d'exemple ou d'illustration, « toute représentation ou reproduction intégrale ou partielle faite sans le consentement de l'auteur ou de ses ayants droit ou ayants cause est illicite » (art. L. 122-4).
Cette représentation ou reproduction, par quelque procédé que ce soit, constituerait donc une contrefaçon sanctionnée par les articles L. 335-2 et suivants du Code de la propriété intellectuelle.

© 1996, Sellerio Editore, Palermo

© 1999, Éditions Fleuve Noir

ISBN 2-265-06338-X

1

A en juger par la façon dont l'aube se présentait, on pouvait être sûr que la journée serait bancroche, c'est-à-dire faite tantôt d'un déchaînement de la canicule, tantôt de petites crises de pluie glacée, le tout assaisonné de soudaines bourrasques. Une de ces journées où ceux qui sont sensibles aux brusques changements de temps, et en souffrent dans leur sang et leur coucourde, ceux-là sont capables de se mettre à changer sans cesse d'opinion et de direction, comme font les morceaux de fer-blanc découpés en forme de drapeau ou de poule qui tournent en tous sens sur les toits au moindre coup de vent[1].

Le commissaire Salvo Montalbano appartenait depuis toujours à cette malheureuse catégorie humaine, appartenance qui lui avait été en partie transmise par sa mère, une personne assez faible qui souvent s'enfermait dans sa chambre à coucher, dans le

---

[1]. Sur le style de Camilleri, sa langue italo-sicilienne, sa syntaxe particulière, son usage du passé simple, on aura intérêt à se reporter à la préface de *La Forme de l'eau*, premier volet des aventures du commissaire Montalbano, chez le même éditeur, où l'on trouvera aussi nombre de personnages qui réapparaissent ici. *(N.d.T.)*

noir, pour cause de migraine ; alors, à la maison, on devait s'abstenir de faire le moindre bruit, et marcher sur la pointe des pieds. En revanche, son père, par temps de pluie ou de bonace, conservait toujours la même santé, il s'en tenait toujours à la même identique pensée, qu'il pleuve, qu'il vente ou que le soleil brille.

Cette fois encore, le commissaire ne démentit pas les particularités de sa naissance : il avait à peine arrêté l'auto au dixième kilomètre de la provinciale Vigàta-Fela, comme on lui avait dit de le faire, qu'aussitôt lui vint l'envie de redémarrer et de rentrer au village, en envoyant promener l'opération. Il réussit à se maîtriser, gara mieux la voiture au bord de la chaussée, rouvrit le vide-poche du tableau de bord pour prendre le pistolet qu'il ne portait pas sur lui d'habitude. Mais sa main s'immobilisa à mi-chemin : figé, hypnotisé, il continua à fixer l'arme.

« Madone sainte ! C'est vrai ! » pensa-t-il.

Le soir précédent, quelques heures avant qu'arrive le coup de fil de Gegè Gullotta qui avait déclenché tout ce tracassin — Gegè était un petit revendeur de drogues douces et organisateur d'un lupanar à ciel ouvert appelé le Bercail —, le commissaire était en train de lire un roman policier d'un écrivain barcelonais qui l'intriguait beaucoup et qui portait le même nom que lui, mais espagnolisé en Montalbán. Une phrase l'avait particulièrement frappé : « Le pistolet dormait avec son air de lézard froid. » Passablement dégoûté, il retira la main referma la boîte à gants en laissant le lézard à son sommeil.

De toute façon, au cas où l'histoire qui allait commencer devait se révéler un piège, un guet-apens, même s'il avait voulu emporter un pistolet, ces gens-là, ils allaient l'escagasser quand et comme ils voulaient à coups de kalachnikov, au revoir et merci. Il pouvait juste espérer qu'en souvenir des années passées sur les mêmes bancs de l'école élémentaire, et d'une amitié poursuivie dans l'âge adulte, Gegè se soit abstenu de le vendre, par pur intérêt, comme un cochon au boucher, en lui racontant n'importe quelle couillonnade pour le faire tomber dans le piège. D'ailleurs, non, pas vraiment n'importe laquelle : ce serait, si c'était vrai, une grosse affaire, et qui ferait du bruit.

Il poussa un profond soupir et se mit à grimper lentement, sur la pointe des pieds, le long d'un étroit sentier cailloux, entre d'amples étendues de vignes. C'était du raisin de table, au grain rond et ferme, appelé, allez savoir pourquoi, « raisin Italia », le seul qui prenne sur ces terrains, car, pour ce qui est de faire prendre racine à d'autres et de produire du vin sur ces terres-là, mieux valait s'épargner la dépense et le labeur.

Le cabanon à un étage, deux pièces l'une au-dessus de l'autre, se trouvait juste au sommet du coteau, à demi caché par quatre oliviers sarrasins[1] qui l'entouraient presque en entier. Il était tel que Gegè l'avait décrit. Portes et fenêtres barricadées et décolorées,

---

1. Oliviers de très anciennes origines (d'où leur nom), de petite taille, avec des racines fort longues. (*N.d.T.*)

avec sur le devant le gigantesque buisson d'un câprier, et puis d'autres buissons plus petits de melons d'eau sauvages, de ceux qui à peine touchés de la pointe d'un bâton font gicler des graines dans l'air, et enfin un vieux seau de zinc pour puiser l'eau, rendu inutilisable par la rouille qui l'avait partiellement dévoré. L'herbe avait recouvert le reste. Tout concourait à donner l'impression d'un endroit inhabité depuis des années, mais il ne fallait pas se fier aux apparences et l'expérience avait trop appris à Montalbano pour qu'il se laisse abuser. Il était même convaincu que quelqu'un, à l'intérieur du cabanon, était en train de le surveiller, d'évaluer ses intentions d'après ses mouvements. Il s'arrêta à trois pas de la porte, ôta sa veste, la suspendit à une branche d'olivier, de manière qu'on voie qu'il ne portait pas d'arme, et appela sans trop élever la voix, comme un ami venu en trouver un autre.

— Ohé ! Il y a quelqu'un ?

Pas de réponse, pas un bruit. De la poche de son pantalon, le commissaire tira un briquet et un paquet de cigarettes, s'en mit une en bouche et l'alluma, en pivotant pour se placer à contre-vent. Ainsi qui se trouvait à l'intérieur pourrait maintenant l'examiner de dos à son aise, comme il l'avait d'abord observé par-devant. Il tira plusieurs bouffées, puis, d'un pas décidé, alla frapper fort, à coups de poing, pour ne pas se faire mal aux jointures en tapant sur la croûte durcie de peinture qui recouvrait le bois.

— Y a dégun ? insista-t-il.

Il s'attendait à tout, sauf à la voix ironique et calme qui le surprit par-derrière.
— Oui, oui. Je suis là.

***

— Allô, Allô ? Montalbano ? Salvuzzo ! C'est moi. Gegè, je suis.
— J'avais compris, du calme. Comment tu vas, mon petit œil de miel et de fleur d'oranger ?
— Bien, je vais.
— T'as besogné de la bouche ces jours-ci ? Tu te perfectionnes toujours plus dans le pompier ?
— Salvù, commence pas à faire ta folle comme d'habitude. Moi, en tout cas, et tu le sais, je travaille pas, je fais travailler de la bouche.
— Mais c'est pas toi le maître ? C'est pas toi qui apprends à tes radasses de toutes les couleurs comment elles doivent mettre les lèvres, et bien aspirer ?
— Salvù, même si c'était comme tu dis, ce seraient elles qui me donneraient des leçons. A dix ans, elles commencent à apprendre, à quinze, elles sont toutes expertes de première classe. Y a une Albanaise de quatorze ans…
— Tu fais la réclame de ta marchandise ?
— Ecoute, du temps, j'en ai pas beaucoup pour déconner. Je dois te remettre quelque chose, un paquet.
— A cette heure-ci ? Tu ne peux pas me le faire avoir demain matin ?

— Demain, je suis pas au village.

— Tu le sais ce qu'il y a, dans le paquet ?

— Certes, que je le sus. Il y a des *mostazzoli* au vin cuit, ceux qui te plurent. Ma sœur Mariannina les a faits exprès pour toi.

— Comment ça va, ses yeux, à Mariannina ?

— Plutôt mieux. A Barcelone d'Espagne[1], ils ont fait des miracles.

— A Barcelone d'Espagne, ils écrivent aussi des beaux livres.

— Qu'est-ce que tu racontas ?

— Rien. Des trucs à moi, n'y fais pas attention. Où c'est qu'on se voit ?

— A l'endroit habituel, d'ici une heure.

L'endroit habituel était une petite plage de Puntasecca, courte langue de sable sous une colline de marne blanche, presque inaccessible par voie terrestre, ou plutôt accessible seulement par Montalbano et par Gegè qui, depuis l'école élémentaire, avaient découvert un sentier déjà difficile à pied, et carrément périlleux en voiture. Puntasecca s'étendait à quelques kilomètres de la petite villa sur la mer, juste à la sortie de Vigàta, où habitait Montalbano, et celui-ci ne se pressa donc pas. Mais juste à l'instant où il ouvrait la porte pour aller à son rendez-vous, le téléphone sonna.

---

1. *Barcellona di Spagna*, à ne pas confondre avec Barcellona tout court, qui se trouve, comme chacun sait, en Sicile. *(N.d.T.)*

— Bonjour, mon amour. Me voilà, je suis ponctuelle. Comment ça s'est passé aujourd'hui ?
— Les affaires courantes. Et toi ?
— Idem. Ecoute, Salvo, j'ai beaucoup pensé à ce que...
— Livia, excuse-moi de t'interrompre. Je n'ai pas beaucoup de temps, et même je n'en ai pas du tout. Tu m'as pris que j'étais à la porte, je sortais.
— Alors, sors et bonne nuit.

Livia raccrocha et Montalbano resta le combiné en main. Puis il lui revint à l'esprit que le soir précédent, il avait demandé à Livia de l'appeler à minuit parce qu'il aurait certainement le temps de parler tranquille. Il hésita pour savoir s'il rappelait tout de suite à Boccadasse l'élue de son cœur ou bien s'il devait le faire en rentrant après l'entrevue avec Gegè. Avec une pointe de remords, il reposa le combiné et sortit.

Quand il arriva, avec quelques minutes de retard, Gegè l'attendait, il allait et venait avec nervosité le long de son auto. Ils se donnèrent l'accolade et s'embrassèrent, cela faisait un moment qu'ils ne s'étaient plus vus.

— Allons nous asseoir dans ma voiture, cette nuit, il fait friscounet, dit le commissaire.
— Ils m'ont mis au pied du mur, attaqua Gegè, à peine assis.
— Qui ça ?
— Des gens à qui je ne peux rien refuser. Tu sais

que moi, comme tout commerçant, je paie pour besogner en paix et pour éviter qu'on me mette exprès le bordel dans mon bordel à moi. Chaque mois que *u Signuri Iddio*, que le Seigneur Dieu envoie sur la terre, y a quelqu'un qui passe encaisser.

— Pour le compte de qui ? Tu peux me le dire ?
— Il passe pour le compte de Tano u grecu.

Même s'il évita de le lui montrer, la réponse de son ami effara Montalbano. Gaetano Bennici, dit *u grecu*, le Grec, n'avait jamais vu la Grèce, fût-ce à la jumelle, et des choses de l'Hellade, il était aussi ignorant qu'un tube de fonte, mais on l'appelait ainsi à cause d'un certain vice que la rumeur populaire disait extrêmement apprécié dans les parages de l'Acropole. Il avait à coup sûr trois homicides à son actif ; dans le milieu, il occupait le niveau juste au-dessous des grands chefs, mais le commissaire ignorait qu'il opérât dans la zone de Vigàta et des environs. Ici, le territoire était disputé entre les familles Cuffaro et Sinagra. Tano appartenait à une autre paroisse.

— Mais Tano u grecu, qu'est-ce qu'il vient faire dans le coin ?
— Qué connerie de question tu me fais ? Quel genre de flic à la con tu es ? Tu le sais pas, qu'il a été décidé que pour Tano u grecu, il n'y a pas de territoire, pas de zone quand il s'agit de gonzesses ? On lui a donné le contrôle et une prébende sur toutes les radasses de l'île.

— Je ne le savais pas. Continue.
— Vers huit heures ce soir, le gonze habituel est passé pour encaisser, c'était la journée prévue pour

payer. Il a pris les sous que je lui donnais mais, au lieu de se tailler, cette fois, il rouvrit la portière de la voiture et me dit de monter.

— Et toi ?

— Je me suis pris une de ces frousses, j'en ai eu des sueurs froides. Mais qu'est-ce que je pouvais faire ? Je suis monté, et lui il partit. Pour te la faire courte, il prend la route pour Fela, il s'arrête au bout d'une demi-heure, à tout casser.

— Tu lui demandas où il t'emmenait ?

— Bien sûr.

— Et qu'est-ce qu'il a répondu ?

— Il est resté muet, comme si je n'avais rien dit. Au bout d'une demi-heure, il m'a fait descendre dans un coin où il y avait pas âme qui vive, il m'a fait signe de prendre une draille. Y avait pas même un chien qui traînait là. A un certain moment, et je ne sus pas d'où il est sorti, putain, je me retrouvai devant Tano u grecu. Ça m'a fait un coup, j'avais les genoux qui s'entrechoquaient. Comprends-moi, c'est pas de la lâcheté, mais ce type, il en est à cinq homicides.

— Comment ça, cinq ?

— Pourquoi, vous, vous en avez compté combien ?

— Trois.

— Non monsieur, il y en a cinq, garantis sur facture.

— C'est bon. Continue.

— Moi, je me mis tout de suite à gamberger. Vu que j'avais toujours payé régulièrement, j'ai été sûr que Tano voulait augmenter sa part. Des affaires, je ne peux pas me plaindre, et eux, ils le savent. Je me trompais, c'était pas une histoire de sous.

— Qu'est-ce qu'il voulait ?
— Sans même me saluer, il m'a demandé si je te connaissais.

Montalbano crut avoir mal entendu.

— A qui ? Si tu connaissais à qui ?
— A toi, Salvù, à toi.
— Et toi, que dis-tu ?
— Moi, je chiais dans mon froc, je lui répondis que je te connaissais, oui, mais comme ça, bonjour-bonsoir. Il me regarda, tu dois me croire, avec une paire d'yeux qu'on aurait dit ceux des statues, fixes et morts, et puis il a rejeté la tête en arrière, et il s'est marré avec un petit rire. Il m'a demandé si je voulais savoir combien de poils j'avais au cul, à deux unités près. Il voulait me faire comprendre que de moi, il connaissait tout, vie, miracles et mort — la mort, espérons le plus tard possible. Donc j'ai baissé les yeux et j'ai fermé ma gueule. Alors il m'a dit qu'il voulait te voir.

— Quand et où ?
— Demain, dès le petit jour. Où, je te l'explique tout de suite.

— Tu le sais, ce qu'il veut de moi ?
— Ça, je ne le sus pas et je ne voulus pas le savoir. Il a dit de te dire que tu peux te fier à lui comme avec un frère.

Comme avec un frère : ces mots, au lieu de rassurer Montalbano, lui mirent un désagréable frisson dans le dos ; on savait qu'en tête des trois — ou des cinq — homicides de Tano, il y avait eu celui de son frère aîné Nicolino, d'abord étranglé, puis, suivant une mystérieuse règle sémiologique, écorché. Le commissaire sombra dans des idées noires, qui s'obscurcirent encore plus, si possible, aux paroles que Gegè lui murmura, en lui mettant une main sur l'épaule.

— Fais gaffe, Salvù, ce type, c'est un fauve.

***

Il rentrait chez lui en roulant tout doucement quand les phares de la voiture de Gegè qui le suivait lui lancèrent des appels répétés. Il s'arrêta au bord de la route, Gegè se gara et, en se penchant vers la vitre du côté de Montalbano, lui tendit un paquet.

— J'oubliais les *mostazzoli*.
— Merci. Je croyais que c'était un prétexte, une couverture.
— Et moi, tu me prends pour qui ? Pour un qui dit une chose et qui en fait une autre ?

Il accéléra, vexé.

***

Le commissaire passa une nuit du genre qu'on raconte à son médecin. La première pensée qui lui vint fut de téléphoner au questeur[1], de le réveiller et de l'avertir, pour se prémunir contre tous les développements possibles de l'affaire. Là-dessus, comme le lui avait rapporté Gegè, Tano u grecu avait été explicite : Montalbano ne devait ne parler à personne et, au

---

1. *Questore* : équivalent d'un préfet de police. *(N.d.T.)*

rendez-vous, il devait s'y rendre seul. Mais là, il n'était pas question de jouer aux gendarmes et aux voleurs, son devoir était de faire son devoir, c'est-à-dire d'avertir ses supérieurs, de mettre au point avec eux dans les moindres détails les opérations d'encerclement et de capture, peut-être avec l'aide de renforts substantiels. Comme ça, ce type était recherché depuis dix ans, et lui, tranquille et serein, il allait lui rendre visite comme s'il s'agissait d'un ami rentré de « la Mérique » ? Hors de question, il n'y avait pas à tortiller, le questeur devait absolument être mis au courant. Il composa le numéro du domicile de son supérieur à Montelusa, chef-lieu de la province.

— C'est toi, mon amour ? lui dit la voix de Livia depuis Boccadasse, faubourg de Gênes.

Un instant, Montalbano en eut le souffle coupé, visiblement son instinct le portait à ne pas parler avec le questeur et le poussait à faire un mauvais numéro.

— Excuse-moi pour tout à l'heure, j'ai reçu un coup de fil imprévu qui m'a obligé à sortir.

— Laisse tomber, Salvo, je sais quel métier tu fais. Excuse-moi moi, plutôt, de m'être énervée, j'étais déçue.

Montalbano jeta un coup d'œil à sa montre, il avait au moins trois heures devant lui avant d'aller à la rencontre de Tano.

— Si tu veux, on peut parler maintenant.

— Maintenant ? Excuse-moi, Salvo, c'est pas par représailles, mais je préférerais pas. J'ai pris un somnifère, j'ai du mal à garder les yeux ouverts.

— D'accord, d'accord. A demain. Je t'aime, Livia.

La voix de Livia changea, tout d'un coup réveillée et inquiète.

— Hein ? Qu'est-ce qu'il y a ? Qu'est-ce qu'il y a, Salvo ?

— Rien, il y a. Qu'est-ce qu'il devrait y avoir ?

— Ah non, mon cher, tu me racontes des salades. Tu dois faire quelque chose de dangereux. Ne me laisse pas dans l'inquiétude, Salvo.

— Mais où est-ce que tu vas chercher tes idées, des fois ?

— Dis-moi la vérité, Salvo.

— Je ne fais rien de dangereux.

— Je ne le crois pas.

— Mais pourquoi, bon sang du Christ ?

— Parce que tu m'as dit « je t'aime ». Toi, depuis que nous nous connaissons, tu ne me l'as dit que trois fois, j'ai compté, et chaque fois, il y avait quelque chose de pas catholique.

La seule façon de s'en sortir, c'était de couper, sinon, avec Livia, ça pouvait durer jusqu'au matin.

— Au revoir, mon amour, dors bien. Ne sois pas bête. Au revoir, je dois ressortir encore.

Et maintenant, que faire pour passer le temps ? Il prit une douche, lut quelques pages du livre de Montalbán sans y comprendre grand-chose, rousina d'une pièce à l'autre, redressant ici un tableau, relisant là une lettre, une facture, une note, touchant tout ce qu'il trouvait à portée de la main. Il reprit une douche, se rasa en se coupant pile sur le menton. Il alluma la télé et l'éteignit aussitôt, ça lui donnait envie de vomir. Enfin, ce fut l'heure. Sur le point de sortir, il voulut porter à sa bouche un *mostazzolo* au vin cuit. Avec une stupeur sincère, il s'aperçut que le paquet sur la table avait été ouvert et que sur le plateau de carton, il n'y avait plus un seul gâteau. Sous l'effet de la nervosité, il se les était tous mangés sans faire attention. Et le pire, c'était qu'il n'y avait pris aucun plaisir.

2

Montalbano se tourna lentement, comme pour compenser la fureur sourde et soudaine qu'il éprouvait à s'être ainsi laissé surprendre par-derrière comme un débutant. Il avait eu beau se tenir sur ses gardes, il n'avait pas perçu le moindre bruit.

« Un à zéro en ta faveur, cornard ! » pensa-t-il.

Quoiqu'il ne l'eût jamais vu en chair et en os, il le reconnut tout de suite : par rapport aux fiches signalétiques d'il y a quelques années, Tano s'était fait pousser la barbe, mais les yeux étaient toujours ceux, dépourvus de toute expression, « d'une statue », comme l'avait dit efficacement Gegè.

Tano u grecu s'inclina légèrement et il n'y avait pas dans son geste le plus lointain soupçon de *scòncica*, de moquerie. Machinalement, Montalbano lui rendit une demi-courbette. Tano rejeta la tête en arrière et rit.

— On ressemble à deux Japonais, ceux avec l'épée et la cuirasse. Comment ils s'appellent ?

— Des samouraïs.

Tano écarta les bras, comme s'il voulait embrasser l'homme qui se tenait devant lui.

— Quel plaisir de connaître pirsonnellement en pirsonne le célèbre commissaire Montalbano.

Montalbano décida d'en finir avec les cérémonies et d'attaquer tout de suite, au moins pour mettre la rencontre sur le bon terrain.

— Je ne sais pas si vous pourrez avoir beaucoup de plaisir à faire ma connaissance.

— Un plaisir, en attendant, vous me le faites.

— Expliquez-vous.

— Vous me vouvoyez, ça vous semble rien ? Il n'y a jamais eu un seul flic, je dis bien un, et j'en ai rencontré beaucoup, qui m'ait vouvoyé.

— Vous vous rendez compte, j'espère, que je représente la loi, alors que vous, vous êtes un criminel recherché, dangereux et accusé de plusieurs meurtres ? Et nous nous trouvons face à face.

— Moi, je suis sans arme. Et vous ?

— Moi aussi.

Tano rejeta de nouveau la tête en arrière, et rit à gorge déployée.

— Jamais, je me trompe sur les pirsonnes, jamais !

— Armé ou pas, je dois quand même vous arrêter.

— Et moi, je suis là, commissaire, pour me faire arrêter par vous. C'est pour ça que j'ai voulu vous voir.

Il était sincère, pas de doute, mais ce fut justement cette sincérité sans réserve qui poussa Montalbano à se tenir sur ses gardes, car il ne réussissait pas à comprendre où Tano voulait en venir.

— Vous pouviez aller vous constituer prisonnier au commissariat. Ou à Vigàta, c'est la même chose.

— Eh non, *duttureddru*[1], ce n'est pas la même chose, ça m'étonne de vous qui savez lire et écrire, les mots ne sont pas pareils. Moi, je me fais arrêter, je me constitue pas prisonnier. Prenez votre veste, qu'on aille parler à l'intérieur, moi, pendant ce temps, je rouvre la porte.

Montalbano décrocha la veste du rameau d'olivier, se la mit sur le bras, entra dans le cabanon à la suite de Tano. A l'intérieur régnait une obscurité complète, u grecu alluma une lampe à pétrole, fit signe au commissaire de s'asseoir sur un des deux sièges placés près d'une petite table. Dans la chambre, il y avait un sommier avec un matelas nu, sans oreiller ni drap, un buffet vitré contenant des bouteilles, des verres, des galettes, des assiettes, des paquets de pâtes, des boîtes de sauce tomate, d'autres boîtes. Au-dessus d'une cuisinière à bois étaient suspendues des marmites et des poêles. Un escalier de bois bancal conduisait à l'étage supérieur. Mais les yeux du commissaire s'arrêtèrent sur un animal nettement plus dangereux que le lézard qui dormait dans la boîte à gants de sa voiture ; celui-là, c'était un vrai, un véritable serpent venimeux, une

---

1. Equivalent de *Dottore*, c'est-à-dire « docteur » en sicilien. Rappelons qu'en Italie, suivant un usage qui commence à peine à reculer, on attribue toutes sortes de titres et que celui de docteur est donné libéralement à toutes les personnes qui ont fait des études supérieures. *Duttureddru* est sicilien, *dutturi* (plus loin) appartient à ce niveau de langue qu'on peut appeler l'italien sicilianisé qu'emploie la plupart du temps Camilleri et qui est parfois abrégé (encore plus loin) en *duttù*. Quant au *dottori* de Catarella, c'est sa création dans cette langue qu'il appelle le « talien ». *(N.d.T.)*

mitraillette qui somnolait debout, appuyée au mur, à côté du sommier.

— J'ai du bon vin, annonça Tano, en vrai maître de maison.

— Oui, merci, dit Montalbano.

Entre le froid, la nuit blanche, la tension, le kilo et quelques de *mostazzoli* qu'il s'était envoyé, il ressentait vraiment le besoin d'un peu de vin.

U grecu les servit, leva son verre.

— A votre santé.

Le commissaire leva le sien, rendit le souhait.

— A la vôtre.

Le vin était digne de considération, il glissait dans la gargoulette que c'était une merveille, et en passant répandait chaleur et réconfort.

— Vraiment bon, apprécia Montalbano.

— Un autre ?

Le commissaire, pour ne pas céder à la tentation, éloigna son verre d'un geste brusque.

— On parle ?

— Parlons. Donc, je vous ai dit que j'ai décidé de me faire arrêter…

— Pourquoi ?

La question de Montalbano, tirée à bout portant, déconcerta son interlocuteur. Cela dura une seconde, puis il se reprit.

— J'ai besoin de me faire soigner, je suis malade.

— Vous permettez ? Etant donné que vous pensez bien me connaître, vous saurez aussi que je suis pas le genre de pirsonne qui se laisse foutre de sa gueule.

— J'en suis persuadé.

— Alors, pourquoi me manquer de respect et me raconter des couillonnades ?

— Vous le croyez pas, que je suis malade ?

— Je le crois. Mais la couillonnade que vous voulez me faire avaler, c'est que pour vous faire soigner, vous ayez besoin de vous faire arrêter. Si vous voulez, je m'explique. Vous avez déjà été hospitalisé pendant un mois à la clinique Madonna di Lourdes de Palerme, et puis pour trois mois à la clinique Getsemani de Trapani, où le professeur Amerigo Guarnera vous a aussi opéré. Si vous le voulez, aujourd'hui même, bien que les choses aient un peu changé depuis quelques années, vous trouverez plusieurs cliniques prêtes à fermer les yeux et à ne pas signaler votre présence à la police. Donc la raison pour laquelle vous voulez vous faire arrêter n'est pas la maladie.

— Si je vous disais que les temps changent et que la roue tourne ?

— Ça, ça me convainc davantage.

— Voyez-vous, mon pauvre père, qui était homme d'honneur à une époque où le mot « honneur » voulait dire quelque chose, il m'a expliqué, quand j'étais minot, que la carriole sur laquelle voyageaient les hommes d'honneur avait besoin de beaucoup de graisse pour que les roues tournent, pour qu'elles aillent vite. Et puis, la génération de mon père disparue, quand ça a été mon tour de monter sur la carriole, quelques-uns des nôtres ont dit : « Mais pourquoi devons-nous continuer à prendre la graisse qu'il nous faut chez les politiciens, les maires, ceux qui ont les banques et tous ces beaux messieurs ? Fabriquons-la nous-mêmes, la graisse qu'il nous faut ! » Bien ! Bravo ! Tout le monde d'accord. Certes, il y en avait toujours un qui volait le cheval du compagnon, ou qui interdisait une route à son associé, qui se mettait à tirer au jugé sur la carriole, le cheval et le cavalier d'une autre compagnie... Mais toutes ces choses, on pouvait les régler entre nous. Les carrioles se multiplièrent, il y eut de nombreuses routes à suivre. A un certain moment, un grand génie accoucha d'une belle idée, il se demanda ce que ça voulait dire de continuer à aller en carriole. « Nous sommes trop lents, expliqua-t-il, on nous baise sur la vitesse, tout le monde maintenant va en voiture, on peut pas arrêter le progrès ! » Bien ! Bravo ! Et tous de courir pour échanger la carriole contre une automobile, pour se prendre le permis. Mais quelques-uns, ils ont pas réussi à passer l'examen de l'auto-école et ils sont sortis, ou on les a fait sortir, de la route. On n'a même pas eu le temps de se prendre confiance avec la voiture neuve que déjà, les plus minots d'entre nous, qui allaient en automobile depuis leur naissance et qui avaient étudié la *Liggi* ou l'économie à la Mérique ou en Allemagne, nous firent savoir que nos voitures étaient trop lentes, qu'au jour d'aujourd'hui, il fallait sauter dans une voiture de course, une Ferrari, une Maserati, équipée avec radiotéléphone et fax, et savoir partir comme l'éclair. Ces minots sont tout neufs, ils te connaissent même pas, ils ne savent pas qui tu as été, et s'ils le savent, ils s'en foutent allègrement : ils se connaissent même pas entre eux, ils parlent qu'avec leur ordinateur. En bref, ces minots, ils regardent personne, à peine ils te voient en difficulté avec une voiture lente, ils te balancent hors de la route sans se casser plus que ça, et toi tu te retrouves dans le fossé, refait jusqu'au trognon.

— Et vous, les Ferrari, vous savez pas les conduire.

— Exact. Donc, plutôt que de mourir dans un fossé, il vaut mieux que je me mette de côté.

— Mais vous me semblez pas du genre qui se retire de son propre chef.

— De mon propre chef, je vous assure, commissaire, de mon propre chef. Bien sûr, il y a manière et manière de convaincre une pirsonne d'agir librement de son propre chef. Une fois, un ami qui lisait beaucoup et qui en avait dans la coucourde, m'a raconté une histoire que je vous raconte tout pareil. Il l'avait lue dans un livre allemand. C'est un homme qui dit à son ami : « Tu paries que mon chat, il se mange la moutarde forte, du genre de celle qui te fait un pertuis dans le ventre ? — Les chats, ils aiment pas ça, la moutarde, dit l'ami. — Et en fait, à mon chat, je la lui fais manger, répond l'homme. — Tu la lui fais manger à coups de pied et de bâton ? demande l'ami. — Non monsieur, sans violence, il se la mange librement, de son propre chef. » Ils parient, et l'homme prend une bonne cuiller de moutarde, de celle que rien qu'à la regarder, ça t'emporte la bouche, il chope le chat et, paf ! il lui enfile la moutarde au cul. Le pauvre chat, qui se sent le cul qui lui brûle, se met à le lécher. Lèche que je te lèche, il se mange, librement, de son propre chef, la moutarde. Et voilà tout, cher monsieur.

— J'ai très bien compris. Maintenant reprenons par où on avait commencé.

— Je vous disais que moi, je me fais arrêter, mais j'ai besoin d'un peu de théâtre pour sauver la face.

— Je ne comprends pas.

— Maintenant, je vais vous expliquer.

Il s'expliqua en long, en large et en travers, en buvant de temps en temps un verre de vin. A la fin, Montalbano fut convaincu. Mais pouvait-on se fier à Tano ? C'était là que ça se corsait. Montalbano, dans sa jeunesse, aimait jouer aux cartes, puis heureusement, ça lui était passé : il sentait donc que l'autre jouait avec des cartes non biseautées, sans tricher. Il lui fallait bien se fier à cette sensation, en espérant ne pas se tromper. Minutieusement, pinailleusement, ils mirent au point les détails de l'arrestation pour éviter que quoi que ce soit aille de travers. Quand ils finirent de parler, le soleil était déjà haut. Avant de sortir du cabanon, et de frapper les trois coups de la comédie, le commissaire fixa longuement Tano dans les yeux.

— Dites-moi la vérité.

— A vos ordres, *dutturi* Montalbano.

— Pourquoi vous m'avez choisi, précisément à moi ?

— Parce que vous, et vous êtes en train de le démontrer, vous êtes du genre qui les comprend, les choses.

Tandis qu'il descendait ventre à terre le sentier entre les vignes, Montalbano se rappela qu'au commissariat, il devait y avoir Agatino Catarella de garde et que, donc, la conversation téléphonique qu'il s'apprêtait à entamer serait au minimum difficile, sinon source de malheurs et de dangers équivoques. Ce Catarella n'était pas vraiment l'homme de la situation. Lent à comprendre, lent à agir, il avait certainement été pris dans la police grâce à une lointaine parenté avec l'ex-omnipotent député Cusumano qui, après avoir passé un été au frais à l'Ucciardone[1], avait su renouer des liens avec les nouveaux puissants au point de se retrouver une grosse part de gâteau, de ce gâteau qui, miraculeusement, de temps en temps, se renouvelait, il suffisait de changer quelques fruits confits ou de mettre des bougies neuves à la place de celles qui étaient déjà consumées.

Avec Catarella, les choses s'embrouillaient encore plus s'il lui venait la lubie, et elle lui venait souvent, de se mettre à parler dans ce qu'il appelait le « talien ».

Un jour, il s'était présenté avec une tête de circonstance.

— *Dottori*, est-ce que, par hasard, vous pussiez porter à ma connaissance le nom d'un de ces médecins, ceux qui sont spécialistes ?

---

1. Prison de Palerme, séjour de mafieux en attente de jugement. (*N.d.T.*)

— Spécialistes de quoi, Catarè ?
— De maladies vénériennes.
La bouche de Montalbano en avait béé de stupeur.
— Toi ? Une maladie vénérienne ? Et quand est-ce que tu te l'es attrapée ?
— Moi, je me souviens que cette maladie, elle m'est venue quand j'étais encore minot, j'avais juste six ou sept ans.
— Mais qu'est-ce que tu me racontes comme connerie, Catarè ? Tu es sûr qu'il s'agit d'une maladie vénérienne ?
— Très, très sûr, docteur. J'ai les veines toutes gonflées. Une maladie vénérienne.

En voiture, en route vers une cabine téléphonique qui devrait se trouver vers le croisement de Torresanta (elle devrait s'y trouver, à moins que le combiné ait été fauché, ou que l'appareil entier ait été volé, ou que la cabine elle-même ait disparu), Montalbano décida de ne pas même appeler son adjoint, Mimì Augello, parce que c'était le genre de type, il ne pouvait pas s'en empêcher, en tout premier lieu, il aurait averti les journalistes, en feignant ensuite de s'étonner de leur présence. Ne restaient plus que Fazio et Tortorella, les deux brigadiers ou comment diable on les appelait maintenant. Il choisit Fazio, car Tortorella, quelque temps auparavant, avait reçu un coup de feu dans le ventre et il ne s'était pas encore remis, parfois la blessure lui faisait mal.

La cabine, par miracle, était encore là, le téléphone par miracle fonctionnait et Fazio répondit alors que la deuxième sonnerie n'était pas encore terminée.

— Fazio, t'es déjà réveillé à cette heure-ci ?

— Eh oui, *duttù*. Y a pas une minute que Catarella m'a téléphoné.

— Qu'est-ce qu'il voulait ?

— De ce qu'il a dit, j'ai pas compris grand-chose. D'après ce que j'ai saisi, il me semble que cette nuit, on a dévalisé le supermarché de Carmelo Ingrassia, le grand qui se trouve un peu hors du pays. Ils y sont allés au moins avec un poids lourd ou un gros camion.

— Le gardien de nuit n'était pas là ?

— Il y était, mais il ne s'y trouve pas.

— Tu étais en train d'y aller ?

— Eh oui.

— Laisse tomber. Téléphone tout de suite à Tortorella, dis-lui qu'il avertisse Augello. Qu'ils y aillent tous les deux. Dis-lui que toi, tu ne peux pas le faire, raconte-lui n'importe quelle couillonnade, que t'es tombé du berceau et que t'es cogné la tête. Et puis non : dis-lui que les carabiniers sont venus t'arrêter. Mieux, téléphone et dis-lui d'avertir les carabiniers, de toute façon, c'est une affaire de rien du tout, une connerie de vol, et les gendarmes seront contents qu'on les appelle à collaborer. Maintenant, écoute-moi : une fois que t'as averti Tortorella, Augello et les militaires, tu appelles Gallo, Galluzzo[1] — Sainte

---

1. Gallo et Galluzzo, deux hommes de Montalbano dont les noms se traduisent par « poulet » et « petit poulet ». *(N.d.T.)*

Mère, j'ai l'impression d'être dans un poulailler — et Germanà, et vous venez où je vais vous dire. Vous vous armez tous de mitraillettes.

— Putain !

— Putain, voui môssieur. C'est une grosse affaire qui doit être menée avec prudence, personne ne doit laisser échapper le moindre mot, surtout Galluzzo avec son beau-frère le journaliste. Recommande à cette tête de poulet de Gallo de ne pas conduire comme à Indianapolis. Pas de sirène, pas de gyrophare. Quand il y a de l'écume, des mouvements d'eau, le poisson s'enfuit. Et maintenant fais attention, que je t'explique où vous devez venir.

Ils arrivèrent en silence, à peine une demi-heure après le coup de fil, on eût dit une patrouille normale. Descendus de l'auto, ils se dirigèrent vers Montalbano qui leur fit signe de le suivre. Ils se regroupèrent derrière une maison à demi détruite, de sorte qu'on ne pouvait les voir de la provinciale.

— Dans la voiture, j'ai une mitraillette pour vous, dit Fazio.

— Tu peux te la mettre au cul. Ecoutez-moi : si on sait bien jouer la partie, il est possible qu'on ramène à la maison Tano u grecu.

Montalbano perçut, littéralement, que ses hommes avaient cessé un instant de respirer.

— Tano u grecu par ici ? s'étonna Fazio qui s'était remis le premier.

— Je l'ai vu de mes yeux, il est là-dedans, il s'est laissé pousser la barbe et la moustache mais on le reconnaît quand même.

— Et vous, comment vous l'avez rencontré ?

— Fazio, ne me les casse pas, je t'explique tout après. Tano est dans un cabanon en haut de cette montagnette, d'ici, on le voit pas. Tout autour, il y a des oliviers sarrasins. La maison est faite de deux pièces l'une au-dessus de l'autre. Sur le devant, il y a une porte et une fenêtre, il y a une autre fenêtre dans la pièce de dessus, mais elle donne sur l'arrière. Je me suis bien expliqué ? Vous avez tout compris ? Tano n'a pas d'autre issue pour sortir que la porte, ou alors, il lui faut tenter le coup désespéré de se jeter par la fenêtre d'en haut, mais il risque de se casser une jambe. Faisons comme ça. Fazio et Gallo vont derrière ; moi, Germanà et Galluzzo, on défonce la porte et on entre.

Fazio prit un air dubitatif.

— Qu'est-ce qu'il y a ? Tu n'es pas d'accord ?

— Il vaut pas mieux cerner la maison et lui dire de se rendre ? Nous sommes à cinq contre un, il ne s'en sortira pas.

— Tu es sûr qu'à l'intérieur, il y a pas quelqu'un d'autre avec lui ?

Fazio garda le silence.

— Ecoutez-moi, dit Montalbano pour conclure le bref conseil de guerre. Il vaut mieux que nous lui fassions découvrir l'œuf de Pâques par surprise.

3

Montalbano calcula que depuis cinq minutes au moins, Fazio et Gallo devaient s'être mis en place derrière le cabanon ; quant à lui, étendu à plat ventre au milieu de l'herbe, pistolet au poing, avec une pierre qui se pressait désagréablement juste contre le pylore, il se sentait profondément ridicule, il lui semblait être devenu un personnage de film de gangsters et il attendait avec impatience le moment de frapper les trois coups. Il regarda Galluzzo qui se tenait à côté de lui — Germanà était plus loin, vers la droite — et il lui chuchota :

— T'es prêt ?

— Oui, oui, répondit l'agent qui, ça se voyait, n'était plus qu'une pelote de nerfs suante.

Montalbano en eut de la peine pour lui, mais il ne pouvait certes pas aller lui raconter qu'il s'agissait d'une mise en scène, à l'issue douteuse, certes, mais toujours bidon.

— Vas-y ! ordonna-t-il.

Comme lancé par un ressort comprimé à l'extrême, sans presque toucher terre, en trois sauts, Galluzzo arriva au cabanon, s'aplatit contre le mur à gauche de la porte. Cela ne semblait pas lui avoir coûté d'efforts, mais le commissaire vit sa poitrine palpiter sous l'effet de l'essoufflement. Galluzzo empoigna fermement la mitraillette et fit signe au commissaire qu'il était prêt pour la deuxième partie. Alors Montalbano se tourna vers Germanà qui semblait non seulement serein, mais carrément détendu.

« J'y vais », dit-il sans un son, en articulant et en accentuant le mouvement des lèvres.

« Je vous couvre », répondit Germanà de la même manière, en montrant d'un mouvement de la tête la mitraillette qu'il tenait entre les mains.

Le premier saut en avant du commissaire fut, sinon d'anthologie, du moins digne du manuel : un élan le détachant de la terre, décidé et équilibré, digne d'un spécialiste du saut en hauteur, une suspension d'une légèreté aérienne, un atterrissage net et convenable qui aurait émerveillé un danseur. Galluzzo et Germanà, qui le fixaient de différents points de vue, se réjouirent également de la prestance de leur chef. Le départ du deuxième bond fut encore mieux calibré que le premier, mais dans le moment de la lévitation, il se passa quelque chose qui fut cause que, tout à coup, Montalbano, qui était droit, s'inclina de côté comme la tour de Pise, et que la retombée fut un véritable numéro de clown. Après avoir oscillé en écartant les bras à la recherche d'un appui impossible, il s'écroula pesamment sur le côté. D'instinct, Galluzzo bougea pour lui porter secours, s'arrêta à temps, se recolla contre le mur. Même Germanà se releva brusquement, puis se rabaissa.

Heureusement que tout ça est bidon, pensa le commissaire, autrement Tano aurait pu à ce moment-là les faire tomber comme des quilles. En crachant les blasphèmes les plus substantiels de son vaste répertoire, Montalbano, à quatre pattes, se mit à chercher le pistolet qui, dans sa chute, lui avait échappé des mains. Enfin, il l'aperçut sous un buisson de melons d'eau sauvages ; à peine y glissa-t-il le bras pour rattraper l'arme que tous les melons éclatèrent et lui inondèrent le visage de graines. Avec une certaine tristesse rageuse, le commissaire se rendit compte qu'il avait été déclassé du rôle de héros de film de gangsters à celui d'un personnage de Gianni et Pinotto. Maintenant, il ne se sentait plus de jouer ni les athlètes, ni les danseurs, et il parcourut donc les quelques mètres qui le séparaient du cabanon d'un pas rapide, en se tenant à peu près plié en deux.

En se regardant dans les yeux, Montalbano et Galluzzo se parlèrent sans prononcer un mot et se mirent d'accord. Ils se placèrent à trois pas de la porte, qui ne semblait pas particulièrement résistante, prirent leur respiration et se jetèrent contre elle de tout le poids de leur corps. La porte se révéla faite de papier pelure ou presque, une gifle aurait suffi à la faire céder, et tous deux se trouvèrent projetés à l'intérieur. Le commissaire réussit à s'arrêter par miracle, mais Galluzzo, emporté par la vigueur de sa propre poussée, traversa la pièce entière et alla heurter son visage contre le mur, s'écrasant le nez et restant à demi suffoqué par le sang qui avait commencé à jaillir violemment. Dans la lumière rare de la lampe à pétrole que Tano avait laissée allumée, le commissaire put admirer l'art d'acteur consommé d'u grecu. Feignant d'être surpris dans son sommeil, il bondit sur ses pieds en criant des injures et se précipita vers la kalachnikov qui, maintenant, était appuyée contre la table et donc éloignée du sommier. Montalbano se hâta de jouer son rôle de dos, comme on dit au théâtre.

— Arrête ! Au nom de la loi, arrête ou je tire ! criat-il à pleins poumons, et il tira quatre coups de feu dans le plafond.

Tano s'immobilisa, bras levés. Persuadé que dans la pièce du haut, quelqu'un se cachait, Galluzzo tira une rafale de mitraillette vers l'escalier de bois. Audehors, Fazio et Gallo, en entendant cette fusillade, ouvrirent un feu d'intimidation contre le fenestron. A l'intérieur, tous étaient encore pétrifiés par les détonations quand Germanà arriva pour la charge de la brigade légère :

— Arrêtez tous, ou je tire.

Il n'eut même pas le temps de finir de lancer sa menace qu'il fut poussé dans le dos par Fazio et par Gallo, et contraint de s'aligner entre Montalbano et Galluzzo qui, ayant posé sa mitraillette, avait tiré de sa poche un mouchoir avec lequel il essayait de s'éponger le nez, tandis que le sang lui détrempait la chemise, la cravate, la veste. En le voyant, Gallo s'énerva.

— Il t'a tiré dessus ? Il t'a tiré dessus, hein, ce cornard ? demanda-t-il, furieux, en se tournant vers Tano qui attendait toujours, les bras levés, avec une patience d'ange, que les forces de l'ordre mettent de l'ordre dans le bordel qu'elles étaient en train de mettre.

— Non, il m'a pas tiré dessus. Je me suis cogné contre le mur, articula à grand-peine Galluzzo.

Tano ne regardait personne, il examinait la pointe de ses chaussures.

« Il va éclater de rire », pensa Montalbano, et il donna un ordre sec :

— Passe-lui les menottes.

— C'est lui ? demanda Fazio à voix basse.

— C'est lui, tu ne le reconnais pas ? répondit Montalbano.

— Qu'est-ce qu'on fait, maintenant ?

— Mettez-le dans la voiture et conduisez-le à la questure, à Montelusa. En chemin, appelle le questeur, tu lui expliques tout et tu te fais dire ce que vous devez faire. Faites attention que personne ne le voie ni ne le reconnaisse. Pour l'instant, l'arrestation doit rester absolument secrète. Allez.

— Et vous ?

— Moi, je jette un coup d'œil à la maison, je la perquisitionne, on ne sait jamais.

Fazio et les agents, qui encadraient Tano menotté, se dirigèrent vers la porte. Germanà portait la kalachnikov du prisonnier. Alors seulement, Tano u grecu leva la tête et un instant croisa le regard de Montalbano. Le commissaire s'aperçut que le regard « de statue » avait disparu. A présent, ses yeux étaient animés, presque rieurs.

Quand le groupe des cinq, au bout du sentier, disparut à sa vue, Montalbano rentra dans le cabanon pour commencer la perquisition. En fait, il ouvrit le buffet, prit la bouteille de vin encore à demi pleine et la porta à l'ombre de l'olivier pour se la siffler en paix. La capture du dangereux criminel en cavale avait été menée à bien.

**

A peine Mimì Augello, qui paraissait possédé du diable, vit-il apparaître Montalbano dans son bureau, qu'il la traîna plus bas que terre :

— Mais où étais-tu ? Où étais-tu allé te cacher ? Où sont passés les autres hommes ? Mais tu trouves que c'est des façons de faire, bordel de putain de merde ?

Il devait être vraiment fou de rage pour se mettre à déparler : depuis trois ans qu'ils travaillaient ensemble, jamais le commissaire n'avait entendu son adjoint dire des gros mots. Ah si, une fois seulement : quand un con avait tiré dans le ventre de Tortorella, il avait réagi de la même manière.

— Mimì, qu'est-ce qui te prend ?

— Comment, qu'est-ce qui me prend ? La frousse, j'ai eu la frousse !

— Tu as eu peur ? Et de quoi ?

— Ici, il y a eu au moins six personnes qui ont téléphoné. Elles racontaient toujours des choses qui différaient dans le détail, mais toutes étaient d'accord sur l'essentiel, il y avait eu un affrontement armé avec des morts et des blessés. Un des correspondants parlait d'une boucherie. Toi, tu n'étais pas chez toi, Fazio et les autres étaient sortis avec la voiture sans rien dire à personne... j'ai pensé que deux et deux faisaient quatre. J'ai eu tort ?

— Non, tu n'as pas eu tort. Mais c'est pas à moi qu'il faut t'en prendre, c'est au téléphone, c'est à cause de lui.

— Quel rapport, le téléphone ?

— Il y a un rapport, ça tu peux être sûr ! Parce que, aujourd'hui, le téléphone se trouve même dans la dernière cabane au fond de la cambrousse. Et alors, qu'est-ce qu'ils font, les gens qui ont le téléphone à portée de main ? Ils téléphonent. Ils racontent des choses vraies, des choses imaginées, des choses possibles, comme des choses impossibles, des choses rêvées, comme dans la comédie d'Eduardo, comment ça s'appelle, ah, *Les Voix de l'intérieur*, ça gonfle, ça se dégonfle et toujours sans jamais dire les noms et prénoms de ceux qui ont parlé. Ils font les numéros verts, ceux auxquels on peut raconter les pires couillonnades en ce bas monde sans en assumer la responsabilité ! Et pendant ce temps, les experts en mafia s'enthousiasment : en Sicile, l'*omertà* est en recul, la complicité aussi, la peur aussi ! Mon cul, oui, y a rien en recul, y a juste la note de téléphone qui est en augmentation.

— Montalbà, ne m'embrouille pas avec tes bavardages ! C'est vrai qu'il y a eu des morts et des blessés ?

— Rien du tout. Il n'y a pas eu d'affrontement, nous avons juste tiré en l'air, Galluzzo s'est emmouscaillé le nez tout seul, et l'autre s'est rendu.

— L'autre qui ?

— Un type recherché.

— Oui, mais qui ?

L'arrivée de Catarella hors d'haleine lui ôta l'embarras de répondre.
— *Dottori*, il y aurait au téléphone M. le questeur.
— Je te le dis après, lança Montalbano en plongeant dans son bureau.

*
* *

— Très cher ami, je vous appelle pour vous présenter mes plus vives félicitations.
— Merci.
— Vous avez réussi un joli coup, vous savez !
— Nous avons eu de la chance.
— Il semble que le personnage en question soit nettement plus important que ce que lui-même a voulu faire apparaître.
— Où est-il actuellement ?
— En route pour Palerme. A l'Antimafia, ils l'ont voulu ainsi, il n'y a pas eu moyen. Vos hommes n'ont pas même pu s'arrêter à Montelusa, ils ont dû continuer. Moi, j'y ai ajouté une voiture d'escorte avec quatre des miens.
— Donc vous n'avez pas parlé avec Fazio ?
— Je n'en ai eu ni le temps, ni la possibilité. De l'affaire, j'ignore presque tout. Je vous serais donc reconnaissant si vous pouviez passer aujourd'hui à mon bureau et me raconter aussi les détails.
« Là gît l'obstacle », pensa Montalbano en se rappelant une traduction du XIXe siècle du monologue d'Hamlet. Mais il se limita à demander :
— A quelle heure ?

— Disons vers cinq heures. Ah, à Palerme, ils recommandent le silence absolu sur l'opération, au moins pour le moment.

— Si ça ne dépendait que de moi...

— Je ne parlais pas pour vous. Moi, je vous connais très bien, je peux vous assurer que confrontés à vous, les poissons sont plus loquaces. Ecoutez, à propos !...

Il y eut une pause, le questeur s'était interrompu et Montalbano n'avait pas envie de l'entendre continuer, une sonnerie désagréable s'était déclenchée dans sa tête en entendant l'élogieux : « Je vous connais très bien. »

— Ecoutez, Montalbano... recommença le questeur en hésitant, tandis qu'à cette hésitation, la sonnerie sonnait plus fort.

— Dites-moi.

— Je pense que cette fois, je ne réussirai pas à éviter votre promotion au rang de vice-questeur.

— *Madunnuzza biniditta*[1] ! Mais pourquoi ?

— Ne soyez pas ridicule, Montalbano.

— Excusez-moi, mais pourquoi dois-je être promu ?

— Quelle question ! Pour ce que vous avez fait ce matin.

Montalbano avait tout à la fois froid et chaud, son front transpirait et son dos était gelé. La perspective l'atterrait.

---

1. « Sainte petite Madone ». *(N.d.T.)*

— Monsieur le questeur, moi, je n'ai rien fait de différent de ce que font chaque jour mes collègues.

— Je n'en doute pas. Mais cette arrestation en particulier, quand elle sera connue, ça fera beaucoup de bruit.

— Il n'y a aucun espoir ?

— Allez, ne faites pas l'enfant.

Le commissaire se sentit comme un thon dans la chambre de la mort[1], l'air commença à lui manquer, il ouvrit et ferma sa bouche dans le vide, puis tenta une sortie désespérée.

— On ne pourrait pas dire que c'est la faute à Fazio ?

— Comment, la faute ?

— Excusez-moi, je voulais dire son mérite.

— A plus tard, Montalbano.

Augello, qui l'attendait posté derrière la porte, lui adressa une moue interrogative.

— Qu'est-ce qu'il t'a dit, le questeur ?

— Nous avons parlé de la situation.

— Ah bon ! Tu fais une de ces têtes !

— Qu'est-ce qu'elle a, ma tête ?

— Tu as l'air abattu.

---

1. Allusion à la pêche traditionnelle au thon, au cours de laquelle les bancs de poissons sont refoulés par un ensemble de filets qui se referment sur eux jusque dans un espace réduit, la *camera della morte*, où on les tue. (*N.d.T.*)

— Je n'ai pas digéré ce que j'ai mangé hier soir.
— Qu'est-ce que tu as mangé de beau ?
— Un kilo et demi de *mostazzoli* au vin cuit.

Augello lui lança un regard éberlué. Montalbano, qui sentait arriver la question sur l'identité du type en cavale arrêté, en profita pour changer de discours et mettre l'autre sur une route différente.

— Vous l'avez trouvé aussi, le gardien de nuit ?
— Celui du supermarché ? Oui, je l'ai trouvé. Les voleurs lui ont flanqué un grand coup sur la tête, ils l'ont bâillonné, lui ont attaché les mains et les pieds, l'ont fourré dans un grand congélateur.
— Il est mort ?
— Non, mais je crois qu'il se sent pas vraiment en vie. Quand on l'a sorti, on aurait dit un stockfisch gelé.
— Tu as une idée de piste ?
— Moi, j'en ai plus ou moins une, le lieutenant des carabiniers en a une autre, mais une chose est sûre : pour emporter tout ce matériel, ils ont utilisé un gros camion. Pour le charger, il a dû falloir une équipe d'au moins cinq pirsonnes dirigées par un professionnel.
— Ecoute, Mimì, je fais un saut chez moi, je me change et je reviens.

$$*^*_*$$

A la hauteur de Marinella, il s'aperçut que le voyant du réservoir avait commencé à clignoter. Il stoppa à la station-service où, quelque temps auparavant, une fusillade s'était déroulée, et où il avait dû arrêter le pompiste pour lui faire dire tout ce qu'il savait. Dès qu'il le vit, l'homme, qui ne lui en voulait pas, le salua avec cette voix au registre aigu qui le faisait frissonner. Le plein fait, le pompiste compta l'argent, puis dévisagea le commissaire.

— Qu'est-ce qu'il y a ? Je t'ai pas donné assez ?

— Oh que si, les sous, ça va. Je voulais vous dire une chose.

— Et alors, dis-la, rétorqua Montalbano, impatient.

Si l'autre parlait encore beaucoup, il allait craquer.

— Regardez-moi ce camion, là.

Et il lui indiqua un gros poids lourd à remorque garé sur l'esplanade derrière le distributeur, ses bâches bien tirées dissimulant la cargaison.

— Ce matin tôt, continua-t-il, quand j'ai ouvert, le camion était déjà là. Ça fait quatre heures de ça et pirsonne qu'est encore venu se le prendre.

— Tu as regardé si quelqu'un dormait dans la cabine ?

— Oh que si, il n'y a pirsonne. Et il y a autre chose de drôle, les clés sont à leur place, le premier qui passe peut mettre en marche et se le voler.

— Fais-moi voir ça, dit Montalbano, soudain intéressé.

4

Minuscule, avec de fines moustaches en queue de rat, un petit sourire antipathique, des lunettes à monture d'or, des chaussures marron, des chaussettes marron, un complet marron, une chemise marron, une cravate marron, — cauchemar marron plutôt qu'autre chose —, Carmelo Ingrassia, le propriétaire du supermarché, repassa du bout des doigts le pli de la jambe droite de son pantalon qu'il avait croisée par-dessus la gauche, et, pour la troisième fois, répéta son interprétation synthétique des faits.

— C'était une blâgueu, commissaire. On a voulu me jouer un tour.

Montalbano était perdu dans la contemplation du stylo-bille qu'il avait en main. Il se concentra sur le capuchon, le retira, l'examina à l'intérieur et à l'extérieur comme s'il n'avait jamais vu jusqu'alors un engin pareil, souffla dedans pour le nettoyer de quelque invisible grain de poussière, le mata de nouveau, en fut insatisfait, y souffla encore, le posa sur le bureau, dévissa la pointe de métal, médita encore un peu à son sujet, la posa à côté du capuchon, considéra attentivement la partie centrale qu'il avait en main, la disposa à côté des deux autres morceaux, soupira profondément. Ainsi avait-il réussi à se calmer, à dominer l'impulsion qui, un instant, l'avait submergé, de se lever, de s'approcher d'Ingrassia, de lui foutre son poing dans la gueule et de lui demander : « Sincèrement, dites-moi : je blâgueu ou je suis sérieux ? »

Tortorella, qui assistait à l'entrevue et connaissait certaines réactions de son chef, se détendit visiblement.

— Attendez, il faut que je comprenne, dit Montalbano, qui avait pleinement recouvré son sang-froid.

— Et qu'y a-t-il à comprendre, commissaire ? Tout est clair comme le soleil. La marchandise volée, elle était toute dans le camion retrouvé, il ne manquait pas un cure-dent, pas une sucette. Alors : s'ils ne l'ont pas fait pour voler, ils l'ont fait pour blaguer, pour déconner.

— Je suis un peu dur de la comprenette, armez-vous de patience, monsieur Ingrassia. Donc, voilà huit jours, dans un parc de stationnement de Catagne, c'est-à-dire du côté diamétralement opposé au nôtre, deux personnes s'approprient un camion avec remorque de l'entreprise Sferlazza. A ce moment, le camion est vide. Comme on ne l'a pas vu circuler, cela signifie que pendant sept jours, ce camion, ils se le planquent, quelque part sur le trajet Catagne-Vigàta. Donc, en toute logique, l'unique motif pour lequel ce camion a été volé et caché était de le sortir au bon moment pour vous faire une blague. Je continue. La nuit dernière, le camion se matérialise vers une heure, quand dans les rues, il y a très peu de gens, et il s'arrête devant le supermarché. Le gardien de nuit pense qu'il s'agit d'une fourniture de marchandises, même si c'est à une heure bizarre. Nous ne savons pas comment les choses se sont passées exactement, le gardien n'a pas encore réussi à parler, mais le fait certain est qu'ils le mettent hors de combat, lui prennent les clés, s'en vont. Un des voleurs déshabille le gardien et en endosse l'uniforme : cela, sincèrement, c'est un coup génial. Second coup génial, les autres allument les lumières et commencent à travailler ouvertement, sans précautions, on pourrait dire au grand jour s'il ne faisait pas nuit. Ingénieux, pas de doute. Parce qu'un étranger qui se serait trouvé dans les parages et qui aurait vu le gardien en uniforme surveillant quelques pirsonnes qui marnent pour charger le camion, ça ne peut pas lui venir une seconde dans la coucourde qu'il s'agit d'un joli petit casse. C'est la reconstitution faite par mon collègue Augello, qui a été confirmée par le témoignage du chevalier Misuraca qui rentrait chez lui.

Ingrassia, qui semblait se désintéresser de la conversation au fur et à mesure que le commissaire parlait, fut, en entendant ce nom, comme piqué par une guêpe.

— Misuraca ?

— Oui, celui qui est employé à l'état civil.

— Mais c'est un fasciste !

— Je ne vois pas de rapport entre les idées politiques du chevalier et l'affaire dont nous parlons.

— Oh que oui, qu'il y a un rapport ! Parce que quand moi, je faisais de la politique, lui, c'était un ennemi.

— Maintenant, vous n'en faites plus, de politique ?

— Mais qu'est-ce que vous voulez faire ? Avec ces

quatre juges de Milan qui ont décidé de détruire la politique, le commerce et l'industrie !

— Ecoutez, ce qu'a dit le chevalier n'est rien qu'un simple témoignage qui corrobore le *modus operandi* des voleurs.

— Moi, je m'en fous de ce que corrobore le chevalier. Je dis seulement qu'il s'agit d'un pauvre vieux gâteux qui a passé depuis peu les quatre-vingts ans. Celui-là, il est du genre à voir un chat et à dire que c'est un éléphant. Et puis, qu'est-ce qu'il faisait là, à cette heure de la nuit ?

— Je ne sais pas, je le lui demanderai. Et si on revenait à nos moutons ?

— Revenons-y.

— Après au moins deux heures de boulot, le chargement à votre supermarché terminé, le camion repart. Il parcourt cinq ou six kilomètres, revient en arrière, va se garer à la station-service, et là, il y reste jusqu'à ce que je me pointe, moi. Et selon vous, ils ont fait tout ce bordel, commis une demi-douzaine de délits, risqué des années de prison, rien que pour rigoler un peu, ou vous faire rigoler ?

— Commissaire, on peut y passer la nuit, mais moi je vous jure que je ne réussis pas à voir d'autre explication que la blâgueu.

Au frigo, il trouva des pâtes froides avec des tomates, du basilic et des olives noires, qui diffusaient un parfum à réveiller un mort, et un deuxième plat d'anchois à l'oignon et au vinaigre : Montalbano avait l'habitude de se fier entièrement à la fantaisie culinaire et goûteusement populaire d'Adelina, la bonne qui une fois par jour venait s'occuper de lui. De ses deux fils irrémédiablement délinquants, l'un se trouvait encore en prison grâce au commissaire. Donc, aujourd'hui encore, Adelina ne l'avait pas déçu ; chaque fois qu'il allait rouvrir le four ou le frigo, il éprouvait de nouveau la même trépidation intérieure que lorsque, enfant, au petit matin du 2 novembre, il cherchait la corbeille d'osier dans laquelle, durant la nuit, les morts avaient déposé leurs cadeaux[1]. Les seuls qui ne les oubliaient pas, les morts, et en gardaient même le souvenir tenace, c'étaient les mafieux, mais les cadeaux qu'ils expédiaient en souvenir d'eux n'avaient certes rien à voir avec les petits trains ou les fruits en pâte d'amande. En somme, la surprise constituait le piment indispensable de la cuisine d'Adelina.

Il prit les plats, une bouteille de vin, le pain, alluma le téléviseur, s'assit à table. Il aimait manger seul, jouir de chaque bouchée en silence ; parmi tous ses points communs avec Livia, il y avait aussi celui-là, que quand elle mangeait, elle n'ouvrait pas la bouche pour parler. Il songea qu'au chapitre du goût, il se sentait plus proche de Maigret que de Pepe Carvalho, le héros des personnages de Montalbán, lequel s'empiffrait de mets à incendier l'estomac d'un requin.

---

1. Avant que le Père Noël des Nord-Américains ne s'impose en Sicile, un peu plus tard que dans le reste de l'Europe, c'était le jour des Morts qu'on offrait des cadeaux aux enfants. *(N.d.T.)*

A voir les chaînes de télé nationales, il flottait dans l'air une vilaine odeur de malaise, la majorité gouvernementale s'était brisée sur une loi qui refusait la libération préventive à des gens qui s'étaient partagé la moitié du pays, les magistrats qui avaient découvert les arcanes de la corruption politique annonçaient leur démission en signe de protestation, une légère brise de révolte animait les interviews des gens de la rue.

Il passa sur la première des deux stations locales. « Télévigàta » était congénitalement progouvernementale, quel que fût le gouvernement, rouge, noir ou bleuté. Le présentateur ne faisait pas d'allusion à la capture de Tano u grecu ; il disait seulement que quelques zélés citoyens avaient signalé au commissariat de Vigàta une fusillade aussi vive que mystérieuse, aux premières lueurs de l'aube, dans une campagne appelée « La Noix » mais que les enquêteurs, aussitôt arrivés sur les lieux, n'avaient rien trouvé d'anormal.

Sur l'arrestation de Tano, aucune allusion ne vint non plus du journaliste de « Retelibera », Nicolò Zito, qui ne cachait pas qu'il était communiste. Signe que la nouvelle, heureusement, n'avait pas pu filtrer. En revanche, de manière tout à fait inattendue, Zito parla de vol étrange au supermarché d'Ingrassia et de l'inexplicable réapparition du camion avec toutes les marchandises qu'il transportait. L'opinion la plus répandue, rapporta Zito, était que le véhicule avait été abandonné après une dispute entre complices sur la répartition du butin. Mais Zito n'était pas d'accord, selon lui les choses devaient s'être déroulées différemment, la question était certainement beaucoup plus complexe.

— Commissaire Montalbano, je m'adresse directement à vous. N'est-il pas vrai que l'histoire est plus compliquée qu'il n'y paraît ?

En s'entendant ainsi interpeller, en voyant les yeux de Zito qui le fixaient sur l'écran pendant qu'il mangeait, Montalbano avala de travers le vin qu'il buvait, suffoqua, toussa, jura.

Son repas terminé, il mit son maillot et sortit se baigner. L'eau était gelée, mais le bain lui redonna vie.

*
* *

— Racontez-moi exactement comment cela s'est passé, dit le questeur.

A l'entrée du commissaire dans son bureau, il s'était levé, était allé à sa rencontre et lui avait donné une chaleureuse accolade.

Or, Montalbano avait cette particularité qu'il était incapable de mentir, de raconter des balivernes à des gens qu'il savait honnêtes ou qu'il estimait. Devant des délinquants, des gens qui ne lui revenaient pas, il était au contraire capable de balancer des bobards avec un culot d'enfer, de jurer avoir vu la lune en dentelles. Non content d'estimer son supérieur, il lui avait quelquefois parlé comme à un père ; sa question le plongea donc dans un état d'agitation, il devint rouge, transpira, changea plusieurs fois de position sur son siège comme s'il s'agissait d'une sellette.

Le questeur remarqua le malaise du commissaire

mais l'attribua aux souffrances authentiques que Montalbano éprouvait chaque fois qu'il lui fallait parler d'une de ses actions d'éclat. Le haut fonctionnaire n'oubliait pas qu'à la dernière conférence de presse, devant les caméras de télévision, le commissaire s'était exprimé, si on peut appeler cela s'exprimer, sous la forme d'un long et pénible balbutiement, dépourvu par moments du moindre sens, avec des yeux écarquillés et des pupilles d'ivrogne qui dansaient en tous sens.

— Je voudrais un conseil, avant de commencer à raconter.
— A votre disposition.
— Qu'est-ce que je dois mettre dans le rapport ?
— Pardonnez-moi, mais qu'est-ce que c'est que cette question ? Vous n'avez jamais écrit de rapports ? Dans les rapports, on écrit ce qui s'est passé, répondit sèchement le questeur, passablement étonné, et comme son interlocuteur ne se décidait pas à parler, il poursuivit : A propos, vous avez su tirer profit, avec habileté et courage, d'une rencontre de hasard et la transformer en une opération de police réussie, d'accord, mais...
— Voilà, je voulais vous dire...
— Laissez-moi finir. Mais je suis contraint de noter que vous avez beaucoup risqué et fait risquer beaucoup à vos hommes. Vous auriez dû demander d'importants renforts, prendre les précautions qui s'imposaient. Heureusement, tout s'est bien passé, mais c'était un pari, cela, je veux vous le dire en toute sincérité. Et maintenant, racontez-moi.

Montalbano considéra les doigts de sa main gauche comme s'ils avaient soudain surgi et qu'il ne sût à quoi ils devaient servir.

— Qu'y a-t-il ? lança le questeur, plein de patience.

— Il y a que tout est bidon, explosa Montalbano. Il n'y a pas eu de rencontre de hasard, je suis allé trouver Tano parce que c'est lui qui avait demandé à me voir. Et au cours de cette entrevue, nous nous sommes mis d'accord.

Le questeur se passa une main sur les yeux.

— Vous vous êtes mis d'accord ?

— A cent pour cent.

Et, au point où il en était, il raconta tout, du coup de fil de Gegè à la mise en scène de la capture.

— Il y a autre chose ? demanda le questeur à la fin.

— Oui. Il y a que, dans ces conditions, je ne mérite pas d'être promu vice-questeur. Si j'étais promu, ce serait une fausseté, une tromperie.

— Ça, permettez que j'en décide, moi, dit l'autre avec brusquerie.

Il se leva, croisa les mains dans le dos, réfléchit un moment. Puis, sa résolution prise, il se retourna.

— Faisons comme cela. Des rapports, vous m'en écrivez deux.

— Deux ?! se récria Montalbano en pensant au mal qu'il avait en général à mettre les choses noir sur blanc.

— Ne discutez pas. Le faux, je le garde bien en évidence pour l'inévitable taupe qui s'emploiera à le transmettre à la presse ou à la mafia. Le vrai, je me le garde dans mon coffre-fort.

Il sourit.

— Et pour la question de la promotion, qui me paraît être ce qui vous terrorise le plus, venez vendredi chez moi, nous en reparlerons calmement. Vous savez quoi ? Ma femme a inventé une fabuleuse petite sauce pour les dorades.

*
* *

Le chevalier Gerlando Misuraca, qui portait ses quatre-vingt-quatre années avec beaucoup de hargne, ne démentit pas sa réputation. A la seconde où le commissaire eut dit « Allô ? », il attaqua bille en tête.

— Qui est le crétin de standardiste qui vient de me prendre ?

— Pourquoi, qu'est-ce qu'il a fait ?

— Il ne comprenait pas mon nom ! Il n'arrivait pas à le faire entrer dans sa caboche de bois ! Il m'appelait Misucaca !

Il marqua une pause lourde de soupçons, changea de ton.

— Vous me garantissez, sur votre honneur, qu'il s'agit seulement d'un pauvre couillon ?

Songeant que le standardiste avait dû être Catarella, Montalbano se montra convaincant.

— Je peux vous le garantir. Mais pourquoi tenez-vous à ce que je le garantisse, si je peux me permettre ?

— Parce que si, en fait, il avait l'intention de se foutre de moi, ou de se foutre de ce que je représente, d'ici cinq minutes, j'arrive au commissariat et je lui mets mon pied au cul, je le jure devant Dieu !

« Mais qu'est-ce qu'il représente, le chevalier Misuraca ? » se demanda Montalbano tandis que l'autre continuait à brandir de terribles menaces. Rien, absolument rien du point de vue, comment dire, officiel. Employé communal depuis fort longtemps à la retraite, il n'assumait ni n'avait jamais assumé de charge publique ; dans son parti, c'était un simple adhérent. Homme d'une honnêteté au-dessus de tout soupçon, il vivotait dignement à la limite de la pauvreté ; même à l'époque de Mussolini, il n'avait pas voulu en profiter ; il avait toujours été un simple homme du rang, comme on disait alors.

En compensation, depuis 1935, il s'était tapé toutes les guerres et s'était retrouvé au milieu des pires batailles, il n'en avait pas raté une, il paraissait doué d'ubiquité, de Guadalajara en Espagne à Bir el Gobi en Afrique du Nord, en passant par Axoum en Éthiopie. Puis la prison au Texas, le refus de collaborer, une prison plus dure en conséquence, au pain sec et à l'eau. Il représentait donc, conclut Montalbano, la mémoire historique d'erreurs historiques, certes, mais vécues par lui avec une foi ingénue et en payant de sa personne : parmi une série de blessures sérieuses, l'une le faisait boiter de la jambe gauche.

« Mais vous, si vous aviez été en état de le faire, vous seriez allé combattre à Salò, avec les Allemands et les collabos de la République sociale ? » lui avait un jour traîtreusement demandé Montalbano qui, à sa façon, l'aimait bien. Car, dans le grand cinématographe de corrupteurs, corrompus, concussionnaires, abuseurs de biens sociaux, encaisseurs de pots-de-vin, menteurs, voleurs, parjures, auquel chaque jour s'ajoutaient de nouvelles séquences, le commissaire commençait à nourrir un sentiment d'affection envers les personnes qu'il savait d'une honnêteté inguérissable.

A la question, il avait vu le vieux comme se vider de l'intérieur, les rides de son visage s'étaient multipliées tandis que son regard s'embrumait. Il avait alors compris que cette question, Misuraca se l'était posée des milliers de fois et n'avait jamais pu y répondre. Le commissaire n'avait pas insisté.

— Allô ? Vous êtes encore là ? demanda la voix hargneuse de Misuraca.

— Dites-moi, chevalier.

— Il m'est revenu en tête quelque chose tardivement, c'est pour ça que je ne l'ai pas dit quand je suis venu témoigner.

— Chevalier, je n'ai aucun motif d'en douter. Je vous écoute.

— Une chose bizarre qui m'est arrivée quand je me trouvais presque à la hauteur du supermarché, mais moi, à ce moment-là, je n'y ai pas accordé d'importance, j'étais nerveux et agité parce qu'il y a en ce moment des cornards qui...

— Vous voulez me la dire, cette chose ?

Si on le laissait parler, le chevalier était capable de remonter à la fondation des *fasci*.

— Non, pas par téléphone. En tête-à-tête. C'est une chose assez grave, si j'ai vu juste.

Le vieux passait pour quelqu'un qui disait toujours ce qu'il y avait à dire, sans charger la barque ni l'alléger.

— Cela concerne le vol au supermarché ?
— Certainement.
— Vous en avez déjà parlé à quelqu'un ?
— A pirsonne.
— Attention, j'insiste. Bouche cousue.
— Vous voulez m'offenser ? Moi, une tombe, je suis. Demain matin, tôt, je viens dans votre bureau.
— *Cavaleri*, par curiosité : qu'est-ce que vous faisiez, vous, à cette heure de la nuit, en voiture, seul et énervé ? Vous le savez, qu'à un certain âge, il faut être prudent ?
— Je venais de Montelusa. Il y avait une réunion du directoire provincial et moi, bien que je n'en fasse pas partie, j'ai voulu être présent. Personne n'oserait fermer une porte au nez de Gerlando Misuraca. Il faut empêcher que notre parti perde la face et perde son honneur. Il ne peut pas rester au gouvernement avec ces fils bâtards de politiciens bâtards et s'accorder avec eux sur un décret qui permettra de sortir de prison à ces fils de pute qui se sont mangé notre patrie ! Vous devez comprendre, commissaire, que…
— Elle a duré jusqu'à tard, la réunion ?
— Jusqu'à une heure du matin. Moi, je voulais continuer, mais les autres s'y sont opposés, ils tombaient de sommeil. Ils n'ont rien dans le pantalon.
— Et combien de temps avez-vous mis pour arriver à Vigàta ?
— Une demi-heure. Je roule doucement. Donc, comme je vous disais…
— Excusez-moi, chevalier, coupa Montalbano, on m'appelle sur un autre poste.

5

— Pire que des délinquants ! Pire que des assassins, ils nous ont traités, ces fils de sales putes ! Et pour qui y se prennent, ceux-là ? Connards !

Il n'y avait pas moyen de calmer Fazio, qui venait juste de rentrer de Palerme. Germanà, Gallo et Galluzzo formaient un chœur de pleureuses, leur bras droit tournoyant pour annoncer un événement inouï.

— Une histoire de dingues ! Une histoire de dingues !

— Allez, les enfants, on se calme ! Procédons par ordre, intima Montalbano avec autorité.

Puis, notant que la veste et la chemise de Galluzzo étaient débarrassées des taches du sang qui avait coulé de son nez brutalisé, il lui lança :

— Tu es passé chez toi avant de venir ?

Fausse manœuvre. Galluzzo devint écarlate, son nez tuméfié se colora de veines violettes.

— Passé chez moi, tu parles ! Vous avez pas entendu, ce qu'il vous dit, Fazio ? De Palerme, on vient, et directement ! Quand nous sommes arrivés au siège de l'Antimafia et que nous leur avons remis Tano u grecu, ils nous ont pris et ils nous ont mis chacun dans une pièce différente. Comme mon nez, il me faisait encore mal, je voulais y mettre un mouchoir mouillé. Au bout d'un demi-heure que je voyais venir pirsonne, j'ai ouvert la porte. Et je me suis retrouvé devant un collègue. « Où tu vas ? — Je vais me chercher de l'eau, j'ai le nez qui me fait mal. — Tu peux pas sortir, retourne dedans. » Vous avez compris, commissaire ? Sous surveillance, j'étais ! Comme si ça avait été moi, Tano u grecu !

— Ne prononce pas ce nom et baisse la voix, le réprimanda Montalbano. Personne ne doit savoir qu'on l'a chopé ! Le premier qui parle, je l'expédie à l'Asinara[1] à coups de pied au cul.

— On était tous sous surveillance, reprit Fazio, l'air indigné.

Galluzzo poursuivit son récit.

— Au bout d'une heure, entre dans la pièce un que je connais, un de vos collègues qui est maintenant passé à l'Antimafia, Sciacchitano, il me semble qu'il s'appelle.

« Un sale con », pensa en un éclair le commissaire. Mais il ne dit rien.

— Il me regarde comme si j'étais un qui pue, un rien du tout qui demande l'aumône. Il continue à me regarder un moment, et puis il balance : « Tu sais que, mis comme tu es, tu peux pas te présenter à M. le préfet ? » (L'absurde traitement l'avait blessé, il avait du mal à garder la voix basse.) Et le plus beau, c'est qu'il me faisait les gros yeux, comme si ça avait été

---

1. Célèbre prison de haute sécurité située sur l'île de ce nom. *(N.d.T.)*

ma faute ! Il est sorti en marmonnant. Puis, s'est pointé un collègue avec une veste et une chemise propres.

— Maintenant, laisse-moi parler, coupa Fazio en faisant jouer son grade. Pour la faire courte, de trois heures de l'après-midi jusqu'à minuit hier soir, chacun de nous a été interrogé huit fois par huit personnes différentes.

— Qu'est-ce qu'ils voulaient savoir ?

— Comment la chose s'était passée.

— Moi, en vérité, c'est dix fois que j'ai été interrogé, dit Germanà avec un certain orgueil. Ça se voit que moi, les choses, je sais mieux les raconter et, eux, ils se croyaient au ciné.

— Vers une heure du matin, ils nous ont remis ensemble, poursuivit Fazio. Ils nous ont emmenés dans une salle, une espèce de grand bureau où il y avait deux divans, huit sièges et quatre tables. Ils ont débranché les téléphones et les ont emportés. Puis, ils nous ont fait porter quatre sandwiches de merde et quatre bières chaudes, qu'on aurait dit de la pisse d'âne. On s'est installés du mieux qu'on a pu et à huit heures du matin, il y en a un qui est venu nous dire qu'on pouvait retourner à Vigàta. Même pas bonjour, ni au revoir ni merci ni merde, on nous a même pas dit ce qu'on dit aux chiens quand on veut les faire partir. Rien.

— C'est bon, dit Montalbano. Qu'est-ce que vous voulez faire ? Allez chez vous, reposez-vous et revenez ici tard après déjeuner. Je vous assure que cette histoire, je vais la rapporter au questeur.

*
**

— Allô ? Ici le commissaire Salvo Montalbano de Vigàta. Je voudrais parler au commissaire Arturo Sciacchitano.

— Ne quittez pas, je vous prie.

Montalbano prit une feuille de papier et un stylo. Il exécuta un dessin sans y penser, et après seulement se rendit compte qu'il avait dessiné un cul assis sur le siège du retrait.

— Désolé, le commissaire est en réunion.

— Ecoutez, dites-lui que moi aussi, je suis en réunion, comme ça, on est un à un. Lui, il interrompt la sienne cinq minutes, moi je fais pareil avec la mienne et on est tous les deux heureux et contents.

Il ajouta quelques étrons au cul déféquant.

— Montalbano ? Qu'est-ce qu'il y a ? Excuse-moi, je n'ai pas beaucoup de temps.

— Moi non plus. Ecoute, Sciacchitanov…

— Comment, Sciacchitanov ? Qu'est-ce que tu racontes comme conneries ?

— Ah, c'est pas comme ça qu'on t'appelle ? Tu fais pas partie du KGB ?

— Je ne suis pas d'humeur à plaisanter.

— Et moi, je ne plaisante pas. Je t'appelle du bureau du questeur qui est indigné de la manière, bien digne du KGB, dont tu as traité mes hommes. Il m'a promis qu'aujourd'hui même, il va écrire au ministre.

Le phénomène ne pouvait s'expliquer, et pourtant, cela advint : Montalbano vit, par le fil du téléphone, pâlir Sciacchitano, universellement connu comme froussard et lèche-cul. Le mensonge de Montalbano l'avait cueilli comme un coup de massue sur la tête.

— Mais qu'est-ce que tu racontes ? Tu dois comprendre que moi, comme responsable de la sécurité…

Montalbano le coupa.

— Sécurité ne s'oppose pas à courtoisie, lança-t-il, lapidaire, avec l'impression d'être un panneau de circulation du type « priorité ne s'oppose pas à prudence ».

— Mais j'ai été très courtois ! Je leur ai offert de la bière et des sandwiches !

— Je regrette de te dire que malgré la bière et les sandwiches, la chose aura une suite en haut lieu. Du reste, console-toi, Sciacchitano, ce n'est pas ta faute. Quand on est né carré, on peut pas mourir pointu.

— Qu'est-ce que ça veut dire ?

— Ça veut dire que, comme tu es né con, tu ne peux pas mourir intelligent. J'exige une lettre, à moi adressée, dans laquelle tu fais de grands éloges de mes hommes. Je la veux d'ici demain. Je te salue.

— Tu penses que si moi, j'écris la lettre, le questeur en restera là ?

— Je vais être honnête : moi, je ne sais pas si le questeur en restera là ou pas. Mais si j'étais toi, la lettre, je l'écrirais. Pour me couvrir. Et peut-être que j'y mettrais la date d'hier. Je me suis bien expliqué ?

*
**

Il s'était passé les nerfs sur Sciacchitano et se sentait mieux. Il appela Catarella.

— Le *dottor* Augello est dans son bureau ?

— Que non, mais il vient juste de téléphoner. Il a dit comme ça que, considérant une distance d'une dizaine de minutes, d'ici une dizaine de minutes, il sera au bureau.

Ce délai permit au commissaire de concocter le faux rapport ; le vrai, il l'avait écrit chez lui la nuit précédente. A un moment, Augello frappa et entra.

— Tu me cherchais ?

— Ça t'est tellement difficile de venir au bureau un peu plus tôt ?

— Excuse-moi, mais le fait est que j'ai été occupé jusqu'à cinq heures du matin, puis je suis rentré chez moi, je me suis endormi et bonne nuit.

— Tu étais occupé jusqu'à cinq heures du matin avec une de ces radasses qui te plaisent tant ? De celles qui se trimbalent au moins cent vingt kilos de viande ?

— Mais Catarella ne t'a rien dit ?

— Il m'a dit que tu arrivais en retard.

— Cette nuit, vers deux heures du matin, il y a eu un accident de la route mortel. Je suis allé sur les lieux et j'ai pensé qu'il valait mieux te laisser dormir, vu que la chose n'avait pas beaucoup d'importance.

— Pour les morts, ça en a, de l'importance.

— *Le* mort, un seul. Il s'est fait la descente de la Catena à tombeau ouvert, évidemment, les freins l'ont lâché et il est allé s'encastrer sous un camion qui, dans

le sens opposé, attaquait la montée. Pauvre vieux, il est mort sur le coup.
— Tu le connaissais ?
— Bien sûr. Et toi aussi. Le chevalier Misuraca.

— Montalbano ? On vient à peine de me téléphoner de Palerme. Non seulement il faut faire la conférence de presse, mais il est important qu'elle ait un certain écho. Cela sert leurs stratégies. Les journalistes d'autres villes vont venir, les journaux télé nationaux donneront la nouvelle. Une grosse affaire, en somme.
— Ils veulent sans doute démontrer que le nouveau gouvernement ne ralentit pas la lutte contre la mafia et qu'elle est même plus serrée, sans trêve…
— Montalbano, qu'est-ce qui vous prend ?
— Rien, je suis en train de lire les titres d'après-demain.
— La conférence est prévue pour demain douze heures. Je voulais vous prévenir à l'avance.
— Je vous remercie, monsieur le questeur, mais moi, en quoi ça me concerne ?
— Montalbano, je suis bien brave et bien gentil mais jusqu'à un certain point. Ça vous concerne, bien sûr que ça vous concerne ! Ne faites pas l'enfant !
— Et qu'est-ce que je dois dire ?
— Mais bon sang de bois ! Vous direz ce qui est écrit dans le rapport.
— Lequel ?

— Je n'ai pas bien entendu. Qu'est-ce que vous avez dit ?
— Rien.
— Essayez de parler de manière claire, sans mâchonner les mots, sans baisser la tête. Ah, les mains. Décidez une fois pour toutes où vous les mettez, et tenez-vous-y. Ne faites pas comme la dernière fois, que le journaliste du *Corriere* suggérait à voix haute qu'on vous les coupe pour vous mettre à votre aise.
— Et s'ils me demandent des questions ?
— Bien sûr qu'ils vont vous demander des questions, pour reprendre votre italien bâtard. Des journalistes, ce sont, non ? Bonne journée.

Trop énervé par ce qui lui arrivait et par ce qui allait lui arriver le lendemain, il ne put supporter de rester au bureau. Il sortit, passa à sa boutique habituelle, s'acheta une solide portion de graines et de grains et se dirigea vers le môle. Comme il arrivait au pied du phare et se retournait pour revenir en arrière, il se retrouva face à face avec Ernesto Bonfiglio, propriétaire d'une agence de voyages et grand ami du chevalier Misuraca récemment décédé.
— Il n'y a rien qu'on puisse faire ? lança Bonfiglio, sur un ton au bord de l'agressivité.
Montalbano, qui était en train d'essayer de s'enlever un bout de cacahuète coincé entre deux dents, le toisa, éberlué.

— Je suis en train de vous demander s'il n'y a rien à faire, répéta Bonfiglio, tête dure, en le regardant à son tour de travers.
— A faire en quel sens ?
— Au sens de mon pauvre et regretté ami.
— Vous en voulez ? demanda le commissaire en lui tendant son cornet.
— Oui, merci, dit l'autre en se prenant une poignée de graines.

La pause permit à Montalbano de resituer mieux son interlocuteur : outre qu'il était un ami fraternel du chevalier, cet homme professait des idées de la droite la plus extrême et n'avait pas toute sa tête.

— Vous parlez de Misuraca ?
— Non, de mon grand-père.
— Et qu'est-ce que je devrais y faire, moi ?
— Arrêter les assassins. C'est votre devoir.
— Et qui seraient les assassins ?
— Pas « seraient », ce sont les assassins. Je parle du directoire provincial du parti qui n'était pas digne de l'avoir dans ses rangs. Ce sont eux qui l'ont tué.
— Excusez-moi, mais il ne s'agissait pas d'un accident ?
— Ah, parce que vous, vous croyez que les accidents arrivent accidentellement ?
— Je dirais que oui.
— Et vous vous trompez. Un qui cherche l'accident, il se trouve toujours quelqu'un pour le lui envoyer. Je prends un exemple pour éclaircir la chose. Mimì Crapanzano est mort noyé en février de cette année pendant qu'il prenait un bain. Mort accidentelle.

Mais maintenant, me voilà qui vous demande : Quel âge avait Mimì quand il est mort ? Cinquante-cinq ans. Pourquoi, à son âge, il a voulu faire cette imbécillité de se baigner alors qu'il gelait, chose qu'il faisait quand il était petit ? La réponse est la suivante : Parce qu'il s'était marié depuis moins de quatre mois à une jeune Milanaise de vingt-quatre ans. Ils passent sur le bord de la mer et la jeunette lui dit : « Mon chéri, c'est vrai que toi, en février, tu te baignais dans cette mer ? — Bien sûr », répond Crapanzano. La jeunette qui, évidemment, en avait marre de son vieux, soupire. « Qu'est-ce que tu as ? demande ce con de Crapanzano. — Je regrette que maintenant, je ne puisse plus te voir le faire », dit cette radasse. Sans crier gare, Crapanzano se déshabille et se jette à l'eau. Je suis clair ?

— Très clair.

— Maintenant, venons-en aux messieurs du directoire provincial de Montelusa. Après une première réunion qui s'est terminée par des gros mots, hier soir, s'en est tenue une autre. Le chevalier, et quelques autres avec lui, voulaient que le directoire fasse un communiqué aux journaux contre le décret du gouvernement qui évite la prison aux voleurs. D'autres, au contraire, étaient d'un avis différent. A un certain moment, quelqu'un a dit à Misuraca qu'il n'était qu'un vieux débris, un autre a affirmé qu'il lui rappelait le théâtre des *pupi*, un troisième l'a traité de vieux gâteux. Tout cela, je l'ai su d'un ami qui était présent. A la fin, le secrétaire, un jean-foutre même pas Sicilien et qui s'appelle Biraghìn, lui dit de bien vouloir prendre la porte, étant donné qu'il n'avait aucun droit de participer à la réunion. Ce qui est vrai, mais personne ne s'était jamais autorisé à le lui dire jusque-là. Mon ami se prend sa Fiat 500 et s'en retourne à Vigàta. Sûrement, il avait le sang qui lui bouillait, mais ces gens-là l'avaient fait exprès pour lui faire perdre la tête. Et vous, vous venez me raconter que c'était un accident ?

Le seul moyen de raisonner, avec Bonfiglio, c'était de se mettre exactement à son niveau, le commissaire le savait par expérience.

— Vous avez un personnage télévisé qui vous est particulièrement antipathique ?

— Cent mille, mais Mike Bongiorno est le pire de tous. Quand je le vois, j'en ai mal à l'estomac, il me vient l'envie de démolir la télé.

— Bien. Et si vous, après avoir entendu ce présentateur, vous prenez votre voiture, et que vous rentrez dans un mur et que vous vous tuez, moi, qu'est-ce que je devrais faire, selon vous ?

— Arrêter Mike Bongiorno, rétorqua l'autre, sans hésiter.

Il retourna au bureau en se sentant plus tranquille, la rencontre avec la logique d'Ernesto Bonfiglio l'avait distrait et diverti.

— Du neuf ? demanda-t-il en entrant.

— Il y a une lettre pirsonnelle pour vous que la poste apporta juste maintenant à l'instant, dit Catarella, et il souligna en appuyant sur les syllabes : *Pir-son-nel-le*.

Sur sa table, le commissaire trouva une carte postale de son père et quelques communications de service.

— Catarè, où tu me l'as mise, la lettre ?

— Et si je vous dites qu'elle était pirsonnelle ! se récria l'agent.

— Ça veut dire ?

— Ça veut dire qu'étant donné du fait qu'elle était pirsonnelle, il fallait vous la faire avoir en pirsonne.

— C'est bon, la pirsonne est là, devant toi, mais la lettre, où elle est ?

— Elle est là où il fallait qu'elle alla. Là où la pirsonne pirsonnellement habite. Je dis au facteur de la porter à votre maison, à vous, *dottori*, à Marinella.

*
* *

Devant la trattoria *San Calogero*, il y avait, en train de prendre le frais, le patron et cuisinier.

— Commissaire, qu'est-ce que vous faites ? Vous vous arrêtez pas ?

— Je vais manger chez moi.

— Bah, faites comme vous voulez. Mais moi, j'ai de ces homards à faire à la grille qu'on n'a pas l'impression de les manger, juste de les rêver.

Montalbano entra, vaincu plus par l'image que par l'envie. Puis, ayant fini de manger, il écarta les assiettes, croisa les bras sur la table, y posa la tête, s'endormit. Il prenait presque toujours ses repas dans une petite salle à trois tables ; Serafino, le garçon, put donc sans mal dérouter les clients vers la grande salle et laisser le commissaire en paix.

Vers les quatre heures de l'après-midi, comme l'établissement était déjà fermé et vu que Montalbano ne donnait pas signe de vie, le propriétaire lui prépara une tasse de café fort et le réveilla avec délicatesse.

6

Quant à la lettre pirsonnallement pirsonnelle annoncée par Catarella, il l'avait complètement oubliée, il s'en souvint seulement quant il posa le pied dessus en entrant chez lui ; le facteur l'avait glissée sous la porte. L'adresse sentait la lettre anonyme : « MONTALBANO — COMMISSARIAT — EN VILLE ». Et, en haut, l'avertissement : *personnel*. Ce qui avait malheureusement mis en mouvement les méninges dévastées de Catarella.

Mais elle était loin d'être anonyme. La signature, que Montalbano s'empressa de chercher, lui explosa dans la coucourde.

Monsieur le commissaire,
J'ai pensé que très probablement je ne serai pas en mesure de venir chez vous demain matin comme convenu. Si par hasard, et comme cela semble très probable, la réunion du directoire provincial de Montelusa, où je me rendrai à peine finie l'écriture de la présente, devait aboutir à un insuccès de mes thèses, je crois de mon devoir d'aller à Palerme pour essayer de secouer les âmes et les consciences de ces camarades qui occupent des positions vraiment déci-

sionnelles à l'intérieur du Parti. Je suis disposé, s'il le faut, à prendre l'avion pour Rome et à demander audience au Secrétaire national. Ces projets, si je les réalisais, éloigneraient d'autant notre rencontre et je veux donc me considérer comme excusé si je mets par écrit ce que j'aurais voulu vous dire de vive voix.

Comme vous vous en souviendrez certainement, le jour suivant l'étrange vol au supermarché, je vins spontanément au commissariat pour vous raconter ce que j'avais vu par hasard, à savoir un groupe d'hommes tranquillement au travail, quoique l'heure fût insolite, lumières allumées et surveillés par un individu portant un uniforme qui me parut celui des gardiens de nuit. Personne, en passant, n'aurait pu percevoir dans cette scène quelque chose d'anormal : si j'avais noté quoi que ce fût d'insolite, je me serais moi-même empressé d'avertir les forces de l'ordre.

Durant la nuit qui a suivi ma déposition, je ne réussis pas à fermer l'œil en raison de la nervosité provoquée par les discussions avec quelques camarades et c'est ainsi que je repassai dans ma mémoire la scène du vol. Et je me rappelai, alors seulement, d'un fait qui pourrait peut-être avoir une grande importance. De retour à Montelusa, dans l'état d'agitation où j'étais, je me trompai de route à l'entrée de Vigàta, entrée rendue récemment difficile par une série de sens uniques insensés. Ainsi, au lieu de prendre la rue Granet, je débouchai sur la vieille rue Lincoln, et je me retrouvai donc à contresens. M'étant aperçu de mon erreur au bout de cinquante mètres, je décidai de faire marche arrière, manœuvre que je menai jusqu'à *la hauteur du chemin Trupìa, dans lequel j'aurais dû entrer à reculons pour me remettre dans la bonne direction. Mais il me fut impossible d'entrer dans le chemin parce que je le trouvai littéralement barré par une grosse voiture du type Ulisse, objet de beaucoup de propagande ces derniers jours mais pour l'heure en vente seulement à quelques exemplaires. Celle-là était immatriculée 328280 à Montelusa. A ce moment, il ne me restait plus qu'à persévérer dans l'infraction. Au bout de quelques mètres, j'ai débouché sur la place de la Vieille Eglise, où se dresse le supermarché.*

Je vous épargne des investigations supplémentaires : cette voiture, du reste unique dans le pays, appartient à M. Carmelo Ingrassia. Maintenant, étant donné qu'Ingrassia habite à Monteducale, que faisait sa voiture à deux pas du supermarché, appartenant lui aussi à Ingrassia, qui pendant ce temps était apparemment cambriolé ? A vous de répondre.

Croyez que je suis, cher monsieur, votre très dévoué
Chev. Gerlando Misuraca.

— Tu me l'as mis dans le cul jusqu'à la garde, chevalier ! dit pour tout commentaire Montalbano avec un regard mauvais à la lettre, qu'il avait posée sur la table de la salle à manger.

Et manger, justement, il n'en était plus question. Il n'ouvrit le frigo que pour rendre un hommage mélancolique au savoir culinaire de la bonne, hommage mérité, car il sentit aussitôt le fumet enveloppant des poulpes farcis. Il referma le réfrigérateur ; il ne pouvait pas, un poing s'était resserré sur son estomac. Il se déshabilla et, nu comme il était, il se mit à marcher le long de la mer ; de toute façon, à cette heure, il n'y avait pas âme qui vive. Ni faim ni sommeil. Vers les quatre heures du matin, il se jeta dans l'eau glacée, nagea longtemps, puis revint chez lui. Alors, il s'aperçut, cela le fit rire, que son organe avait durci. Il décida de lui parler, de lui faire entendre raison.

— Inutile de te faire des idées.

Le dur lui suggéra que peut-être un coup de fil à Livia lui aurait fait du bien, à Livia nue et chaude dans son lit.

— Tu es une tête de nœud qui débite des conneries. Ce sont des trucs de petits branleurs.

Vexé, le dur se retira. Montalbano enfila un slip, se mit une serviette sèche sur les épaules, prit un siège et s'installa sur la véranda face à la plage.

Il resta là, à contempler la mer qui lentement s'éclaircissait, puis prenait des couleurs, des rayures jaunes de soleil. Une belle journée s'annonçait et le commissaire se sentit consolé, prêt à agir. Les idées, après la lecture du chevalier, lui étaient venues, le bain avait servi à les mettre en ordre.

— Arrangé comme ça, vous ne pouvez pas vous y présenter, à la conférence, décréta Fazio en le toisant sévèrement.

— Qu'est-ce qu'il y a, tu as pris des leçons chez ceux de l'Antimafia ? (Montalbano ouvrit le sac de plastique bombé qu'il avait en main.) Là-dedans, j'ai le pantalon, la veste, la chemise et la cravate. Je me changerai avant d'aller à Montelusa. Et même, fais une chose, sors-les et mets-les sur un siège, que sinon, ils se prennent des plis.

— Ils se les sont déjà pris. Mais je parlais pas des vêtements, je parlais de la figure. Vous devez absolument aller chez le barbier.

« Absolument », avait dit Fazio qui le connaissait bien et savait à quel point le commissaire répugnait à se rendre chez le coiffeur. En se passant une main derrière le cou, Montalbano convint que ses cheveux avaient besoin d'un petit coup de ciseaux. Il se rembrunit.

— Aujourd'hui, tout va de travers, putain !

Avant de sortir, il arrêta que pendant que lui se faisait beau, quelqu'un irait chercher Carmelo Ingrassia et le conduirait au bureau.

— S'il me demande pourquoi, qu'est-ce que je dois lui répondre ? demanda Fazio.

— Tu ne réponds pas.

— Et s'il insiste ?

— S'il insiste, tu dis que je veux savoir depuis quand il se fait des lavements. Ça te va, comme ça ?

— Vous avez vraiment besoin de vous énerver ?

Le barbier, son commis et un client assis sur un des deux sièges pivotants que le salon, en réalité un réduit sous l'escalier, contenaient à grand-peine, étaient plongés dans une discussion animée, mais à la vue du commissaire, ils se turent. Montalbano était entré avec ce que lui-même appelait sa « tête de barbier », à savoir bouche ramenée à une fente, yeux mi-clos et soupçonneux, sourcils froncés, expression à la fois méprisante et sévère.

— Bonjour, il y a beaucoup à attendre ?

Même la voix, qui devenait basse et rauque.

— Que non, commissaire, asseyez-vous.

Pendant que Montalbano prenait place sur le siège vacant, le barbier, à un rythme accéléré comme dans un film de Charlot, faisait admirer le labeur accompli au client en lui mettant un miroir derrière la nuque, le libérait de la serviette, la jetait dans un récipient, en saisissait une propre, qu'il posait sur les épaules du commissaire. Le client, refusant l'habituel coup de brosse du commis, prit littéralement la fuite après avoir marmonné « Bonne journée ».

Le rite de la coupe de la barbe et des cheveux, exécuté dans un silence rigoureux, fut véloce et funèbre. Un nouveau client écarta le rideau de petites perles et faillit entrer mais, ayant flairé l'atmosphère et reconnu le commissaire :

— Je repasse, dit-il et il disparut.

Sur le chemin du retour à son bureau, Montalbano sentit flotter alentour une odeur indéfinissable mais dégoûtante, entre la térébenthine et un certain type de poudre qu'utilisaient les putes voilà une trentaine d'années. C'étaient ses cheveux qui puaient ainsi.

— Dans votre bureau, il y a Ingrassia, dit Tortorella à voix basse, comme s'il s'agissait d'une conjuration en marche.

— Fazio, où il est allé ?
— Chez lui, se changer. Il y a eu un coup de fil de la questure. Ils disent que Fazio, Gallo, Galluzzo et Germanà doivent aussi participer à la conférence.

« Visiblement, mon coup de fil à ce con de Sciacchitano a fait son effet », pensa Montalbano.

Ingrassia, qui cette fois était entièrement vêtu de vert pâle, esquissa un mouvement pour se lever.

— Je vous en prie, je vous en prie, dit le commissaire en s'asseyant derrière le bureau.

Distraitement, il se passa une main sur les cheveux et aussitôt l'odeur de térébenthine et de poudre se fit plus forte. Alarmé, il approcha les doigts de son nez, les renifla et eut la confirmation de son soupçon. Mais il n'y avait rien à faire, dans les toilettes du bureau, il n'avait pas de shampooing. D'un coup, sa « tête du barbier » lui revint. A le voir ainsi se métamorphoser, Ingrassia s'inquiéta, remua sur son siège.

— Il y a quelque chose ? demanda-t-il.
— Pardon, en quel sens ?
— Mais... dans tous les sens, s'emberlificota Ingrassia.
— Bof, fit Montalbano.

Il recommença à se renifler les doigts et le dialogue stagna.

— Vous avez vu, pour le pauvre chevalier ? dit le commissaire comme s'ils étaient en train de parler dans un salon entre amis.

— Eh ! La vie ! soupira l'autre, contrit.

— Vous vous rendez compte, monsieur Ingrassia : je lui avais demandé s'il pouvait revenir me donner d'autres détails sur ce qu'il avait vu la nuit du vol, nous nous étions mis d'accord pour nous rencontrer et en fait...

Ingrassia écarta les bras, dans un geste qui invitait Montalbano à se résigner devant le destin. Après une convenable pause de méditation :

— Excusez-moi, dit-il, mais quels autres détails pouvait vous raconter le pauvre chevalier ? Tout ce qu'il avait vu, il l'avait dit.

De l'index, Montalbano lui fit signe que non.

— Vous pensez qu'il n'a pas dit tout ce qu'il avait vu ?

A nouveau, Montalbano fit signe que non avec son doigt.

« Mijote dans ton jus, cornard », pensait-il.

La branche verte qu'était Ingrassia s'agita, comme secouée par une brise.

— Mais alors, que vouliez-vous savoir de lui ?

— Ce qu'il croyait ne pas avoir vu.

La brise tourna au vent puissant, le rameau oscilla.

— Je ne comprends pas.

— Je vous explique. Vous avez sûrement vu ce tableau de Pieter Bruegel qui s'intitule *Jeux d'enfants* ?

— Qui ? Moi ? Non, répondit Ingrassia, inquiet.

— Cela ne fait rien. Alors, vous aurez sûrement vu quelque chose de Hieronymus Bosch.

— Que non, dit le propriétaire du supermarché et il commença à transpirer.

Cette fois, il mouillait pour de bon, tandis que son visage prenait la couleur verte de son habit.

— Ça n'a pas d'importance, laissons tomber,

concéda Montalbano, magnanime. Je veux dire que quelqu'un qui a vu une scène, il se souvient de l'impression générale qu'il en a reçue. D'accord ?

— D'accord, acquiesça Ingrassia, désormais prêt au pire.

— Puis, peu à peu, il peut lui revenir à l'esprit quelques détails qu'il a vus, enregistrés dans sa mémoire mais mis de côté comme une particularité négligeable. Je donne quelques exemples : une fenêtre ouverte ou fermée, un bruit, que sais-je, un sifflement, une chanson, un siège déplacé, une automobile qui se trouve où elle ne devrait pas, une lumière qui s'est allumée... Des choses de ce genre, des détails qui finissent par avoir une importance extrême.

Ingrassia tira de sa poche un mouchoir à bordure verte et s'essuya.

— Vous m'avez fait venir seulement pour me dire cela ?

— Non, je vous aurais dérangé pour rien, je ne me le serais jamais permis. Je veux savoir si vous avez reçu des nouvelles de ceux qui, d'après vous, vous ont organisé la blague du faux vol.

— Pirsonne ne s'est manifesté.

— Etrange.

— Pourquoi ?

— Parce que le meilleur, dans une blague, c'est d'en rire ensuite avec la personne qui en a été victime. En tout cas, si par hasard ils se manifestent, faites-le-moi savoir. Bonne journée.

— Bonne journée, répondit Ingrassia en se levant.

Il dégoulinait, le pantalon lui collait au derrière.

⁂

Fazio se présenta tout endimanché, dans un uniforme flamboyant.

— Je suis là, dit-il.

— Et le pape est à Rome.

— C'est bon, commissaire, j'ai compris : aujourd'hui, c'est pas le jour.

Il commença de se retirer mais s'arrêta sur le seuil.

— Le *dottore* Augello a téléphoné, il dit comme ça qu'il a un très violent mal de dents. Il vient seulement si c'est nécessaire.

— Ecoute, tu sais où sont passés les restes de la Fiat 500 du chevalier Misuraca ?

— Oh que oui, elle est encore là, dans notre garage. Ecoutez-moi, à moi : tout ça, c'est rien que de l'envie.

— Mais de quoi tu parles ?

— Du mal de dents du *dottore* Augello. Une crise de jalousie, c'est.

— Jalousie de quoi ?

— Il vous jalouse à vous, parce que vous, vous faites la conférence et lui, non. Et peut-être qu'il est en colère parce que vous n'avez pas voulu lui dire le nom de celui que nous avons arrêté.

— Tu peux me rendre un service ?

— Oui, bon, j'ai compris, je m'en vais.

Quand Fazio eut bien fermé la porte, Montalbano composa un numéro. La voix de femme qui lui répondit parut la parodie du doublage d'une Noire.

— Allô ? Qui est à l'appa'eil, là ?

«Mais où est-ce qu'ils vont se les chercher, les bonnes, chez les Cardamone ? » se demanda Montalbano.

— Mme Ingrid est là ?
— Oui, mais qui est à l'appa'eil, là ?
— Salvo Montalbano.
— Attends, toi, là.

La voix d'Ingrid, elle, ressemblait à celle que le doublage italien avait prêtée à Greta Garbo, qui, du reste, était suédoise comme elle.

— Salut, Salvo, comment ça va ? Ça fait un bail qu'on s'est pas vus.
— Ingrid, j'ai besoin de ton aide. Tu es libre, ce soir ?
— Normalement, non. Mais si c'est important pour toi, j'envoie tout promener.
— C'est important.
— Alors, où et à quelle heure ?
— Ce soir, à neuf heures, au bar de la Marinella.

La conférence de presse s'avéra pour Montalbano, comme il l'avait, du reste, prévu, une épreuve honteuse. Arrivé de Palerme, le vice-questeur De Dominicis, de l'Antimafia, prit place à droite du questeur. Des gestes impérieux et des regards furibonds contraignirent Montalbano, qui voulait rester au milieu de l'assistance, à s'asseoir à gauche du chef. Derrière, debout, Fazio, Germanà, Gallo et Galluzzo. Le questeur prit la parole, et pour commencer, annonça le nom du personnage interpellé, le numéro un des numéros deux : Gaetano Bennici, dit Tano u grecu, pluri-assassin en cavale depuis des années. Ce fut littéralement une explosion. Les journalistes, qui étaient nombreux, il y avait même quatre caméras de télé, sursautèrent sur leurs sièges et se mirent à parler entre eux, au point que le questeur eut du mal à rétablir le silence. Il dit que le mérite de l'arrestation revenait au commissaire Montalbano, lequel, aidé de ses hommes — et il présenta chacun par son nom — avait su habilement et courageusement saisir une occasion propice. Puis De Dominicis expliqua le rôle de Tano u grecu au sein de l'organisation, rôle qui était, sinon de tout premier plan, au moins de premier plan. Il se rassit et Montalbano comprit qu'il était livré aux loups.

Les questions partirent en rafale, pire qu'une kalachnikov. Y avait-il eu un affrontement armé ? Tano u grecu était-il seul ? Y avait-il eu des blessés parmi les forces de l'ordre ? Qu'avait dit Tano quand on l'avait menotté ? Tano dormait-il ou était-il réveillé ? Il avait une femme avec lui ? Un chien ? Etait-il vrai qu'il se droguait ? Combien de meurtres avait-il sur le dos ? Comment était-il habillé ? Il était nu ? Etait-il vrai que Tano était un supporter de Milan ? Qu'il avait sur lui une photo d'Ornella Muti ? Voulez-vous expliquer l'occasion propice dont a parlé le questeur ?

Montalbano s'essoufflait à répondre et comprenait toujours moins ce qu'il racontait.

« Heureusement qu'il y a la télévision, pensa-t-il,

comme ça, je me reverrai et je comprendrai les conneries que j'ai sorties. »

Et puis, pour rendre les choses encore plus difficiles, il y avait les yeux pleins d'adoration de l'inspectrice Anna Ferrara, fixés sur lui.

Une tentative pour le tirer des sables mouvants où il s'enlisait vint du journaliste Nicolò Zito, de « Retelibera », un véritable ami.

— Commissaire, si vous permettez... vous avez dit que vous avez rencontré Tano en revenant de Fiacca où vous aviez été invité par des amis à manger une *tabisca*. J'ai bien entendu ?

— Oui.

— Qu'est-ce que c'est, une *tabisca* ?

Ils s'en étaient envoyé tant de fois ensemble... Zito lui jetait une bouée. Montalbano la saisit. Redevenu tout à coup sûr de lui et précis, le commissaire se lança dans une description détaillée de cette extraordinaire pizza aux innombrables condiments.

Dans l'homme aux abois, balbutiant, hésitant, effaré, éberlué, éperdu, mais aux yeux toujours possédés, que les caméras de « Retelibera » cadraient impitoyablement en gros plan, Montalbano se reconnut difficilement, sous l'avalanche de questions de ces pédés de fils de putes de journalistes. La partie des explications sur la *tabisca*, celle où il s'en était le mieux sorti, ne fut pas diffusée. Peut-être ne cadrait-elle pas parfaitement avec le sujet principal, la capture de Tano.

Les aubergines au parmesan que la bonne lui avait laissées dans le four lui parurent tout à coup insipides, mais c'était impossible, ce n'était pas vrai, il s'agissait d'un effet psychologique, c'était de se voir avec une telle tête de con à la télé.

Sans crier gare, il lui vint une envie de pleurer, de se pelotonner sur le lit en s'enveloppant dans un drap comme une momie.

— Commissaire Montalbano ? Ici Luciano Acquasanta, du journal *Il Mezzogiorno*. Pourriez-vous avoir l'amabilité de m'accorder une interview ?

— Non.
— Je ne vous ferai pas perdre trop de temps, je vous jure.
— Non.

***

— Je parle au commissaire Montalbano? Ici Spingardi, Attilio Spingardi de la RAI de Palerme. Nous sommes en train d'organiser une table ronde sur le thème…
— Non.
— Mais laissez-moi terminer!
— Non.

***

— Mon amour? C'est Livia. Comment tu te sens?
— Bien. Pourquoi?
— Je viens juste de te voir à la télévision.
— Oh Seigneur! On m'a vu dans toute l'Italie?
— Je crois que oui. Mais ça a été bref, tu sais.
— On entendait ce que je disais?
— Non, il n'y avait que le présentateur qui parlait. Mais on voyait bien ton visage et c'est pour ça que je me suis inquiétée. Tu étais jaune citron.
— Il y avait aussi les couleurs?
— Bien sûr. De temps en temps, tu te mettais la main sur les yeux, sur le front.
— J'avais mal à la tête et les lumières me gênaient.

— Ça t'a passé ?
— Oui.

***

— Commissaire Montalbano ? Ici Stefania Quattrini de *Etre femme*. Nous souhaiterions vous interviewer par téléphone, vous pouvez rester en ligne ?
— Non.
— C'est l'affaire de quelques secondes.
— Non.

***

— J'ai l'honneur de parler avec le célèbre commissaire Montalbano en personne, celui qui a tenu une conférence de presse ?
— Ne me cassez pas les couilles.
— Non, pas les couilles, sois tranquille, nous, ce qu'on veut, c'est te casser le cul.
— Qui est à l'appareil ?
— *La to' morti*, ta mort. C'est ta mort qui te parle. Je veux te dire que tu t'en sortiras pas comme ça, cornard de comédien ! A qui tu croyais le faire avaler, tout ce théâtre que tu as fait avec ton ami Tano ? Et c'est pour ça que tu vas payer. Tu vas payer pour avoir cherché à nous baiser.
— Allô ? Allô ?

***

La communication avait été coupée. Montalbano n'eut pas le temps de soupeser ces paroles menaçantes, d'y réfléchir, parce qu'il comprit que le son insistant qu'il entendait dans la tourmente de ces coups de fil était celui de la sonnerie de la porte. Va savoir pourquoi, il fut persuadé qu'il s'agissait d'un quelconque journaliste plus expert que les autres qui avait décidé de se présenter directement. Il courut exaspéré dans l'entrée et, sans ouvrir, cria :

— C'est qui, bordel ?
— Le questeur.

Et qu'est-ce qu'il voulait de lui, chez lui, à cette heure, sans même avoir prévenu de son arrivée ? Il repoussa le verrou d'une gifle, ouvrit grande la porte.

— Bonjour, entrez, je vous prie, et il se mit de côté.

Le questeur ne bougea pas.

— Nous n'avons pas le temps. Arrangez-vous et rejoignez-moi à la voiture.

Il lui tourna le dos, s'éloigna. En passant devant le grand miroir de l'armoire, Montalbano comprit ce que voulait signifier le questeur avec son « Arrangez-vous ». En fait, il était complètement nu.

La voiture n'arborait pas d'incription « Police » ; en fait, elle portait la marque des autos de location ; à la place du conducteur, il y avait, en civil, un agent de la questure de Montelusa que le commissaire connaissait. A peine Montalbano assis, le questeur parla :

— Excusez-moi si je n'ai pas eu le temps de vous avertir, mais votre téléphone était sans arrêt occupé.
— Eh oui.

Certes, il aurait pu faire interrompre la communication, mais cela n'entrait pas dans ses manières de gentilhomme discret. Montalbano ne lui expliqua pas pourquoi son téléphone ne l'avait pas laissé en paix ; ce n'était pas le moment, son chef était nerveux comme il ne l'avait jamais vu, avec les traits tirés et la bouche à demi tordue dans une espèce de grimace.

Trois quarts d'heure après qu'ils eurent pris la route conduisant de Montelusa à Palerme, alors que le chauffeur appuyait sur le champignon, le commissaire commença à observer cette partie du paysage de son île qui lui plaisait le plus.

— Ça te plaît vraiment ? lui avait demandé, abasourdie, Livia quand, quelques années auparavant, il l'avait emmenée dans ce coin.

Collines arides, tels de gigantesques tumulus, couvertes seulement de touffes jaunes d'herbes flétries, abandonnées par la main de l'homme vaincu par la sécheresse, la chaleur ou plus simplement la fatigue d'un combat perdu d'avance, interrompues de temps en temps par le gris d'aiguilles rocheuses, absurdement nées de rien ou peut-être tombées d'en haut, stalactites ou stalagmites de cette profonde grotte à ciel ouvert qu'était la Sicile. Les rares maisons, toutes sans étage, *dammùsi*[1], cubes de pierres sèches, étaient

---

1. Constructions carrées à toit rond qui évoquent l'autre rive de la Méditerranée. *(N.d.T.)*

posées de travers comme si elles avaient heureusement résisté à une violente ruade de la terre qui ne supportait pas de les sentir sur son dos. Il y avait bien quelques taches de verdure, mais ni arbres ni cultures, il s'agissait d'agaves, d'épines du Christ, de sorgho, d'herbe-épée, décolorés, poussiéreux, bien près eux aussi de la reddition.

Comme s'il avait attendu le décor adapté, le questeur se décida à parler, et le commissaire comprit que ce n'était pas à lui qu'il s'adressait, mais à soi-même, dans une sorte de monologue douloureux et rageur.

— Pourquoi l'ont-ils fait ? Qui a décidé de décider ? Si on faisait une enquête, hypothèse impossible, il apparaîtrait ou bien que personne n'a pris l'initiative ou qu'ils ont dû agir sur ordre supérieur. Alors, voyons qui sont ces supérieurs qui ont donné l'ordre. Le chef de l'Antimafia nierait l'avoir donné, et aussi le ministre de l'Intérieur, le président du Conseil, le chef de l'Etat. Restent, dans l'ordre : le pape, Jésus, la Madone, le Père éternel. Ils crieraient au scandale : comment peut-on penser que ce sont eux qui ont donné l'ordre ? Ne reste plus que le Malin, lequel s'est gagné la réputation d'être à l'origine de tous les maux. Voilà le coupable : le diable ! En somme, pour résumer, ils ont décidé de le transférer dans une autre prison.

— Tano ? osa demander Montalbano, mais le questeur ne lui répondit même pas.

— Pourquoi ? Nous ne le saurons jamais, cela est certain. Et pendant que nous étions en train de tenir la conférence de presse, ils le mettaient dans une voiture quelconque avec deux agents en civil pour l'escorter — oh, mon Dieu ! Comme ils sont rusés ! — sans se faire remarquer, certes, et ainsi quand, du côté de Trabia, est sortie d'un chemin la classique et puissante moto avec deux types dessus, rendus absolument anonymes par le casque intégral... Les deux agents sont morts, lui est en train d'agoniser à l'hôpital. Et voilà.

Montalbano encaissa, en songeant cyniquement que s'ils l'avaient tué quelques heures plus tôt, ils lui auraient épargné la torture de la conférence de presse. Il se mit à poser des questions seulement parce qu'il devinait qu'avec cette tirade, le questeur s'était passablement calmé.

— Mais comment ont-ils pu savoir que...

Le questeur donna un grand coup contre le siège devant lui, le chauffeur sursauta et la voiture se déporta légèrement.

— Mais qu'est-ce que c'est que cette question, Montalbano ? Une taupe, non ? Et c'est ça qui me rend malade.

Le commissaire laissa passer quelques minutes avant de demander encore :

— Mais nous, qu'est-ce qu'on vient faire là-dedans ?

— Il veut vous parler. Il a compris qu'il est en train de mourir, il veut vous dire quelque chose.

— Ah. Et vous, pourquoi vous êtes-vous dérangé ? Je pouvais y aller seul.

— Je vous accompagne pour vous éviter les retards, les contretemps. Ceux-là, dans leur sublime intelligence, ils sont peut-être capables d'empêcher l'entretien.

**
*

Devant le portail de l'hôpital, il y avait un blindé ; une dizaine de gardes étaient éparpillés dans le jardinet, mitraillettes au poing.

— Couillons, dit le questeur.

Ils franchirent, avec un énervement croissant, au moins cinq contrôles, puis enfin arrivèrent dans le couloir où se trouvait la chambre de Tano. Tous les autres patients avaient été évacués et emmenés ailleurs au milieu des malédictions et des blasphèmes. Aux deux extrémités du couloir, quatre policiers armés, et deux autres devant la porte de la chambre. Le questeur leur montra son laissez-passer.

— Je vous félicite, dit-il au gradé.

— De quoi, monsieur le questeur ?

— De votre service d'ordre.

— Merci, dit le gradé qui s'illumina : il n'avait compris que dalle à l'ironie du questeur.

— Entrez seul, je vous attends dehors.

Alors seulement, le questeur se rendit compte que Montalbano était livide, la sueur lui baignait le front.

— Mon Dieu, Montalbano, qu'avez-vous ? Vous vous sentez mal ?

— Ça va très bien, répondit le commissaire entre ses dents.

En fait, il frimait, il ne se sentait pas bien du tout. Les morts, il s'en foutait éperdument, il pouvait dormir avec eux, faire semblant de briser le pain ou de jouer à la belote avec eux, ils ne l'impressionnaient en rien, mais les mourants lui donnaient des suées, ses mains se mettaient à trembler, un froid glacé le gagnait, un trou se creusait dans son estomac.

Sous le drap qui le recouvrait, le corps de Tano lui parut rétréci, plus petit que dans son souvenir. Les bras étaient étendus le long des flancs, le droit enveloppé dans d'épais pansements. Du nez, maintenant presque transparent, partaient les tubes d'oxygène ; le visage semblait faux, comme celui d'un poupon de cire. Maîtrisant son envie de s'enfuir, le commissaire prit un siège en tubes de métal, et s'assit aux côtés du moribond qui gardait les paupières serrées, comme s'il dormait.

— Tano ? Tano ? C'est moi, le commissaire Montalbano.

La réaction de l'autre fut immédiate, il écarquilla les yeux, eut un mouvement comme pour se lever à demi sur le lit, violent sursaut sûrement dicté par un instinct d'animal longtemps traqué. Puis ses yeux se braquèrent sur le commissaire, la tension du corps se relâcha visiblement.

— Vous vouliez me parler ?

Tano fit signe que oui de la tête et esquissa un sourire. Il parla avec beaucoup de lenteur, beaucoup de fatigue.

— Ils m'ont jeté quand même hors de la route.

Il faisait allusion à la discussion qu'ils avaient eue dans le cabanon et Montalbano ne sut que dire.

— Approchez-vous.
Montalbano se leva de son siège, se pencha vers lui.
— Encore.
Le commissaire se baissa jusqu'à ce que son oreille touche la bouche de Tano ; le souffle brûlant de l'autre lui donna une sensation de dégoût. Tano, alors, lui dit ce qu'il avait à lui dire, avec lucidité, avec précision. Mais parler l'avait fatigué, il referma les yeux et Montalbano ne sut que faire, partir ou rester encore un peu. Il choisit de s'asseoir et de nouveau, Tano dit quelque chose d'une voix empâtée. Le commissaire se releva, se pencha sur le moribond.
— Qu'est-ce que vous avez dit ?
— Je pétoche.

Il avait peur, et au point où il en était, il n'hésitait pas à le dire. C'était cela, la pitié, cette vague inattendue de chaleur, ce mouvement du cœur, ce sentiment déchirant ? Montalbano posa une main sur le front de Tano, et le tutoiement lui vint spontanément.
— N'aie pas honte de le dire. C'est aussi pour ça que tu es un homme. Nous tous, on pétochera quand on en sera là. Adieu, Tano.

Il sortit à pas rapides, referma la porte dans son dos. A présent, dans le couloir, outre le questeur et les agents, il y avait aussi De Dominicis et Sciacchitano. Ils se précipitèrent à sa rencontre.
— Qu'est-ce qu'il a dit ? demanda De Dominicis, anxieux.
— Rien, il n'a rien pu me dire. Il voulait, c'est évident, mais il n'a pas réussi. Il est en train de mourir.
— Bah ! fit Sciacchitano, dubitatif.

Calmement, Montalbano lui posa une main ouverte sur la poitrine et le poussa violemment. L'autre recula, abasourdi, de trois pas.

— Reste là, ne t'approche pas, dit le commissaire entre ses dents.

— Ça suffit, Montalbano, intervint le questeur.

De Dominicis ne parut pas accorder d'importance à la querelle entre les deux hommes.

— Qui sait ce qu'il avait à vous dire, insista-t-il en fixant le commissaire d'un œil inquisiteur, avec une expression qui voulait signifier : « Toi, tu me racontes des craques. »

— Si ça vous chante, rétorqua grossièrement Montalbano, essayez de deviner.

Avant de quitter l'hôpital, Montalbano se siffla au bar un double J & B sec. Ils partirent pour Montelusa ; le commissaire calcula qu'il serait rentré pour sept heures et demie à Vigàta, il pourrait donc être à son rendez-vous avec Ingrid.

— Il a parlé, n'est-ce pas ? demanda tranquillement le questeur.

— Oui.

— Une chose importante ?

— A mon avis, oui.

— Pourquoi vous a-t-il choisi, vous ?

— Il m'a juré qu'il voulait me faire un cadeau personnel, pour la loyauté que je lui avais manifestée dans cette affaire.

— Je vous écoute.

Montalbano lui rapporta tout et à la fin le questeur resta pensif. Puis il poussa un soupir.

— Réglez tout vous-même, avec vos hommes. Mieux vaut que personne ne sache rien. Ils ne doivent même pas le savoir, à la questure : ils vous ont à peine vu, des taupes il peut s'en trouver partout.

Visiblement, il était retombé dans cette mauvaise humeur qui l'avait pris durant le voyage à l'aller.

— Voilà où nous en sommes ! dit-il, furieux.

A mi-chemin, le téléphone mobile sonna.

— Oui ? fit le questeur.

A l'autre bout, on parla brièvement.

— Merci, dit le questeur, puis il se tourna vers le commissaire : C'était De Dominicis. Il m'informait courtoisement que Tano est mort pratiquement quand nous sortions de l'hôpital.

— Il va falloir qu'ils fassent attention, dit Montalbano.

— A quoi ?

— A ne pas se faire voler le cadavre, répondit le commissaire avec une lourde ironie.

Ils roulèrent un moment en silence.

— Pourquoi, demanda Montalbano, De Dominicis s'est-il empressé de vous faire savoir que Tano est mort ?

— Mais, mon cher, en pratique, c'est à vous que le coup de fil était destiné. Il est clair que De Dominicis, qui n'est pas un crétin, pense à juste titre que Tano a réussi à vous dire quelque chose. Et il voudrait ou se prendre un morceau de gâteau, ou se l'envoyer en entier.

* * *

Au bureau, il trouva Catarella et Fazio. C'était mieux ainsi, il préférait parler à Fazio sans personne autour. Par devoir, plus que par curiosité, il demanda :

— Mais les autres, où ils sont ?

— Ils sont à courir derrière quatre gamins sur deux motos qui font une course de vitesse.

— Seigneur ! Tout le commissariat mobilisé pour une course ?

— C'est une course spéciale, expliqua Fazio. Il y a une moto verte, une autre jaune. La jaune part la première et remonte à toute vitesse une rue, en volant à l'arraché tout ce qui est volable. Une heure ou deux après, quand les gens se sont calmés, la verte part, se chope le chopable. Puis ils changent de rue et de quartier, mais cette fois, la première à partir, c'est la verte. C'est une compétition à qui réussira à piquer le plus.

— Compris. Ecoute, Fazio, il faudrait que tu passes dans la soirée à l'entreprise Vinti. En mon nom, tu demandes au comptable de nous prêter une dizaine d'outils, pelles, pics, pioches, bêches. Demain matin, à six heures, nous nous retrouvons tous ici. Au bureau, resteront le *dottor* Augello et Catarella. Je veux deux voitures, non, une, parce que tu te fais aussi prêter une Jeep par l'entreprise Vinti. A propos, qui est-ce qui l'a, la clé de notre garage ?

— C'est celui qui est de garde qui la conserve. En ce moment, c'est Catarella.

— Dis-lui de te la remettre et donne-la-moi.

— Tout de suite. Excusez-moi, commissaire, mais pourquoi avons-nous besoin de pelles et de bêches ?

— Parce que nous changeons de métier. A partir de demain, nous nous consacrons à l'agriculture, à la saine vie des champs. Ça te va ?

— Commissaire, avec vous, depuis quelques jours, on peut plus raisonner. On peut savoir ce qui vous prend ? Vous êtes devenu agressif et antipathique.

8

Depuis qu'il l'avait connue, au cours d'une enquête dans laquelle Ingrid, tout à fait innocente, lui avait été offerte, à travers de fausses pistes, comme bouc émissaire, une curieuse amitié était née entre le commissaire et cette femme splendide. De temps en temps, Ingrid se manifestait par un coup de fil et ils passaient une soirée à bavarder. La jeune femme faisait ses confidences à Montalbano, elle lui exposait ses problèmes, et lui, fraternellement, et sagement, la conseillait : il était une sorte de père spirituel — rôle qu'il avait dû s'imposer de force, Ingrid suscitant des pensées pas précisément spirituelles — dont la jeune femme négligeait soigneusement les conseils. Sur tous les rendez-vous qu'ils avaient eus, six ou sept, Montalbano n'était jamais arrivé avant elle ; Ingrid avait un culte carrément maniaque de la ponctualité.

Cette fois encore, quand il eut arrêté sa voiture sur le parc de stationnement du bar de Marinella, il vit que celle d'Ingrid était là, à côté d'un cabriolet Porsche, une sorte de bolide peint dans un jaune qui agressait le goût autant que la vue.

Quand il entra dans le bar, Ingrid se tenait debout au comptoir, en train de boire un whisky, et à côté d'elle, un homme, un quadragénaire en costard jaune canari, très élégant, avec Rolex et queue de cheval, lui parlait de près.

« Quand il doit changer de costard, il change peut-être de voiture ? » se demanda le commissaire.

Dès qu'elle le vit, Ingrid courut à sa rencontre, l'étreignit, lui posa un baiser léger sur les lèvres, elle était visiblement contente de le retrouver. Contentement partagé par Montalbano : Ingrid était une vraie grâce divine, avec son jean serré sur de très longues jambes, ses sandales, sa chemisette bleu clair transparente qui laissait entrevoir la forme du sein, les cheveux blonds répandus sur les épaules.

— Excuse-moi, dit-elle au canari qui était avec elle. A bientôt.

Ils allèrent s'asseoir à une table, Montalbano ne voulut rien boire ; l'homme à Rolex et queue de cheval alla finir son whisky sur la terrasse face à la mer. Le commissaire et la jeune femme se dévisagèrent en souriant.

— Je te trouve bonne mine, dit Ingrid. Aujourd'hui, à la télé, tu m'avais l'air souffrant.

— Oui, dit le commissaire, et il dévia la conversation. Toi aussi, tu m'as l'air d'aller bien.

— Tu voulais me voir pour qu'on se fasse des politesses ?

— Il faut que je te demande un service.

— Je suis là.

De la terrasse, l'homme à la queue de cheval lançait des coups d'œil vers eux.

— Qui c'est, celui-là ?
— Quelqu'un que je connais. Nous nous sommes croisés sur la route pendant que je venais ici, il m'a suivie, m'a offert à boire.
— En quel sens, tu le connais ?
Ingrid se fit sérieuse, une ride lui plissa le front.
— Tu es jaloux ?
— Non, tu le sais très bien et d'ailleurs, il n'y a pas de raison. C'est qu'à peine je l'ai vu, il ne m'est pas revenu. Comment s'appelle-t-il ?
— Allez, va, Salvo, qu'est-ce que ça peut te foutre ?
— Dis-moi comment il s'appelle.
— Beppe… Beppe De Vito.
— Et qu'est-ce qu'il fait pour se gagner la Rolex, la Porsche et tout le reste ?
— Commerce de fourrures.
— Tu as couché avec lui ?
— Oui, l'année dernière, je crois. Et il était en train de me proposer de remettre ça. Mais moi, de cette unique rencontre, je n'ai pas un souvenir plaisant.
— Un dégénéré ?
Ingrid l'observa un instant, puis éclata d'un grand rire qui fit sursauter le barman.
— Qu'est-ce qui te fait rire ?
— Ta tête de brave flic scandalisé. Non, Salvo, au contraire. Il est totalement privé de fantaisie. Le souvenir que j'ai de lui est d'une banalité étouffante.
Montalbano fit signe à l'homme à la queue de cheval de s'approcher de leur table et pendant que

celui-ci s'avançait en souriant, Ingrid scruta le commissaire d'un air préoccupé.

— Bonsoir. Je vous connais, vous savez ? Vous êtes le commissaire Montalbano.

— Je crains, malheureusement, que vous ayez l'occasion de me connaître davantage.

L'autre sursauta, le whisky trembla dans son verre, les glaçons tintèrent.

— Pourquoi, malheureusement ?

— Vous vous appelez bien Giuseppe De Vito et vous faites le commerce de fourrures ?

— Oui… mais je ne comprends pas.

— Vous comprendrez le moment venu. Un de ces jours, vous serez convoqué à la questure de Montelusa. J'y serai moi aussi. Nous aurons la possibilité de parler longuement.

L'homme à la Rolex, le visage brusquement jauni, posa son verre sur la table, il n'arrivait plus à le tenir.

— Vous ne pourriez pas avoir l'amabilité… de me dire à l'avance… de m'expliquer…

Montalbano prit l'expression d'une personne emportée par un irrépressible élan de générosité.

— Ecoutez, c'est seulement parce que vous êtes un ami de la dame ici présente. Connaissez-vous un Allemand, un certain Kurt Suckert ?

— Je vous le jure : jamais entendu parler, dit l'autre en tirant de sa poche un mouchoir jaune canari pour essuyer la sueur de son front.

— Si vous me répondez ainsi, alors, je n'ai rien d'autre à ajouter, rétorqua le commissaire, glacial.

Il le toisa, lui fit signe de s'approcher encore.

— Je vous donne un conseil : ne jouez pas au plus malin. Bonsoir.

— Bonsoir, répondit mécaniquement De Vito et, sans même un regard pour Ingrid, il sortit en courant.

— T'es un con, dit calmement Ingrid. Et un salaud, aussi.

— Oui, c'est vrai, de temps en temps, quand ça me prend, je suis comme ça.

— Ce Suckert existe vraiment ?

— Il a existé. Mais il se faisait appeler Malaparte. C'était un écrivain.

Le rugissement de la Porsche leur parvint, suivi d'un démarrage sur les chapeaux de roues.

— Ça y est, tu t'es défoulé ? demanda Ingrid.

— Pas mal, oui.

— Je l'ai compris dès que tu es entré, que tu étais de mauvaise humeur. Qu'est-ce qui t'est arrivé, tu peux me le dire ?

— Je pourrais, mais ça n'en vaut pas la peine. Des problèmes de boulot.

*
**

Montalbano avait suggéré à Ingrid de laisser sa voiture sur le parc de stationnement du bar, ils repasseraient la prendre. Ingrid n'avait cherché à savoir ni où ils allaient ni ce qu'ils allaient faire. A un moment, Montalbano demanda :

— Comment va ton beau-père ?

— Bien ! annonça Ingrid, allègre. J'aurais dû te le dire avant, excuse-moi. Avec mon beau-père, ça va bien. Ça fait deux mois qu'il me fiche la paix, il ne me colle plus.

— Qu'est-ce qui s'est passé ?

— Je ne sais pas, il ne me l'a pas dit. La dernière fois, ça a été au retour de Fela, nous étions allés à un mariage, mon mari n'avait pas pu venir, ma belle-mère ne se sentait pas bien. Bref, nous étions rien que nous deux. A un certain moment, il a bifurqué sur une route secondaire, il a fait quelques kilomètres, s'est arrêté au milieu des arbres, m'a fait descendre, m'a déshabillée, m'a jetée à terre et m'a baisée avec sa violence habituelle. Le lendemain, je suis partie pour Palerme avec mon mari. Quand je suis revenue, une semaine plus tard, mon beau-père avait l'air vieilli, tremblant. Depuis, il m'évite. Maintenant, je peux donc me retrouver seule avec lui dans un couloir de la maison sans craindre d'être collée contre un mur avec une de ses mains sur les nichons et l'autre sur la chatte.

— C'est mieux ainsi, non ?

L'histoire qu'Ingrid venait de lui raconter, Montalbano la connaissait mieux qu'elle. Le commissaire avait entendu parler de la liaison d'Ingrid et de son beau-père dès sa première rencontre avec elle. Une nuit, tandis qu'ils bavardaient, Ingrid avait soudain éclaté en sanglots convulsifs ; elle ne supportait plus la situation avec le père de son époux : elle qui était une femme absolument libre, se sentait comme salie, avilie par ce quasi-inceste qui lui était imposé ; elle songeait à quitter son mari pour rentrer en Suède ; quant à gagner son pain, elle trouverait bien moyen, elle était excellente mécanicienne.

C'est à ce moment que Montalbano avait pris la résolution de l'aider, de la tirer d'affaire. Le lendemain, il invita à déjeuner Anna Ferrara, l'inspectrice de police qui, amoureuse de lui, était convaincue qu'Ingrid était sa maîtresse.

— Je suis désespéré, commença-t-il en prenant une tête de grand acteur tragique.

— Oh, mon Dieu, qu'est-ce qui t'arrive ? demanda Anna en lui prenant une main entre les siennes.

— Il m'arrive qu'Ingrid me trompe.

Il laissa tomber sa tête sur sa poitrine, et réussit miraculeusement à mouiller ses yeux.

Anna étouffa une exclamation de triomphe. Elle avait toujours vu juste, elle ! Cependant, le commissaire se cachait le visage dans les mains et la jeune femme était bouleversée devant cette manifestation de désespoir.

— Tu sais, je n'ai pas voulu te le dire pour ne pas te faire de peine, mais je me suis un peu renseignée sur Ingrid. Tu n'es pas le seul homme dans sa vie.

— Mais cela, je le savais ! s'exclama le commissaire, en gardant le visage dans ses mains.

— Et alors ?

— Cette fois, c'est différent ! Ce n'est pas une

aventure comme tant d'autres, que je pourrais éventuellement pardonner ! Elle aime et elle est aimée !

— Tu sais de qui elle est amoureuse ?

— Oui, de son beau-père.

— Oh, Seigneur ! fit Anna en sursautant. C'est elle qui te l'a dit ?

— Non. Je l'ai compris tout seul. Elle, en fait, elle nie. Elle nie tout. Mais moi, j'ai besoin d'une preuve certaine, à lui jeter à la figure. Tu me comprends ?

Anna s'était offerte à la lui fournir, cette preuve certaine. Et elle se démena si bien qu'elle avait réussi à fixer sur la pellicule les images de la scène agreste dans le bosquet. Elle les avait fait agrandir par une amie sûre de la police scientifique et les avait remises au commissaire. Le beau-père d'Ingrid, non content de diriger un service à l'hôpital de Montelusa, était aussi un homme politique de premier plan : au siège provincial du parti, à l'hôpital et chez lui, Montalbano lui avait expédié une première et éloquente documentation. Au dos, chaque photo portait cette unique inscription : « Nous avons barre sur toi. » La rafale lui avait évidemment flanqué une frousse mortelle, en un instant il avait vu sa carrière et sa famille en danger. Pour faire face à toute éventualité, le commissaire avait une vingtaine de photos en réserve. A Ingrid, il n'avait rien dit, elle était capable de lui faire des histoires pour avoir violé sa *privacy* suédoise.

Montalbano accéléra, il était satisfait, maintenant, il savait que la manipulation complexe qu'il avait mise en œuvre avait atteint son but.

***

— La voiture, tu la rentres toi, dit Montalbano en descendant, et il commença à se débattre avec le rideau de fer du garage de la police.

Quand l'auto fut à l'intérieur, il alluma les lumières et rabaissa le rideau.

— Que dois-je faire ? demanda Ingrid.
— Tu vois cette épave de Fiat 500 ? Je veux savoir si les freins ont été trafiqués.
— Je ne sais pas si je réussirai à m'en rendre compte.
— Essaie.
— Adieu, mon chemisier !
— Ah non, attends. J'ai apporté quelque chose.

Sur le siège arrière de sa voiture, il prit un sac de plastique, en tira une chemise et un jean.

— Mets-toi ça.

Tandis qu'Ingrid se changeait, il se mit en quête d'une lampe d'atelier, la trouva sur le comptoir, la brancha. Sans mot dire, Ingrid la prit, ainsi qu'une clé anglaise et un tournevis et se glissa sous le châssis tordu de la Fiat 500. Une dizaine de minutes lui suffirent. Elle ressortit de sous la voiture, souillée de poussière et de cambouis.

— J'ai eu de la chance. Le câble des freins a été en partie coupé, j'en suis convaincue.
— Qu'est-ce que ça veut dire, en partie ?
— Qu'il n'a pas été complètement coupé, on a laissé ce qu'il fallait pour que la voiture ne rentre pas

tout de suite dans un mur. Mais à la première forte traction, le câble devait casser à coup sûr.

— Tu es sûr qu'il ne s'est pas rompu seul ? C'était une vieille voiture.

— La coupure est trop nette. Il n'y a pas d'effilochage, ou du moins, il y en a très peu.

— Maintenant, écoute bien, dit Montalbano. L'homme qui conduisait est parti de Vigàta pour Montelusa, il s'y est arrêté un moment, puis est rentré à Vigàta. L'accident a eu lieu dans la descente abrupte qu'il y a pour entrer dans le village, la descente de la Catena. Il est allé se foutre contre un camion, et s'y est encastré. C'est clair ?

— C'est clair.

— Alors moi, je te demande : ce beau petit travail, selon toi, on le lui a fait à Vigàta, ou à Montelusa ?

— A Montelusa, assura Ingrid. S'il avait été fait à Vigàta, il aurait eu un accident nettement avant, aucun doute là-dessus. Tu veux savoir autre chose ?

— Non. Merci.

Ingrid ne se changea pas, ne se lava même pas les mains.

— Je le ferai chez toi.

*
* *

Au parc de stationnement du bar, Ingrid descendit, prit sa voiture, suivit celle du commissaire. Minuit n'avait pas encore sonné, la soirée était tiède.

— Tu veux te prendre une douche ?

— Non, je préfère un bain de mer. Après, peut-être, je me doucherai.

Elle enleva les vêtements salis de Montalbano, retira sa culotte et, pendant ce temps, le commissaire dut faire quelques efforts pour endosser son costume quelque peu malmené de conseiller spirituel.

— Allez, déshabille-toi, dit-elle, viens, toi aussi.
— Non. J'aime bien te regarder de la véranda.

La lune pleine répandait peut-être un peu trop de lumière. Etendu sur la chaise longue, Montalbano jouit du spectacle de la silhouette d'Ingrid qui, arrivée au bord de la mer, commençait, en entrant dans l'eau froide, une danse de son cru, bras écartés, avec de petits sauts. Il la vit plonger, suivit un moment le point noir de sa tête et puis, d'un coup, s'endormit.

*
* *

Il se réveilla alors que, déjà, pointaient les premières lueurs du jour. Il se leva, passablement transi de froid, se prépara un café, en but trois tasses de suite. Avant de s'en aller, Ingrid avait nettoyé la maison, il n'y avait pas trace de son passage. Une femme en or : elle avait fait ce qu'il lui demandait, sans réclamer la moindre explication. Du point de vue de la curiosité, ce n'était pas une gonzesse. Mais seulement de ce point de vue-là. Comme il éprouvait une légère morsure de faim, il rouvrit le frigo : les aubergines au parmesan, Ingrid se les était liquidées. Il dut se contenter d'un bout de pain et d'un morceau de fromage, c'était mieux que rien, comme bouffe. Il prit une douche et mit les vêtements qu'il avait prêtés à Ingrid, son odeur les imprégnait encore légèrement.

Comme d'habitude, il arriva au commissariat avec une dizaine de minutes de retard : ses hommes étaient prêts, avec une voiture de service et la Jeep prêtée par l'entreprise Vinti chargée de pelles, bêches, pics, pioches ; on eût dit des journaliers s'apprêtant à partir gagner leur pitance en grattant la terre.

La montagne du Crasto, qui, pour sa part, ne s'était jamais, même en rêve, prise pour une montagne, était une colline plutôt pelée qui se dressait à l'ouest de Vigàta, à guère plus de cinq cents mètres de la mer. Elle avait été soigneusement trouée par un tunnel, à présent fermé par des planches de bois, qui devait faire partie d'une route partant de nulle part pour aboutir nulle part, très utile pour attirer des fonds qui déviaient dans le puits sans fond des dessous de table. De fait, on l'appelait la déviation. Selon une légende, dans les entrailles de la montagne était dissimulé un *crasto*, un bélier, d'or massif : les excavateurs du tunnel ne l'avaient pas trouvé, ceux qui avaient lancé l'appel d'offres, en revanche, oui. Accroché à la montagne, il y avait, du côté qui ne regardait pas la mer, une espèce de fortin rocheux, dit « *u crasticeddru* » : là, les scrapers et les camions n'étaient pas arrivés, la zone avait une certaine beauté sauvage. Ce fut justement vers le *crasticeddru* que les voitures se dirigèrent après avoir suivi des routes impossibles pour ne pas attirer l'attention. En l'absence de draille, de sentier, la progression était difficile, mais le commissaire voulut que les voitures arrivent jusqu'à la base de l'éperon rocheux. Montalbano ordonna à tous de descendre.

L'air était frais, la matinée sereine.

— Que devons-nous faire ? s'enquit Fazio.

— Regardez tous *u crasticeddru*. Attentivement. Tournez autour. Donnez-vous du mal. Il devrait y avoir quelque part l'entrée d'une grotte. On l'a sans doute cachée, fondue dans le paysage avec des pierres ou des buissons. Ayez l'œil. Vous devez la découvrir. Je vous assure qu'il y en a une.

Ils s'éparpillèrent.

**

Deux heures plus tard, découragés, ils se retrouvèrent près des voitures. Le soleil tapait, ils transpiraient, le prévoyant Fazio avait apporté des thermos de thé et de café.

— Essayons encore, dit Montalbano. Mais ne regardez pas seulement vers la roche, matez aussi par terre, il est possible qu'il y ait quelque chose de pas catholique.

Ils reprirent leurs recherches et au bout d'une demi-heure, Montalbano entendit la voix lointaine de Galluzzo.

— Commissaire ! Commissaire ! Venez ici !

L'interpellé rejoignit l'agent qui, dans sa recherche, s'était assigné la partie de l'éperon le plus proche de la route provinciale pour Fela.

— Regardez.

Ils avaient tenté de faire disparaître les traces, mais à un certain point, sur le terrain, apparaissaient nettement les empreintes laissées par un gros camion.

— Elles vont par là, commenta Galluzzo et il indiqua la roche.

Tandis qu'il disait ces mots, il s'arrêta, bouche bée.

— Christ de Dieu ! s'exclama Montalbano.

Comment avaient-ils fait pour ne pas s'en rendre compte avant ? Il y avait un gros rocher placé dans une position étrange ; par-derrière dépassaient des quenouilles d'herbes desséchées. Tandis que Galluzzo appelait ses collègues, le commissaire se précipita vers le roc, saisit une touffe d'herbe-épée, la tira avec force. Il tomba en arrière : le bouquet n'avait pas de racines, il avait été enfoncé là, avec des gerbes de sorgho, pour fondre l'entrée de la grotte dans le paysage.

9

Le rocher était une plaque de pierre de forme à peu près rectangulaire qui semblait faire corps avec la roche voisine et s'appuyait sur une espèce de grosse marche, elle aussi en pierre. A vue d'œil, Montalbano estima qu'il devait mesurer deux mètres de haut sur un et demi de large, pas question de le déplacer à la main. Et pourtant, il devait bien y avoir un moyen. Sur le côté droit, au milieu, à une dizaine de centimètres du bord, on distinguait un trou d'apparence parfaitement naturelle.

— S'il s'était agi d'une porte de bois, raisonna le commissaire, ce trou aurait été à la bonne hauteur pour la poignée.

De la poche de sa veste, il tira un stylo qu'il enfonça dans le pertuis. L'objet s'y enfonça entièrement, mais quand Montalbano voulu le remettre en poche, il s'aperçut que le stylo lui avait souillé la main. Il examina sa paume, la renifla.

— C'est de la graisse, dit-il à Fazio, le seul resté à ses côtés.

Les autres agents s'étaient dispersés à l'ombre, Gallo avait trouvé une touffe de petite oseille et en offrait à ses compagnons.

— Sucez-en la tige, c'est une merveille et ça fait passer la soif.

Montalbano songea à une solution possible.

— On en a un, de câble d'acier ?

— Bien sûr, dans la Jeep.

— Alors, approche-la le plus que tu peux.

Tandis que Fazio s'éloignait, le commissaire, qui à présent était persuadé d'avoir trouvé le système pour déplacer la plaque, examina le paysage alentour d'un œil différent. Si c'était bien l'emplacement que lui avait révélé Tano u grecu à l'article de la mort, il devait forcément y avoir quelque part un endroit pour le tenir sous surveillance. La zone semblait déserte et solitaire, rien ne laissait imaginer que, de l'autre côté de la crête, à quelques centaines de mètres, passait l'intense circulation de la provinciale. Non loin de là, sur une levée de terre pierreuse et aride, se dressait une maisonnette minuscule à une seule pièce, un dé. Il se fit apporter les jumelles. La porte de bois, fermée, semblait saine ; à côté de la porte, à hauteur d'homme, un fenestron sans volets était protégé par deux barres de fer en croix. L'endroit paraissait inhabité, mais c'était l'unique poste d'observation dans les parages, les autres habitations étaient trop éloignées. Pour une raison ou une autre, il appela Galluzzo.

— Va jeter un coup d'œil à ce cabanon, ouvre la porte comme tu peux, mais ne la défonce pas, attention, elle peut nous être utile. Regarde dedans pour voir s'il y a des signes de vie récents, si quelqu'un y a habité ces jours-ci. Mais laisse tout comme c'était, comme si tu n'y étais jamais passé.

Entre-temps, la Jeep était arrivée presque au niveau de la base du rocher. Le commissaire se fit donner l'extrémité du câble d'acier, le glissa aisément dans le pertuis, commença de le pousser à l'intérieur. Il n'eut pas beaucoup de mal, la corde s'insinuait à l'intérieur du rocher en suivant une glissière bien graissée, sans obstacle, et en fait après quelques instants, la pointe du câble surgit sous leurs yeux, derrière la plaque, comme la tête d'un petit serpent.

— Prends ce bout, dit Montalbano à Fazio, attache-le à la Jeep, mets le moteur en marche, mais tout doux.

Lentement, la voiture se mit à bouger et avec elle, le rocher, du côté droit, commença à se détacher de la paroi, comme s'il tournait sur d'invisibles gonds.

— Tire la cordonnette, la chevillette cherra, murmura Germanà, stupéfait, en se rappelant la formule magique d'un jeu d'enfants qui servait à faire ouvrir, par une opération magique, justement, toutes les portes.

— Je vous assure, monsieur le questeur, que cette plaque de pierre a été transformée en porte par un véritable artiste ; rendez-vous compte, les gonds de fer étaient absolument invisibles de l'extérieur. Refermer cette porte a été aussi facile que de l'ouvrir. Nous sommes entrés avec les torches électriques. A l'intérieur, la caverne est équipée avec beaucoup de soin et d'intelligence. Le sol a été recouvert d'une dizaine de *farlacche* clouées les unes aux autres et posées sur la terre nue.

— Qu'est-ce que c'est que ces *farlacche* ? demanda le questeur.

— Je ne trouve pas le mot italien. Disons que ce sont des planches de bois très épaisses. Le sol a été conçu pour empêcher que les emballages des armes ne soient trop longtemps en contact direct avec l'humidité du terrain. Les parois sont recouvertes de planches plus légères. Bref, à l'intérieur, la grotte est comme une grande boîte de bois sans couvercle. Ils y ont beaucoup besogné.

— Et les armes ?

— Un véritable arsenal. Une trentaine de pistolets mitrailleurs et de mitraillettes, une centaine d'armes de poing, pistolets et revolvers, des milliers de munitions, des caisses d'explosifs de tous les types, de la tolite au semtex. Et puis une grande quantité d'uniformes, des carabiniers, de la police, des gilets pare-balles et diverses autres choses. Le tout en ordre parfait, chaque objet enveloppé dans du cellophane.

— On leur a porté un joli coup, hein ?

— Certainement. Tano s'est bien vengé, juste ce qu'il fallait sans passer pour un traître ou un repenti. Je vous avise que je n'ai pas saisi les armes, je les ai laissées dans la grotte. J'ai organisé deux tours de garde par jour avec mes hommes. Ils se tiennent dans une maisonnette inhabitée à quelques centaines de mètres du dépôt.

— Vous espérez que quelqu'un vienne s'approvisionner ?

— Je me le souhaite.

— C'est bon, je suis d'accord avec vous. Attendons

une semaine, gardons tout sous surveillance et s'il ne se passe rien, nous exécutons la saisie. Ah, écoutez, Montalbano, vous vous souvenez de mon invitation à dîner, pour après-demain ?

— Comment voulez-vous que je l'oublie ?

— Je suis désolé, il faudra reporter de quelques jours, ma femme a la grippe.

**

Il n'y eut pas besoin d'attendre une semaine. Le troisième jour après la découverte des armes, ayant terminé son quart de minuit à midi, Catarella, tombant de sommeil, se présenta au rapport chez le commissaire : Montalbano tenait à ce que chacun fasse ainsi, à peine revenu de son tour de garde.

— Du neuf ?

— Rien, *dottori*. Tout est calmant et volupté.

— C'est bon. Ou plutôt, c'est pas bon. Va dormir.

— Ah, au fait, maintenant que j'y singe, une chose il y eut, mais une chose de rien du tout, je vous la signalétique plus par scrupule que par devoir, une chose passagère.

— C'est quoi, cette chose de rien du tout ?

— Qu'un touriste passa.

— Explique-toi mieux, Catarè.

— Ma montre-bracelet pouvait indicater les vingt et une heures du matin.

— Si c'était le matin, il était neuf heures, Catarè.

— Comme vous voulez. Et ce fut juste à ce moment que j'entendis le grondement d'une puissante moto-giclette. Ayant saisi les jumelles que je portais en pantouflière, je me mis à la fenêtre et confirmé je fus. Il s'agitait d'une moto-giclette rouge.

— Peu importe la couleur. Et ensuite ?

— De dessus la susdite descendit un touriste de sexe masculin.

— Pourquoi as-tu pensé qu'il s'agissait d'un touriste ?

— En raisonnement de l'appareil photographiste, qu'il se portait en pantouflière, il était si grand qu'on aurait dit un canon.

— Sans doute un téléobjectif.

— Oh que oui monsieur, sans doute. Et il se mit à photocopier.

— Qu'est-ce qu'il photographiait ?

— Tout, mon cher *dottori*, il photocopiait tout. Le paysage, le *crasticeddru*, le lieu là même auquel je me trouvais.

— Il s'est approché du *crasticeddru* ?

— Jamais, mon bon monsieur. Quand il a remis en selle, au moment de s'en aller, il m'a salué de la main.

— Il t'a vu ?

— Non. Je suis resté tapissé à l'intérieur. Nez en moins, comme je vous disais, une fois qu'il a démarré, il a fait un salut envers le cabanon.

— Monsieur le questeur ? Il y a du neuf, et ce n'est pas bon ; selon moi, ils ont été mis au courant, d'une manière ou d'une autre, de notre découverte et ils ont envoyé quelqu'un en reconnaissance pour en avoir la confirmation.

— Et vous, comment le savez-vous ?

— Ce matin, l'agent qui était de garde à la baraquette a vu un type arriver à moto et photographier la zone avec un puissant téléobjectif. Autour du rocher qui cachait l'entrée, ils avaient certainement disposé quelque chose de particulier, que sais-je, une brindille orientée d'une certaine manière, un caillou placé à une certaine distance... Il était inévitable que nous ne réussissions pas à tout remettre en place comme avant.

— Excusez-moi, mais vous aviez donné des instructions particulières à l'agent de garde ?

— Certainement. L'agent de garde aurait dû, dans l'ordre, arrêter le motocycliste, l'identifier, saisir l'appareil photographique, emmener au bureau le motocycliste lui-même...

— Et pourquoi ne l'a-t-il pas fait ?

— Pour une raison très simple : c'était l'agent Catarella, bien connu de vous et de moi.

— Ah, fut le sobre commentaire du questeur.

— Et alors, qu'est-ce qu'on fait ?

— Procédons tout de suite, dans la journée, à la saisie des armes. A Palerme, on m'a ordonné de donner le maximum d'écho à la chose.

Montalbano sentit ses aisselles se tremper de sueur.

— Une autre conférence de presse ?

— Je crains que oui, désolé.

*
* *

Au moment de partir avec deux voitures et une camionnette vers le *crasticeddru*, Montalbano s'aperçut que Galluzzo le regardait avec des yeux pitoyables de chien battu. Il le prit à part.

— Qu'est-ce que tu as ?

— Je peux avoir la permission d'avertir mon beau-frère, le journaliste ?

— Non, répondit Montalbano par réflexe, mais il se ravisa aussitôt, car une idée lui était venue, dont il se félicita.

— Ecoute, juste pour te rendre un service personnel, fais-le venir, téléphone-lui.

L'idée était que si le beau-frère de Galluzzo se trouvait sur les lieux et donnait une ample publicité à la découverte, peut-être la nécessité de la conférence de presse irait-elle se faire foutre.

Au beau-frère de Galluzzo et à son cadreur de « Televigàta », Montalbano ne laissa pas seulement les mains libres, mais il les aida dans leur scoop en s'improvisant metteur en scène, exhibant un bazooka que Fazio brandit en position de tir, et illuminant la caverne a giorno pour que soient photographiés ou filmés le moindre chargeur et la moindre cartouche.

Après deux heures de travail sérieux, le déménagement de la caverne fut mené à bien. Le journaliste et son opérateur se précipitèrent à Montelusa pour monter leur sujet, tandis que Montalbano appelait le questeur sur son téléphone mobile.

— Le chargement est fait.
— Bien. Envoyez la cargaison ici, à Montelusa. Ah, écoutez. Laissez un homme de garde. D'ici peu, Jacomuzzi va arriver avec l'équipe de police scientifique. Félicitations.

Quant à l'enterrement définitif du projet de conférence de presse, Jacomuzzi y pourvut. Tout à fait involontairement, certes, parce que les conférences de presse, les interviews, Jacomuzzi y pataugeait béatement. Le chef de la police scientifique, avant de se rendre à la grotte pour effectuer les relevés, s'était en fait empressé d'avertir une vingtaine de journalistes, de la presse écrite aussi bien que télévisuelle. Si le sujet tourné par le beau-frère de Galluzzo fit du bruit dans les journaux télé régionaux, le hourvari, le branle-bas que déclenchèrent Jacomuzzi et ses hommes eurent une résonance nationale. Comme Montalbano l'avait prévu, le questeur décida de ne plus faire tenir de conférence de presse, puisque tout le monde savait déjà tout, et il se limita à un communiqué circonstancié.

En slip, chez lui, une grande bouteille de bière à la main, Montalbano se délecta de la tête de Jacomuzzi à la télévision. Toujours au premier plan, il expliquait comment ses hommes étaient en train de démonter morceau par morceau la construction en bois à l'intérieur de la caverne, à la recherche du moindre indice, d'une ombre d'empreinte digitale, du contour d'une trace. Quand la grotte fut complètement dénudée, restituée à son aspect originel, l'opérateur de « Retelibera » effectua un lent ct long panoramique de l'intérieur. C'est justement au cours de ce mouvement de la caméra que le commissaire vit quelque chose qui n'allait pas, ce n'était rien de plus qu'une impression. Mais mieux valait vérifier. Il téléphona à « Retelibera », en demandant Nicolò Zito, son ami le journaliste communiste.

— Pas de problème, je te le fais envoyer.

— Mais moi je n'ai pas ce truc, là, comment ça s'appelle ?

— Alors, viens te le regarder ici.

— Ça irait demain matin vers onze heures ?

— C'est bon. Moi, je n'y serai pas, mais je préviendrai.

A neuf heures du matin, le lendemain, Montalbano se rendit à Montelusa, au siège du parti dans lequel avait milité le chevalier Misuraca. La plaque fixée à la porte de l'immeuble indiquait qu'il fallait grimper au cinquième étage. Traîtresse, elle ne spécifiait pas que lc palais ne disposait pas d'ascenseur. Après s'être tapé dix volées de marches, le souffle court, Montalbano cogna et recogna à une porte qui resta opiniâtrement fermée. Il redescendit l'escalier, repassa le porche. Juste à côté, il y avait un marchand de fruits et légumes, un vieil homme servait un client. Le commissaire attendit que le marchand soit seul.

— Vous connaissiez le chevalier Misuraca ?

— Les personnes que je connais ou que je connais pas, vous pouvez m'expliquer ce que ça peut vous foutre ?

— Ça me fout. Je suis de la police.

— D'accord. Je m'appelle Lénine.

— Vous voulez plaisanter ?

— Pas du tout. Je m'appelle vraiment Lénine. C'est le nom que m'a donné mon père, et moi, j'en suis fier. A moins que vous apparteniez à la même catégorie que ceux de la porte d'à côté ?

— Non. Et de toute façon, je suis en service. Je répète : Vous connaissiez le chevalier Misuraca ?

— Sûr que je le connaissais. Il passait sa vie à entrer et à sortir de ce porche et à me casser les noix avec sa Fiat 500 déglinguée.

— En quoi elle vous gênait, la voiture ?

— En quoi ? Il la garait toujours devant la boutique, il l'a fait même le jour où il est allé s'escagasser contre le camion.

— Il l'avait garée ici, précisément ?

— Et en quoi je parle, en turc ? Juste là. Moi, je l'ai prié de la déplacer, mais lui, il a fait des histoires, il s'est mis à gueuler, il disait qu'il n'avait pas de temps à perdre avec moi. Alors, je me suis mis en colère pour de bon, et je lui ai mal répondu. Bon, en bref, on était à deux doigts de se castagner. Par chance, un jeune est passé, il a dit à feu le chevalier que la Fiat 500, il allait la déplacer, lui, et il s'est fait donner les clés.

— Vous savez où il l'a garée ?

— Oh que non.
— Vous seriez en mesure de reconnaître ce jeune ? Vous l'avez vu d'autres fois ?
— De temps en temps, je l'ai vu passer le porche d'à côté. Il doit faire partie de cette belle compagnie.
— Le secrétaire politique s'appelle Biraghìn, non ?
— Je crois que oui. Il boulonne à l'Office d'HLM. Il vient de la région de Venise ; à cette heure, il est au bureau. Là, ils ouvrent dans l'après-midi ; maintenant, il est trop tôt.

*
** *

— *Dottor* Biraghìn ? Je suis le commissaire Montalbano, de Vigàta, pardonnez-moi de vous déranger au bureau.
— Je vous en prie. Que puis-je pour vous ?
— J'ai besoin de l'aide de votre mémoire. La dernière réunion du parti à laquelle a participé le pauvre chevalier Misuraca, quel type de réunion était-ce ?
— Je ne comprends pas la question.
— Excusez-moi, ne vous cabrez pas, ce n'est qu'une enquête de routine, pour éclaircir les circonstances de la mort du chevalier.
— Pourquoi, il y a quelque chose de pas clair ?
Un vrai casse-bonbons, le *dottor* Ferdinando Biraghìn.
— Tout est clair comme le jour, croyez-moi.
— Et alors ?
— Je dois clore le dossier, comprenez-vous ? Je ne puis laisser une procédure en suspens.

Aux mots « dossier » et « procédure », l'attitude de Biraghìn, bureaucrate de l'Office d'HLM, changea d'un coup.

— Eh, ce sont des choses que je comprends très bien. Il s'agissait d'une réunion du directoire, à laquelle le chevalier n'avait aucun titre à participer, mais nous avons fait une exception.

— Donc, une réunion restreinte ?

— Une dizaine de personnes.

— Quelqu'un est venu chercher le chevalier ?

— Personne, nous avions fermé la porte à clé. Je m'en souviendrais. On l'a appelé au téléphone, ça oui.

— Pardonnez-moi, mais vous ignorez certainement le contenu de la conversation.

— Non seulement j'en connais le contenu, mais je connais aussi le con qui la tenait !

Et de rire. Quel esprit il avait, Ferdinando Biraghìn !

— Vous savez comment parlait le chevalier, comme si tout le monde était sourd. Il était difficile de ne pas l'entendre, quand il parlait. Imaginez qu'une fois...

— Excusez-moi, *dottore*, je n'ai pas beaucoup de temps. Vous avez réussi à comprendre le... (il s'arrêta, écarta le mot « contenu », pour ne pas tomber dans le tragique humour de Biraghìn) ... la teneur de l'échange téléphonique ?

— Certainement. C'était quelqu'un qui avait rendu au chevalier le service de lui garer sa voiture. Et le chevalier, au lieu de le remercier, l'engueulait de l'avoir parquée trop loin.

— Vous avez réussi à comprendre qui appelait ?

— Non. Pourquoi ?

— Parce que deux ne fait pas trois, dit Montalbano et il raccrocha.

Et donc le jeune, après avoir installé le petit dispositif mortel dans quelque garage complice, s'était même offert le plaisir de faire faire une promenade à pied au chevalier.

A une courtoise employée de « Retelibera », Montalbano expliqua quel incapable total il était devant tout ce qui sentait l'électronique. Il savait allumer son téléviseur, ça oui, changer de chaîne et éteindre l'appareil : pour le reste, complètement nul. Avec grâce et patience, la jeune fille mit la cassette, procéda à des retours en arrière et à des arrêts sur image chaque fois que Montalbano le lui demanda. Quand il sortit de « Retelibera », le commissaire était convaincu d'avoir vu exactement ce qui l'intéressait, mais ce qui l'intéressait ne semblait pas avoir le sens commun.

10

Devant l'auberge *San Calogero*, il resta indécis : l'heure du déjeuner était venue, certes, et ce n'était pas l'appétit qui lui manquait, mais l'idée née dans son esprit à la vue du film, et qui devait être vérifiée, le poussait à foncer au *crasticeddru*. Le parfum de rougets frits qui émanait du restaurant emporta le duel. Il mangea un hors-d'œuvre de fruits de mer spécial, puis se fit servir deux loups si frais qu'ils semblaient encore dans l'eau à nager.

— Mon bon monsieur, vous n'avez pas d'attention à ce que vous mangez.

— C'est vrai, le fait est que j'ai une pensée en tête.

— Les pensées, il faut se les oublier devant la grâce que le Seigneur nous fait avec ces loups, dit solennellement Calogero en s'éloignant.

Le commissaire passa au bureau pour voir s'il y avait du neuf.

— Le *dottor* Jacomuzzi a téléphoné, lui communiqua Germanà.

— S'il rappelle, dis-lui que je le contacterai plus tard. Est-ce qu'on a une torche électrique puissante ?

Quand, de la provinciale, il arriva à proximité du *crasticeddru*, il abandonna la voiture et décida de poursuivre à pied. La journée était belle, un léger souffle de vent rafraîchissait et stimulait l'humeur de Montalbano. Tout de suite après l'éperon rocheux, le terrain portait la trace des autos des curieux qui y étaient passés, le rocher qui avait servi de porte avait été déplacé à quelques mètres de distance, l'entrée de la caverne était à découvert. Sur le point de franchir le seuil, il s'arrêta, tendit l'oreille. De l'intérieur lui parvenait un murmure étouffé interrompu de temps à autre par un gémissement sourd. Il s'alarma : tu veux voir qu'ils sont en train de torturer quelqu'un là-dedans ? Il n'avait pas le temps de courir à la voiture prendre le pistolet. Il se rua à l'intérieur, en même temps qu'il allumait la puissante torche.

— Arrêtez, tous ! Police !

Les deux personnes qui se trouvaient dans la grotte s'immobilisèrent, pétrifiées, mais le plus pétrifié, ce fut encore Montalbano. Il y avait là deux très jeunes gens, nus, en train de faire l'amour : elle, les mains appuyées contre la paroi et les bras tendus, lui collé à elle par-derrière. Dans la lumière de la torche, on aurait dit deux statues, très belles. Le commissaire se sentit rougir de honte et, maladroitement, tandis qu'il commençait à reculer après avoir éteint la torche, il murmura :

— Excusez-moi... je me suis trompé... je vous en prie, continuez...

Ils sortirent moins d'une minute plus tard ; se rhabiller avec un jean et un T-shirt, ça se fait en un rien de temps. Montalbano était sincèrement désolé de les avoir interrompus ; à leur manière, ces jeunes étaient en train de reconsacrer cette caverne qui n'était plus un entrepôt de mort. Le jeune passa devant lui tête baissée et mains dans les poches ; elle, en revanche, le regarda un instant, avec un léger sourire, une lueur amusée dans les yeux.

Au commissaire, une simple reconnaissance suffit pour avoir la confirmation que ce qu'il avait noté sur les images enregistrées correspondait à ce qu'il voyait dans la réalité : tandis que les parois latérales étaient relativement lisses et compactes, la partie la plus basse de la paroi du fond, c'est-à-dire à l'opposé de l'entrée, montrait des aspérités, des saillies, des retraits — à première vue, cela pouvait passer pour un grossier travail au ciseau. Toutefois, il ne s'agissait pas de cela, mais de pierres entassées les unes sur les autres ou côte à côte : le temps avait ensuite pourvu à les souder, à les cimenter, à les fondre dans le reste avec de la poussière, de l'humus, des infiltrations d'eau, du salpêtre, jusqu'à transformer un mur grossier en paroi presque naturelle. Il poursuivit un examen attentif, une exploration centimètre par centimètre et à la fin, il ne douta plus : au fond de la caverne devait se trouver une ouverture d'au moins un mètre sur un mètre, qui avait été dissimulée dans un passé relativement lointain.

— Jacomuzzi ? Montalbano à l'appareil. J'ai absolument besoin que tu...

— Mais on peut savoir où tu es allé fourrer ton cul ? Toute la matinée, j'ai passé à te chercher !

— Ben, maintenant, je suis là.

— J'ai trouvé un bout de carton, qui vient de ces paquets, ces boîtes plutôt, qui servent aux expéditions.

— Confidence pour confidence : moi, un jour, j'ai trouvé un bouton rouge.

— Mais qu'est-ce que tu es con ! Je dis plus rien.

— Allez, va, petit chou à son papa, te vexe pas.

— Sur ce bout de carton, il y a des lettres imprimées. Je l'ai trouvé sous le *piancito*[1] qu'il y avait dans la grotte, il a dû se glisser dans un interstice entre deux planches.

— C'est quoi, le mot que tu as dit ?

— *Piancito* ?

— Non, celui d'après.

— Interstice ?

— Celui-là. Doux Jésus, comme tu es instruit, comme tu parles bien ! Et vous n'avez rien trouvé d'autre sous cette chose que tu dis, toi ?

— Si. Des clous rouillés, un bouton, justement, mais noir, un morceau de crayon et des bouts de papier, mais, tu vois, l'humidité les a réduits en bouillie. Ce morceau de carton est encore en bon état parce qu'à l'évidence, il se trouvait là depuis peu.

— Fais-le-moi porter. Ecoute, vous en avez un, d'échosondeur, et quelqu'un qui sache s'en servir ?

— Oui, nous l'avons utilisé à Misilmesi, il y a une semaine, pour chercher trois morts que nous avons trouvés ensuite.

---

1. Plancher, mot d'origine française, usage dialectal. *(N.d.T.)*

— Tu peux me le faire porter ici, à Vigàta, vers cinq heures ?

— Mais tu es fou ? Il est quatre heures et demie ! D'ici deux heures, disons. Je viens du même coup t'apporter le carton. Mais à quoi ça te sert ?

— A sonder ton petit cul.

— Il y a ici M. le proviseur Burgio. Il demande si vous pouvez le recevoir, il doit vous dire quelque chose, c'est une question de cinq minutes.

— Fais-le entrer.

M. Burgio avait pris sa retraite depuis une dizaine d'années, mais tout le pays continuait à l'appeler M. le proviseur, parce que durant plus de trente ans, il avait dirigé l'école d'orientation commerciale de Vigàta. Montalbano et lui se connaissaient bien. Le proviseur était un homme d'une culture vaste et vivace, avec, malgré son âge, un intérêt aigu pour la vie : en sa compagnie, le commissaire avait quelquefois partagé ses promenades relaxantes le long du môle. Il vint à sa rencontre.

— Quel plaisir ! Asseyez-vous.

— Comme je passais dans le coin, j'ai pensé à vous demander. Si je ne vous avais pas trouvé au bureau, je vous aurais appelé.

— Je vous écoute.

— Je voudrais vous apprendre certaines choses sur la grotte où vous avez trouvé les armes. Je ne sais pas si c'est intéressant, mais…

— Vous plaisantez ? Dites-moi ce que vous savez.

— Voilà, je voudrais préciser d'abord que je parle sur la base de ce que j'ai vu à la télévision locale et lu dans les journaux. Peut-être qu'en réalité, les choses ne se présentent pas ainsi. En tout cas, quelqu'un a dit que ce rocher qui recouvrait l'entrée avait été ajusté comme une porte par des mafieux ou par des trafiquants d'armes. Ce n'est pas vrai. Ce… disons, cet ajustement, est l'œuvre du grand-père d'un ami très cher, Lillo Rizzitano.

— A quelle époque, le savez-vous ?

— Bien sûr. Autour de 1941, quand l'huile, la farine, le blé commencèrent à manquer à cause de la guerre. A cette époque, toutes les terres autour du Crasto et du *crasticeddru* appartenaient à Giacomo Rizzitano, le grand-père de Lillo, qui s'était gagné des sous en Amérique par des moyens peu licites, du moins c'est ce qu'on disait au pays. Giacomo Rizzitano eut l'idée de fermer l'accès avec ce rocher ajusté à la porte. A l'intérieur de la grotte, il y conservait tout ce qu'on voulait et il en faisait commerce avec son fils Pietro, le père de Lillo. C'étaient des hommes sans beaucoup de scrupules, impliqués dans d'autres affaires dont les gens bien, alors, ne parlaient pas, il paraît même qu'elles avaient fait couler le sang. Lillo, en revanche, s'était révélé différent. C'était une espèce de lettré, il écrivait de belles poésies, lisait beaucoup. Ce fut lui qui me fit connaître *Tes pays*, de Pavese, *Conversation en Sicile*, de Vittorini… J'allais le trouver, en général, quand les siens n'étaient pas là, dans une petite villa au pied de la montagne du Crasto, du côté qui regarde la mer.

— Elle a été abattue pour construire le tunnel ?
— Oui. Ou plutôt, les pelleteuses ont fait disparaître les ruines et les fondations, la villa avait été littéralement pulvérisée au cours des bombardements qui ont précédé le débarquement allié en 1943.
— Vous pourriez retrouver votre ami Lillo ?
— Je ne sais même pas s'il est vivant ou mort, ni même où il a habité. Je dis cela parce que vous devez tenir compte du fait que Lillo avait, ou a, quatre ans de plus que moi.
— Ecoutez, monsieur le proviseur, vous êtes déjà allé dans cette grotte ?
— Non. Une fois, je l'ai demandé à Lillo. Mais il me l'a refusé, il avait eu des ordres formels de son grand-père et de son père. Lui, il en avait vraiment peur, d'eux... c'était déjà beaucoup qu'il m'ait raconté le secret de la grotte.

L'agent Balassone, malgré son nom piémontais, parlait milanais et en plus, il avait une sinistre tête de Toussaint.

« *L'è el dì di mort, alegher*[1] *!* », avait pensé Montalbano : en le voyant, avait jailli dans sa mémoire le titre d'un petit poème de Delio Tessa.

Après s'être agité une demi-heure au fond de la grotte avec son appareil, Balassone ôta les écouteurs

---

1. « C'est le jour des morts, quelle joie ! » (Dialecte milanais.) *(N.d.T.)*

de ses portugaises et fixa le commissaire avec une tête, encore plus, si possible, inconsolée.

« Je me suis trompé, se dit Montalbano, et maintenant, je passe pour un con devant Jacomuzzi. »

Lequel Jacomuzzi avait révélé, au bout de dix minutes à l'intérieur de la caverne, souffrir de claustrophobie, et était sorti.

« Peut-être, avait pensé malignement Montalbano, parce qu'il n'y a pas de télés qui te filment. »

— Alors ? se décida à demander le commissaire pour avoir la confirmation de leur échec.

— C'est derrière le mur, dit, sibyllin, Balassone, qui, en plus d'être mélancolique, était aussi taciturne.

— Veux-tu bien me dire, par gentillesse, si ça ne te dérange pas trop, ce qu'il y a derrière le mur ? demanda Montalbano, devenu soudain d'une dangereuse amabilité.

— *On sit voeuij.*

— Peux-tu avoir la courtoisie de me parler en italien ?

A son expression et à son ton, on eût dit un gentilhomme de cour du XVIe siècle : Balassone ignorait que, sous peu, s'il continuait de ce pas, il allait lui arriver une mornifle à lui piler le nez. Heureusement pour lui, il obéit.

— Il y a un vide.

Le commissaire fut réconforté, il avait vu juste. A ce moment, Jacomuzzi entra.

— Rien trouvé ?

Avec son supérieur, Balassone devint loquace, Montalbano le regarda de travers.

— Oh que si, monsieur. Après celle-ci, il doit y avoir une autre grotte. C'est comme une chose que j'ai vue à la télévision. Il y avait une maison d'Esquimaux, comment ça s'appelle, voilà, un igloo, et juste à côté, il y en avait un autre. Les deux communiquaient par une espèce de raccord, une sorte de petit couloir bas. Ici, la situation est la même.

— A vue de nez, dit Jacomuzzi, la fermeture de ce petit couloir remonte à bien des années.

— Oh que oui, monsieur, acquiesça Balassone, toujours plus épuisé. Si par hasard, dans l'autre grotte, on a caché des armes, elles remonteront au moins à l'époque de la Seconde Guerre mondiale.

La première chose que Montalbano remarqua à propos du bout de carton, dûment glissé dans un sachet de plastique transparent par la police scientifique, était qu'il avait la forme de la Sicile. Dans la partie centrale, des lettres étaient imprimées en noir : ATO-CAT.

— Fazio !

— A vos ordres !

— Fais-toi redonner par l'entreprise Vinti la Jeep et puis les pelles, pioches, bêches. Demain nous retournons au *crasticeddru*, toi, Germanà, Galluzzo et moi.

— Mais alors, ça devient du vice, chez vous ! se récria Fazio.

Il se sentait fatigué. Au frigo, il trouva des petits calamars bouillis et une tranche de *caciocavallo* bien vieux. Il s'organisa sur la véranda. Quand il eut fini de manger, il alla fouiner dans le freezer. Il y avait le granité au citron que la bonne lui préparait suivant la formule un-deux-quatre : un verre de jus de citron, deux de sucre, quatre d'eau. A se lécher les doigts. Il décida ensuite de s'étendre pour finir le roman de Montalbán mais ne parvint pas même à en lire un chapitre : il avait beau être intéressé, le sommeil le vainquit. Il s'éveilla d'un coup, moins de deux heures après, regarda le réveil, onze heures étaient à peine passées. Comme il reposait le réveil sur la table de nuit, son œil tomba sur le bout de carton qu'il avait emporté. Il le prit et alla aux toilettes. Assis sur la lunette, dans la lueur froide du néon, il continua de le fixer. Et tout à coup, une idée le foudroya. Il lui sembla que pendant un instant, la lumière du cabinet avait augmenté progressivement d'intensité pour finir par exploser dans un éclair. Un rire monta dans sa gorge.

« Est-il possible que les idées ne me viennent que quand je suis aux chiottes ? »

Il regarda encore et encore le morceau de carton.

« J'y repense demain matin, à tête reposée. »

Mais il n'en fut pas ainsi. Après avoir viré et tourné un quart d'heure dans le lit, il se leva, chercha dans l'annuaire le numéro de son ami le capitaine Aliotta de la garde des Finances[1] de Montelusa.

— Excuse-moi de te déranger à cette heure, mais j'ai vraiment besoin d'une information urgente. Vous

---

1. Corps autonome qui assume des fonctions dévolues en France à la brigade financière et aux douanes. *(N.d.T.)*

avez déjà effectué des contrôles au supermarché d'un certain Ingrassia de Vigàta ?

— Le nom ne me dit rien. Et si je ne m'en souviens pas, ça veut dire que peut-être, on lui en a fait un, de contrôle, mais qu'il n'en est rien sorti d'irrégulier.

— Merci.

— Attends. Ces opérations, c'est l'adjudant Laganà qui s'en occupe. Si tu veux, je te fais appeler chez toi. Tu es chez toi, non ?

— Oui.

— Donne-moi dix minutes.

Il eut le temps d'aller à la cuisine boire un verre d'eau glacée avant que le téléphone sonne.

— Laganà à l'appareil, le capitaine m'a parlé. Oui, le dernier contrôle à ce supermarché remonte à deux mois, tout était en ordre.

— Vous l'avez fait sur votre initiative ?

— Un contrôle de routine. Nous n'avons rien trouvé d'irrégulier. Je vous assure qu'il est rare de tomber sur un commerçant qui a ses papiers à ce point en règle. Si on avait voulu le coincer, on n'aurait pas eu le moindre prétexte.

— Vous avez tout contrôlé ? Livres de comptes, factures, reçus ?

— Excusez-moi, commissaire, mais comment vous croyez qu'on les fait, les contrôles ?

— Pour l'amour du ciel, je ne voulais pas mettre en doute... Le but de ma demande était tout autre. Je ne connais pas certains mécanismes, c'est justement pour ça que je demande votre aide. Ces supermarchés, comment font-ils pour se réapprovisionner ?

— Il y a des grossistes. Cinq, dix, selon ce dont ils ont besoin.

— Ah. Vous, vous seriez en mesure de me dire qui sont les fournisseurs du supermarché d'Ingrassia ?

— Je crois que oui. Je dois avoir pris des notes quelque part.

— Je vous en suis vraiment reconnaissant. Je vous téléphonerai demain matin à la caserne.

— Mais j'y suis, à la caserne ! Ne quittez pas. (Montalbano l'entendit siffloter.) Allô, commissaire ? Voilà, les grossistes qui fournissent Ingrassia, il y en a trois à Milan, un à Bergame, un à Tarante, un à Catagne. Prenez note. A Milan...

— Excusez-moi de vous couper. Commencez par Catagne.

— La raison sociale de l'entreprise catanaise est PAN, comme un coup de pistolet. Le propriétaire s'appelle Salvatore Nicosia, habitant...

Ça ne concordait pas.

— Merci, ça suffit, dit Montalbano, déçu.

— Attendez, ça m'avait échappé. Le supermarché, toujours à Catagne, se ravitaille, seulement pour les articles ménagers, auprès d'une autre société, la Brancato.

« ATO-CAT », était-il écrit sur le bout de carton. Société Brancato-Catagne : ça concordait, et comment ! Le hurlement de joie de Montalbano assourdit l'adjudant, l'effraya.

— *Dottore* ? *Dottore* ? Mon Dieu, qu'est-ce qui se passa ? Vous vous sentez mal, *dottore* ?

11

A sept heures du matin, frais, souriant, environné d'un nuage de parfum d'eau de Cologne, Montalbano se présenta chez M. Fancesco Lacommare, directeur du supermarché d'Ingrassia, qui l'accueillit non seulement avec une stupeur légitime, mais encore en slip et un verre de lait à la main.

— Qu'est-ce qu'il fut ? lança le directeur, qui blêmit en le reconnaissant.

— Deux petites questions très très faciles et je vous laisse tranquille. Mais je dois d'abord vous adresser une mise en garde tout à fait sérieuse : cette conversation doit rester entre vous et moi. Si vous venez à en parler à quelqu'un, même à votre patron, moi, sous un prétexte ou un autre, je vous fais foutre au trou, je vous en fiche mon billet.

Tandis que Lacommare se débattait dans sa tentative de rattraper le souffle qui s'était mis à lui manquer, à l'intérieur de l'appartement explosa une voix féminine aiguë et crispante.

— Chouchou ? Qui est-ce, à cette heure ?

— C'est rin, c'est rin, Carmilina, dors, la rassura Lacommare en tirant la porte dans son dos. Ça vous ennuie, commissaire, si nous parlons ici, sur le palier ?

Le dernier étage qui est juste au-dessus est fermé, vide, pas de danger que quéqu'un nous dérange.

— Vous, à Catagne, chez qui vous vous servez ?

— Chez la PAN et chez la Brancato.

— Il y a des rythmes préétablis pour le ravitaillement en marchandises ?

— Hebdomadaire pour la PAN, mensuel pour la Brancato. Nous nous sommes entendus avec les autres supermarchés qui se servent chez les mêmes grossistes.

— Donc, si je comprends bien, la Brancato charge un camion de marchandises et l'envoie faire le tour des supermarchés. Maintenant, dans ce tour, vous, à quel endroit vous vous trouvez ? Je m'explique mieux...

— J'ai compris, commissaire. Le camion part de Catagne, il fait la province de Caltanissetta, puis celle de Trapani et ensuite celle de Montelusa. Nous, à Vigàta, nous sommes les derniers desservis par le camion qui rentre à vide à Catagne.

— Une dernière question. Les marchandises que les voleurs ont volées et puis ont fait retrouver...

— Vous êtes très intelligent, commissaire.

— Vous l'êtes aussi, si vous réussissez à me donner des réponses avant les questions.

— C'est justement ça qui m'empêche de dormir. Donc, la marchandise de la Brancato nous est remise en avance. Nous l'attendions pour le début de la matinée du lendemain, en fait elle arrive la veille au soir, comme nous allions fermer. Le chauffeur dit qu'il avait trouvé fermé pour cause de décès un supermarché de Trapani et qu'il avait donc fait vite. Alors, M. Ingrassia, pour libérer le camion, fit le déchargement, contrôla la liste et compta les colis. Mais il ne les a pas fait ouvrir, il a dit qu'il était trop tard, il ne voulait pas payer des heures supplémentaires, on le ferait le lendemain. Quelques heures plus tard, arrive le vol. Maintenant, je me demande : qui avait averti les voleurs que la marchandise était arrivée en avance ?

Lacommare se passionnait pour son raisonnement. Montalbano décida de se mettre dans la peau du contradicteur : le directeur ne devait pas trop se rapprocher de la vérité, il risquait de provoquer des dégâts. Surtout, il ignorait visiblement les trafics d'Ingrassia.

— Il n'est pas dit que les deux choses soient en relation. Les voleurs peuvent être venus pour voler ce qui était déjà dans le magasin et en fait, ils ont trouvé aussi la marchandise à peine arrivée.

— Oui, mais pourquoi faire tout retrouver ?

Là, c'était le tracassin. Montalbano hésita à donner une réponse susceptible de satisfaire la curiosité de Lacommare.

— Mais, putain, on peut savoir qui c'est ? lança, cette fois en grande fureur, la voix féminine.

Ce devait être une femme d'une exquise sensibilité, Mme Lacommare. Montalbano en profita pour s'en aller, il avait appris ce qu'il voulait.

— Mes hommages à votre aimable épouse, dit-il en amorçant la descente de l'escalier.

A peine arrivé à la porte de l'immeuble, il revint en arrière comme s'il avait le feu aux fesses, tira la sonnette.

— Encore vous ? dit Lacommare, toujours en slip mais qui s'était bu le lait.

— J'ai oublié, pardonnez-moi. Vous êtes sûr que le camion soit reparti complètement vide après avoir déchargé ?

— Eh, ça, je l'ai pas dit. Il avait encore une quinzaine de gros colis, qui appartenaient — c'est ce que m'a appris le chauffeur — à ce supermarché de Trapani qu'ils avaient trouvé fermé.

— Mais qu'est-ce que ces gens qui nous cassent les couilles, ce matin ? hulula à l'intérieur Mme Carmilina et Montalbano s'en fut sans même dire au revoir.

— Je crois avoir compris, avec une précision suffisante, la route que suivaient les armes avant d'arriver à la grotte. Voilà, monsieur le questeur. Donc, d'une manière que nous devons encore découvrir, les armes, en provenance de quelque part dans le monde, arrivent à la société Brancato de Catagne qui les entrepose et les place dans de grands cartons portant son nom imprimé, comme s'ils contenaient des articles ménagers normaux destinés aux supermarchés. Quand arrive l'ordre de livraison, ceux de la Brancato chargent les cartons d'armes en même temps que les autres. Par précaution, quelque part sur la route entre Catagne et Caltanissetta, ils substituent au camion de l'entreprise un autre déjà volé : si quelqu'un découvre les armes, l'entreprise Brancato peut soutenir qu'elle n'a rien à y voir, qu'elle ne sait rien de ces trafics, que le camion ne lui appartient pas et même qu'elle a été elle-même victime d'un vol. Le camion volé commence sa tournée, laisse les cartons, comment dire, propres, dans les différents supermarchés qu'il doit ravitailler puis se dirige vers Vigàta. Mais, avant d'arriver, en pleine nuit, il s'arrête au *crasticeddru* et décharge les armes dans la grotte. Aux premières heures, comme me l'a dit le directeur, Lacommare, ils remettent les derniers colis au supermarché d'Ingrassia et repartent. Sur le chemin du retour pour Catagne, le camion volé est remplacé par celui qui appartient à l'entreprise, lequel revient au siège comme s'il avait effectué le voyage. Peut-être que chaque fois, ils veillent à trafiquer le compteur. Et ce petit jeu, ils le jouent depuis pas moins de trois ans, parce que Jacomuzzi nous a dit que c'est précisément à trois ans que remonte l'installation de la grotte.

— Ce que vous êtes en train de m'expliquer, dit le questeur, sur leur procédure standard, c'est si limpide que c'en est une merveille. Mais je continue à ne pas comprendre la mise en scène du faux vol.

— Ils ont agi par nécessité. Vous vous souvenez de l'affrontement armé entre une patrouille de carabiniers et trois truands dans les campagnes de Santa Lucia ? Un carabinier a été blessé.

— Oui, je m'en souviens, mais quel rapport ?

— Les radios locales en ont parlé vers vingt et une heures, juste comme le camion se dirigeait vers le *crasticeddru*. Santa Lucia n'était pas à plus de deux ou trois kilomètres de la destination des contrebandiers, qui ont dû entendre la nouvelle à la radio. Il n'était pas prudent de se faire surprendre par des patrouilles — et sur le lieu de la fusillade, il en était arrivé un grand nombre — en un lieu désert. Ils ont décidé de poursuivre jusqu'à Vigàta. Ils allaient certainement tomber sur un poste de contrôle, mais à ce point, c'était un moindre mal, ils avaient de bonnes chances de s'en sortir. Et c'est ce qui s'est passé. Ils arrivent donc avec beaucoup d'avance et racontent l'histoire du supermarché fermé à Trapani. Ingrassia, averti du contretemps, fait décharger et le camion fait semblant de repartir pour Catagne. Il a encore les armes à bord, les cartons qui, comme ils le racontent au directeur, Lacommare, étaient destinés au supermarché de Trapani. Le camion est caché près de Vigàta, dans la propriété d'Ingrassia ou de quelque complice.

— Je vous repose la question : Pourquoi simuler un vol ? De là où ils l'avaient caché, le camion pouvait très bien rejoindre le *crasticeddru* sans avoir besoin de repasser par Vigàta.

— Eh non, en fait, ils en avaient besoin. Arrêtés par les carabiniers, la garde des Finances ou n'importe qui avec quinze colis à bord sans bulletin d'expédition, ils auraient éveillé les soupçons. On les aurait obligés à ouvrir un carton, et là, patatras ! Il fallait absolument reprendre les colis déchargés chez Ingrassia et que lui, pas par hasard, n'avait pas voulu faire ouvrir.

— Je commence à comprendre.

— A une certaine heure de la nuit, le camion retourne au supermarché. Le gardien ne peut pas reconnaître ni les hommes ni le camion parce que le soir précédent, il n'était pas encore en service. Ils chargent les colis pas encore ouverts, partent en direction du *crasticeddru*, déchargent les cartons avec les armes, reviennent en arrière, abandonnent le camion sur l'esplanade de la station-service et le tour est joué.

— Excusez-moi, mais pourquoi se sont-ils débarrassés de la marchandise volée pour se diriger ensuite sur Catagne ?

— Là est la touche de génie : en le faisant retrouver apparemment avec toute la marchandise volée, ils égarent l'enquête. Automatiquement, nous sommes conduits à imaginer une négligence, une menace, un avertissement pour le non-paiement de la somme due à un racket. En bref, ils nous obligent à enquêter à un niveau plus bas, celui qui est malheureusement quotidien dans nos régions. Et Ingrassia joue très bien son rôle en nous racontant l'absurde histoire de la blâgueu, comme il dit.

— Vraiment génial, acquiesça le questeur.

— Oui, mais à bien y regarder, une erreur, une bévue, on la découvre toujours. Ils ne se sont pas aperçus, dans notre cas, qu'un bout de carton avait glissé sous les planches qui servaient de plancher à la grotte.

— Eh oui, dit le questeur, pensif, puis, comme se parlant à lui-même : Qui sait où sont passés les cartons vides.

De temps en temps, le questeur emmerdait le monde avec des détails de ce genre.

— Ils les auront chargés sur une voiture et seront partis les brûler à la campagne. Parce que, au *crasticeddru*, il y avait au moins deux voitures de complices, peut-être pour emmener là le chauffeur du camion, une fois qu'ils l'ont abandonné sur l'esplanade.

— Donc, sans ce bout de carton, nous n'aurions rien pu découvrir, conclut le questeur.

— Ben, ça ne se présente pas exactement comme ça, dit Montalbano. Je suivais une autre piste qui, inévitablement, m'aurait conduit aux mêmes conclusions. Vous savez, ils ont été contraints de tuer un pauvre vieux.

Le questeur sursauta, s'échauffa.

— Un assassinat ? Comment se fait-il que je n'en sache rien ?

— Parce qu'ils l'ont fait passer pour un accident. C'est seulement hier soir que j'ai eu la certitude qu'on lui avait trafiqué les freins de sa voiture.

— C'est Jacomuzzi qui vous l'a dit ?

— Pour l'amour de Dieu ! Jacomuzzi est bien gentil, et très compétent, mais faire appel à lui, ça aurait été comme de publier un communiqué de presse.

— Un jour ou l'autre, il va falloir que je lui remonte sérieusement les bretelles, à Jacomuzzi, dit le questeur en poussant un grand soupir. Racontez-moi tout, mais doucement et dans l'ordre.

Montalbano lui livra l'histoire de Misuraca et de la lettre qu'il lui avait envoyée.

— Il a été tué inutilement, conclut-il. Ses assassins ne savaient pas qu'il m'avait déjà tout écrit.

— Ecoutez, expliquez-moi quel motif avait Ingrassia de se trouver, à en croire Misuraca, dans les parages du supermarché pendant qu'ils simulaient un vol.

— Parce que s'il y avait un autre contretemps, une

visite inopportune, lui, il serait sorti pour expliquer que tout était en règle, qu'ils rapportaient la marchandise parce que ceux de la Brancato s'étaient trompés sur les commandes.

— Et le gardien de nuit dans la glacière ?

— Celui-là, à ce moment, ce n'était pas un problème. Ils l'auraient fait disparaître.

— Comment procédons-nous ? demanda le questeur après une pause.

— C'est un joli cadeau que nous a fait Tano u grecu, même sans donner de noms, commença Montalbano. Il ne faudrait pas le gaspiller. En avançant avec un peu de jugeote, nous avons des chances de mettre la main sur un réseau dont nous ne pouvons mesurer l'ampleur. Il faut y aller avec prudence. Si nous arrêtons tout de suite Ingrassia ou quelqu'un de la société Brancato, nous n'aurons abouti à rien. Il faut arriver à de plus gros poissons.

— Je suis d'accord, dit le questeur. Je préviens Catagne de tenir sous surveillance étroi...

Il s'interrompit, grimaça, il lui était revenu en tête le douloureux souvenir de la taupe qui avait parlé à Palerme, provoquant la mort de Tano. Il pouvait très bien y en avoir une autre à Catagne.

— Restons à une petite échelle, décida-t-il. Gardons sous surveillance seulement Ingrassia.

— Alors, je vais aller chez le juge pour obtenir les autorisations nécessaires, dit le commissaire.

Comme il allait sortir, le questeur le rappela.

— Ah, écoutez, ma femme se sent beaucoup

mieux. Ça vous irait, samedi soir ? Nous avons beaucoup à discuter.

*
* *

Le commissaire trouva le juge Lo Bianco d'une bonne humeur inhabituelle, les yeux pétillants.

— Vous avez l'air en forme, ne put-il se retenir de dire.

— Eh oui, eh oui, je suis vraiment en forme. (Après avoir jeté un regard circulaire, il prit une mine de conspirateur et se pencha vers Montalbano pour lui demander à voix basse :) Savez-vous que Rinaldo avait six doigts à la main droite ?

Pendant quelques instants, Montalbano se débattit dans l'abasourdissement. Puis il se rappela que, depuis des années, le juge se consacrait à l'écriture d'une œuvre puissante, *Vie et entreprises de Rinaldo et Antonio Lo Bianco, maîtres jurés de l'université d'Agrigente, au temps du roi Martin le Jeune (1402-1409),* parce qu'il s'était mis en tête qu'il s'agissait d'ancêtres à lui.

— C'est vrai ? répondit Montalbano avec une joyeuse stupeur.

Mieux valait lui emboîter le pas.

— Eh oui, mon bon monsieur. Six doigts à la main droite.

« Il devait se faire des branlettes d'enfer », faillit blasphémer le commissaire, mais il réussit à se retenir.

Au juge, il raconta toute l'histoire du trafic d'armes et de l'assassinat de Misuraca. Il lui expliqua aussi la stratégie qu'il voulait suivre et lui demanda l'autorisation de mettre sur écoute les téléphones d'Ingrassia.

— Je vous la fais porter tout de suite, dit Lo Bianco.

En d'autres moments, il aurait exprimé des doutes, soulevé des obstacles, prévu des tracas : cette fois, dans l'allégresse de la découverte des six doigts de Rinaldo, à Montalbano, il aurait concédé l'autorisation de recourir à la torture, au pal, au bûcher.

Il rentra chez lui, se mit en maillot de bain, nagea très longtemps, revint, s'essuya sans se rhabiller ; au frigo, il n'y avait rien, dans le four trônait un plat avec quatre énormes portions de pâtes *'ncasciata*[1], mets digne de l'Olympe ; il s'en mangea deux portions, remit le plat dans le four, régla le réveille-matin, dormit une heure d'un sommeil de plomb, se leva, prit une douche, se rhabilla avec le jean et la chemise déjà salis, arriva au bureau.

Fazio, Germanà et Galluzzo l'attendaient en tenue de travail ; dès qu'ils le virent, ils empoignèrent pelles, pioches et bêches et entonnèrent le vieux slogan des ouvriers agricoles, en agitant en l'air leurs outils :

— C'est l'heure ! C'est l'heure ! La terre aux travailleurs !

---

1. Timbale de pâtes au four, plat originaire de Messine, dont chaque famille sicilienne a aujourd'hui sa propre recette. La base est constituée de macaronis, sauce tomate, aubergines, basilic et *pecorino* (fromage de brebis). On peut y ajouter de la viande hachée, de la mortadelle, des œufs durs, d'autres sortes de fromage, etc. *(N.d.T.)*

— Qu'est-ce que vous êtes cons ! commenta Montalbano.

*
* *

A l'entrée de la grotte du *crasticeddru*, il y avait déjà Prestìa, le beau-frère journaliste de Galluzzo, et un opérateur qui avait emporté avec lui deux gros projecteurs à piles.

Montalbano regarda Galluzzo de travers.

— Vous comprenez, dit ce dernier en rougissant, étant donné que vous, l'autre fois, vous lui avez donné la pirmission…

— C'est bon, c'est bon, coupa le commissaire.

Ils entrèrent dans la grotte des armes puis, sur les indications de leur patron, Fazio, Germanà et Galluzzo se mirent au travail pour enlever les pierres qui étaient comme soudées les unes aux autres. Ils boulonnèrent trois bonnes heures, le commissaire, Prestìa et l'opérateur s'y mirent aussi, prenant la relève des trois hommes. Enfin, le mur fut abattu. Comme l'avait prévu Balassone, ils virent clairement le petit couloir, le reste se perdait dans l'obscurité.

— Vas-y, toi, dit Montalbano à Fazio.

Celui-ci prit la torche, rampa à plat ventre, disparut. Quelques secondes plus tard, ils entendirent sa voix étonnée :

— Mon Dieu, commissaire, venez voir !

— Vous entrez quand je vous appelle, moi, dit Montalbano aux autres, et en particulier au journaliste qui en entendant Fazio avait eu comme un sursaut et avait failli se jeter à plat ventre et ramper.

La longueur du tunnel équivalait pratiquement à la taille du commissaire. En un instant, il se retrouva de l'autre côté, alluma sa torche. Plus petite que la première, la deuxième grotte donnait l'impression d'être parfaitement sèche. Juste au milieu, il y avait un tapis encore en bon état. A gauche, à l'extrémité du tapis, une écuelle. A droite, symétriquement disposée, une cruche. Formant avec les deux objets la pointe d'un triangle renversé, au bas du tapis, un chien de berger en terre cuite, grandeur nature. Sur le tapis s'étreignaient deux corps parcheminés comme dans les films d'horreur.

Montalbano sentit le souffle lui manquer, il ne réussissait pas à ouvrir la bouche. Qui sait pourquoi lui revint en mémoire l'image des deux jeunes gens surpris dans l'autre grotte en train de faire l'amour. Son silence fut mis à profit par ses compagnons qui, ne résistant plus, entrèrent les uns après les autres. L'opérateur alluma les projecteurs et commença à filmer frénétiquement. Personne ne parlait. Le premier à se reprendre fut Montalbano.

— Préviens la police scientifique, le juge et le Dr Pasquano, dit-il.

Pour donner cet ordre, il ne se tourna même pas vers Fazio. Il restait là, comme pétrifié, à observer la scène, craignant le moindre geste qui pourrait le tirer du rêve qu'il était en train de vivre.

12

Quand il se fut arraché au charme qui le paralysait, Montalbano se mit à crier à tous de garder le dos au mur, de ne pas bouger, de ne pas piétiner le sol de la grotte, qui était couvert d'un sable rougeâtre et très fin, filtré d'on ne sait où ; il y en avait aussi sur les murs. De cette poudre, on ne voyait pas trace dans l'autre grotte et peut-être avait-elle d'une façon quelconque arrêté la décomposition des cadavres. C'étaient un homme et une femme, d'un âge impossible à déterminer à première vue : de la diversité de leurs sexes, le commissaire se persuada d'après la conformation des corps, et certes pas d'après des attributs sexuels qui n'existaient plus, annulés par un processus naturel. Couché sur le côté, l'homme avait le bras en travers de la poitrine de sa compagne, qui était étendue sur le dos. Ils s'embrassaient donc, et ils s'embrasseraient pour toujours, car ce qui avait été la chair du bras de l'homme s'était comme collé, fusionné avec la chair de la poitrine féminine. Non, en fait, séparés, ils le seraient d'ici peu, par les soins du Dr Pasquano. Sous la peau fripée et parcheminée, pointait la blancheur des os ; ils avaient été séchés, réduits à des formes pures. Tous deux semblaient en train de rire ; leurs lèvres, qui s'étaient retirées et étirées autour de la bouche, exhibaient les dents. A côté de la tête du mort était posée l'écuelle, avec à l'intérieur des choses rondes ; à côté de la femme se trouvait la cruche d'argile, de celles qu'autrefois les paysans emportaient aux champs pour garder l'eau fraîche. Au pied du couple, le chien de terre cuite. Long de près d'un mètre, il conservait ses couleurs, gris et blanc, intactes. L'artisan qui l'avait fabriqué l'avait représenté avec les pattes antérieures étendues, les postérieures repliées, les yeux vigilants : en bref, il était couché mais en garde. Le tapis avait quelques trous qui montraient le sable du sol, mais peut-être s'agissait-il de trous anciens, peut-être le tapis était-il déjà dans cet état avant d'être placé dans la grotte.

— Sortez tous ! ordonna-t-il et, à l'adresse de Prestìa et du cadreur : Surtout, éteignez les projecteurs.

Tout à coup, il s'était rendu compte des dégâts qu'ils étaient en train de faire avec la chaleur des projecteurs et de par leur seule présence. Il resta seul à l'intérieur de la grotte. En s'éclairant avec la torche, il examina attentivement le contenu de l'écuelle : les choses rondes étaient des pièces de monnaie métalliques, oxydées et cuivrées. Délicatement, entre deux doigts, il en prit une qui lui parut la mieux conservée. C'était une pièce de vingt centimes, frappée en 1941 ; d'un côté elle représentait le roi Victor-Emanuel III, de l'autre un profil féminin avec le faisceau du licteur. Quand il dirigea la lumière vers la tête du mort, il remarqua le trou à la tempe. Il connaissait trop bien le sujet pour ne pas comprendre qu'il s'agissait de l'orifice d'une balle ; soit l'homme s'était suicidé, soit il avait été assassiné. Mais s'il s'était suicidé, où était passée l'arme ? Sur son corps à elle, en revanche, aucune trace de mort violente, provoquée. Il réfléchit, les deux corps étaient nus et on ne voyait pas de vêtements dans la grotte. Qu'est-ce que cela signifiait ? Sans avoir d'abord faibli ni jauni, la lumière de la torche s'éteignit d'un coup, la pile était usée.

Montalbano en fut un moment aveuglé, il ne réussissait pas à s'orienter. Pour éviter de provoquer des dégâts, il s'accroupit sur le sable. Dans un instant, il entreverrait certainement la clarté très faible de l'ouverture du passage. Mais ces quelques secondes d'obscurité absolue et de silence lui suffirent pour qu'il perçoive une odeur inhabituelle que, il en était certain, il avait déjà sentie. Il s'efforça de se souvenir où, même si la chose n'avait pas d'importance. Comme il avait l'habitude, depuis qu'il était minot, de donner une couleur à chaque odeur qui le frappait, il se dit que celle-là était vert sombre. Cette association lui rappela où il l'avait sentie pour la première fois : au Caire, dans la pyramide de Chéops, dans un couloir interdit aux visiteurs, que la courtoisie d'un ami égyptien lui avait permis, à lui seul, de suivre. Et, du coup, il se sentit un *quaquaraquà*, un homme sans valeur, incapable du moindre respect. Dans la matinée, en surprenant les deux jeunes qui faisaient l'amour, il avait profané la vie ; à présent, devant les deux corps qui, pour toujours, auraient dû rester ignorés, laissés à leur étreinte, il avait profané la mort.

*
* *

Ce fut peut-être en raison de ce sentiment de culpabilité qu'il ne voulut pas assister aux relevés qu'entamèrent tout de suite Jacomuzzi et ses hommes de la police scientifique ainsi que le médecin légiste, le Dr Pasquano. Il s'était fumé cinq cigarettes, assis sur le rocher qui avait servi de porte à la grotte des armes, quand il s'entendit appeler par Pasquano, très agité et nerveux.

— Mais qu'est-ce qu'il fait, le juge ?
— Vous me le demandez à moi ?
— S'il n'arrive pas vite, ici, ça va tourner merdique. J'ai besoin d'emmener les cadavres à Montelusa, de me les mettre au frigo. Ils se décomposent quasiment à vue d'œil. Comment je fais ?

— Vous vous fumez une cigarette avec moi, proposa Montalbano, dans une tentative pour l'amadouer.

Le juge Lo Bianco arriva un quart d'heure plus tard, quand, des cigarettes, le commissaire s'en était fumé encore deux.

Lo Bianco se contenta d'un coup d'œil distrait et, considérant que les morts ne remontaient pas au temps du roi Martin le Jeune, il dit d'un air pressé au médecin légiste :

— Faites ce que vous voulez, de toute façon, c'est une vieille histoire.

※
※ ※

La manière dont il fallait présenter la nouvelle, «Televigàta» la saisit tout de suite. Au journal de vingt heures trente se pointa, en premier lieu, le visage ému de Prestìa, lequel annonça un scoop exceptionnel, dû, dit-il, «à une des intuitions géniales qui font du commissaire Montalbano, de Vigàta, un personnage unique dans le panorama des enquêteurs de l'île et, pourquoi pas ? de l'Italie entière». Il poursuivit en rappelant l'arrestation dramatique par le commissaire du criminel recherché Tano u grecu, sanguinaire boss de la mafia, et la découverte de la grotte du *crasticeddru* organisée en dépôt d'armes. On présenta une séquence de la conférence de presse sur l'arrestation de Tano, où un type balbutiant qui roulait les yeux et possédait les nom et fonction de Montalbano, commissaire, parvenait à grand-peine à aligner quatre mots. Le journaliste recommença à conter comment l'exceptionnel enquêteur s'était convaincu qu'à côté de la grotte des armes devait en exister une autre, reliée à la première.

«C'est ainsi, dit Prestìa, que, confiant dans les intuitions du commissaire, je le suivis avec l'assistance de mon opérateur Schirirò Gerlando.»

A ce point, Prestìa, sur un ton mystérieux, souleva quelques questions : de quels secrets pouvoirs paranormaux était doté le commissaire ? Qu'est-ce qui avait pu lui faire penser que derrière quelques pierres noircies par le temps se cachait une tragédie antique ?

Le commissaire possédait peut-être le regard aux rayons X d'un Superman ?

Montalbano, qui regardait l'émission chez lui et qui, depuis une demi-heure, ne réussissait pas à mettre la main sur un caleçon propre qui devait bien pourtant se trouver quelque part, à cette dernière question l'envoya se faire mettre.

Tandis que commençaient à défiler les images impressionnantes des corps dans la grotte, Prestìa exposa sa thèse sur un ton convaincu. Il ignorait la présence d'un trou dans la tempe de l'homme, et il parla donc d'une mort par amour. Selon lui, les deux amants, contrariés dans leur passion par leurs familles, s'étaient enfermés dans la grotte, avaient muré le passage et s'étaient laissés mourir de faim. Ils avaient installé leur dernier refuge avec un vieux tapis, une cruche pleine d'eau et avaient attendu la mort, embrassés. De l'écuelle pleine de pièces, il ne dit mot, ça aurait détonné dans le tableau qu'il était en train de brosser. Les deux morts, poursuivit Prestìa, n'avaient pas été identifiés, l'histoire était arrivée au moins cinquante ans auparavant.

Puis un autre journaliste se mit à parler des événements du jour : une fusillade à Merfi avec trois morts et quatre blessés, la mort d'un ouvrier dans un accident du travail, la disparition d'un dentiste, le suicide d'un commerçant pris à la gorge par les usuriers, l'arrestation d'un conseiller municipal de Montevergine pour concussion et corruption, le suicide du président de la province accusé de recel, la réapparition d'un cadavre en mer...

Montalbano, devant la télévision, s'endormit d'un sommeil profond.

— Allô, Salvo ? Gegè, je suis. Laisse-moi parler et ne m'interromps pas pour dire des couillonnades. J'ai besoin de te voir, poursuivit-il en dialecte, j'ai une chose à te dire.
— C'est bon, Gegè, ce soir même, si tu veux.
— Je suis pas à Vigàta, à Trapani je suis.
— Alors, quand donc ?
— Aujourd'hui qué jour on est ?
— Jeudi.
— Ça te va samedi à minuit, à l'endroit habituel ?
— Ecoute, Gegè, samedi soir, je vais manger avec une pirsonne, mais je peux venir pareil. Si j'ai du retard, attends-moi.

Le coup de fil de Gegè qui, à la voix, lui avait paru préoccupé au point de lui faire passer l'envie de plaisanter, l'avait réveillé à temps. Il était dix heures, il se brancha sur « Retelibera ». Nicolò Zito, visage intelligent, le poil aussi roux que ses idées étaient rouges, ouvrit son journal par l'accident de travail qui avait coûté la vie à un ouvrier de Fela, rôti vivant par une explosion de gaz. Il donna une série d'exemples pour démontrer qu'au moins quatre-vingt-dix pour cent des patrons se foutaient allègrement des normes de sécurité. Il passa ensuite à l'arrestation des responsables publics accusés de malversations variées et en profita pour rappeler aux téléspectateurs comment les différents gouvernements avaient vainement tenté d'édicter des lois empêchant l'œuvre de nettoyage en cours. Dans le troisième sujet qu'il traita, celui du suicide du commerçant étranglé par les dettes contractées auprès d'un usurier, il jugea les mesures prises par le gouvernement contre l'usure absolument inadéquates. Pourquoi, se demanda-t-il, ceux qui enquêtaient sur cette plaie tenaient-ils soigneusement séparée l'usure de la mafia ? N'y avait-il pas maintes façons de recycler l'argent sale ? Et enfin, il en vint à parler des deux corps retrouvés dans la grotte, mais il le fit dans une perspective particulière, en polémiquant indirectement avec Prestìa et « Televigàta » pour la façon dont la nouvelle avait été annoncée. Autrefois, dit-il, quelqu'un a soutenu que la religion était l'opium du peuple, de nos jours, il faudrait affirmer que le véritable opium, c'est la télévision. Par exemple, pour quel motif cette découverte a-t-elle été présentée par certains comme le suicide désespéré de deux amants en butte à l'interdiction de s'aimer ? Quels éléments autorisaient qui que ce soit à soutenir une thèse pareille ? Le couple a été retrouvé nu : où sont passés les vêtements ? Dans la grotte, pas trace d'une arme quelconque : comment est-ce qu'ils se seraient tués ? En se laissant mourir de faim ? Allons donc ! Pourquoi l'homme avait-il à ses côtés une écuelle pleine de pièces, aujourd'hui démonétisées mais valables à l'époque : pour s'acquitter de son péage à Charon ? La vérité, soutint-il, est qu'on veut changer un crime probable en suicide certain, en suicide romantique. Et dans une époque comme la nôtre, si obscure et pleine de lourds nuages à l'horizon, conclut-il, on monte une histoire de ce genre pour droguer les gens, pour détourner leur attention des problèmes graves vers une histoire à la Roméo et Juliette, mais écrite par un scénariste de feuilleton télé.

— Mon chéri, c'est Livia. Il faut que je te dise que j'ai réservé les places d'avion. Le vol part de Rome, donc tu dois prendre ton billet de Palerme pour Fiumicino, je ferai la même chose de Gênes. On se rencontre à l'aéroport et on embarque.
— Mmmh.
— J'ai réservé aussi l'hôtel, une amie à moi m'a dit qu'il est très beau sans être de grand luxe. Je crois qu'il te plaira.
— Mmmh.
— On part dans quinze jours. Je suis heureuse. Je compte les jours et les heures.
— Mmmh.
— Salvo, qu'est-ce qu'il y a ?
— Rien. Qu'est-ce qu'il devrait y avoir ?
— Tu ne m'as pas l'air enthousiaste.
— Mais non, qu'est-ce que tu racontes ?
— Fais attention, Salvo, si au dernier moment tu renonces, moi, je pars quand même, j'y vais seule.
— Allons !

— Mais on peut savoir qu'est-ce qui te prend ?
— Rien. Je dormais.

*
* *

— Commissaire Montalbano ? Bonsoir. Je suis le proviseur Burgio.
— Bonsoir. Je vous écoute.
— Je suis complètement mortifié d'être obligé de vous déranger chez vous. Je viens juste de voir à la télévision la découverte des deux morts.
— Vous êtes en mesure de les identifier ?
— Non. Je téléphone à propos d'une chose qui a été dite vite en passant, à la télévision, et qui pourrait peut-être vous intéresser. Il s'agit du chien de terre cuite. Si vous n'y voyez pas d'inconvénient, demain matin, je viendrai à votre bureau avec le comptable Burruano, vous le connaissez ?
— De vue. A dix heures, ça vous va ?

*
* *

— Ici, dit Livia. Je veux le faire ici sans perdre de temps.

Ils se trouvaient dans une espèce de parc, où les arbres poussaient en rangs serrés. Sous leurs pieds crissaient des centaines de colimaçons des espèces les plus variées, *vignaroles*, *attuppateddri*, *vavaluci*, *scataddrizzi*, *crastuna*.

— Mais pourquoi ici en particulier ? On retourne à

la voiture, et en cinq minutes on est à la maison. Par ici, il peut passer quelqu'un.

— Sois pas con, discute pas, rétorqua Livia tandis qu'elle lui agrippait la ceinture du pantalon et tentait maladroitement de la défaire.

— Laisse-moi faire, dit-il.

En un instant, Livia se dénuda tandis que lui se débattait encore avec le pantalon, puis le caleçon.

« Elle a l'habitude de se déshabiller en vitesse », pensa-t-il dans un accès de jalousie sicilienne.

Livia se jeta sur l'herbe humide, jambes écartées, en se caressant les seins et il entendit, dégoûté, le bruit de dizaines de colimaçons qu'elle écrasait de son corps.

— Allez, dépêche-toi.

Enfin, Montalbano réussit à se mettre nu, en frissonnant dans l'air froid. Entre-temps, deux ou trois escargots s'étaient mis à ramper sur le corps de Livia.

— Et qu'est-ce que tu veux faire avec ça ? lui lança-t-elle, ironique, en fixant son zizi.

La mine compatissante, elle s'agenouilla, le prit en main, le caressa, se le glissa dans la bouche. Quand elle le sentit prêt, elle se remit en position.

— Baise-moi à couilles rabattues, dit-elle.

« Mais comment se fait-il qu'elle soit devenue si vulgaire ? » se demanda-t-il, déconcerté.

Comme il allait la pénétrer, il vit le chien à quelques pas. Un chien blanc, sa langue rose hors de la bouche, qui grognait d'un air menaçant, les dents découvertes, un filet de bave dégoulinant de la gueule. Quand était-il arrivé ?

— Qu'est-ce que tu fais ? Tu as encore débandé ?

— Il y a un chien.
— Qu'est-ce qu'on s'en fout ? Tringle-moi.

A ce moment précis, le chien bondit et Montalbano se crispa, terrorisé. Le chien atterrit à quelques centimètres de sa tête, se pétrifia, sa couleur pâlit légèrement, il se coucha, les pattes avant étendues, celles de derrière repliées, il devint faux, en terre cuite. C'était le chien de la grotte, celui qui gardait les morts.

Et tous ensemble disparurent, le ciel, les arbres, l'herbe ; des parois et un toit de roche se coagulèrent autour d'eux et il comprit avec horreur que les morts dans la grotte n'étaient pas deux inconnus mais Livia et lui.

Du cauchemar, il se réveilla haletant, couvert de sueur, et il demanda aussitôt mentalement pardon à Livia pour l'avoir imaginée obscène dans son rêve. Que signifiait ce chien ? Et les colimaçons répugnants qui rampaient partout ?

Mais ce chien, un sens, il devait certainement en avoir un.

Avant d'aller au bureau, il passa au kiosque et se prit les deux journaux qui paraissaient dans l'île. Tous deux rendaient amplement compte de la découverte des corps dans la grotte ; celle des armes, en revanche, ils l'avaient largement oubliée. Le journal imprimé à Palerme était sûr qu'il s'agissait d'un suicide par amour, celui de Catagne était aussi ouvert à la thèse de l'assassinat, sans négliger celle du suicide, de sorte qu'il titrait : *Double suicide ou deux assassinats ?* en opérant un vague et mystérieux distinguo entre « double » et « deux ». Il est vrai qu'en toute occasion, le journal avait l'habitude de ne jamais prendre position ; qu'il s'agît d'une guerre ou d'un tremblement de terre, il ménageait la chèvre et le chou, et s'était pour cela gagné une réputation d'organe indépendant et libéral. Aucun des deux quotidiens ne s'attardait sur la cruche, l'écuelle et le chien de terre cuite.

A peine Montalbano eut-il franchi le seuil que Catarella lui demanda, hors d'haleine, ce qu'il devait répondre aux centaines de coups de fil des journalistes qui voulaient lui parler.

— Tu dis que je suis parti en mission.

— Mais alors, vous vous faites missionnaire ? tel fut le fulgurant trait d'esprit de l'agent qui partit ensuite d'un grand rire solitaire.

Montalbano jugea qu'il avait bien fait, le soir précédent, juste avant que ses yeux ne se ferment, de débrancher le téléphone.

13

— *Dottor* Pasquano ? Montalbano, à l'appareil. Je voulais savoir s'il y a du neuf.

— Oh que oui, mon bon monsieur. Ma femme a chopé un rhume et ma petite-fille a perdu une dent de lait.

— Qu'est-ce qu'il y a, vous êtes en colère, *dottore* ?

— Oh que oui, mon bon monsieur !

— Contre qui ?

— Je suis en colère, que vous veniez me demander s'il y a du neuf ! Moi, je me demande, et je vous le dis, comment vous pouvez avoir le culot de me poser cette question à neuf heures du matin ! Qu'est-ce que vous croyez, que j'ai passé la nuit à ouvrir le ventre de ces deux morts, comme si j'étais un vautour, un charognard ? Moi, la nuit, je dors ! Et maintenant, je suis en train de travailler sur ce noyé qu'ils ont trouvé à Torre Spaccata. Qui n'est pas vraiment un noyé, puisque avant de le jeter à l'eau, ils lui ont mis trois coups de couteau dans la poitrine.

— *Dottore*, on se fait un pari ?

— Sur quoi ?

— Sur le fait que vous avez passé la nuit avec ces deux morts ?

— C'est bon, vous avez deviné.

— Qu'est-ce que vous avez trouvé ?

— Pour l'instant, je peux pas vous dire grand-chose. Il est sûr qu'ils ont été abattus. Lui d'une balle à la tempe, elle au cœur. La blessure de la fille ne se voyait pas parce qu'il avait la main posée dessus. Une exécution en règle, pendant qu'ils dormaient.

— A l'intérieur de la grotte ?

— Je ne crois pas, je pense qu'ils ont été emmenés là que c'étaient déjà des cadavres, et ensuite redisposés, nus comme ils étaient.

— Vous avez réussi à établir leur âge ?

— Je ne voudrais pas me tromper, mais ils devaient être jeunes, très jeunes.

— D'après vous, à quand remonte l'événement ?

— Je peux hasarder une hypothèse, prenez-la sous bénéfice d'inventaire. A une cinquantaine d'années, environ.

— Je ne suis là pour personne et ne me passe pas de coups de fil pendant un quart d'heure, dit Montalbano à Catarella.

Puis il referma la porte, retourna à son bureau, s'assit. Mimì Augello était lui aussi assis, mais le dos rigide, raide et droit comme un piquet.

— Qui attaque en premier ? demanda Montalbano.

— Moi, dit Augello, étant donné que c'est moi qui ai demandé à te parler. Parce que je crois arrivée l'heure de te parler.

— Et je suis là pour t'écouter.
— On peut savoir ce que je t'ai fait ?
— Toi ? Toi, à moi, tu n'as rien fait. Pourquoi tu me poses cette question ?
— Parce que, à moi, ici, il me semble être devenu un étranger. Tu ne me dis rien de ce que tu fais, tu me tiens à l'écart. Et moi, je me sens vexé. Par exemple, d'après toi, c'est juste de m'avoir caché l'histoire de Tano u grecu ? Moi, je ne suis pas Jacomuzzi qui parle et déparle, moi, les choses, je sais me les garder pour moi. Ce qui s'est passé dans mon commissariat, je l'ai appris par la conférence de presse. Ça te paraît des façons de faire envers moi, qui suis, jusqu'à preuve du contraire, ton adjoint ?
— Mais toi, tu le comprends qu'elle était dilicate, cette affaire ?
— Justement, c'est parce que je le comprends que ça m'enrage. Parce que ça, ça veut dire que pour toi, je suis pas la personne juste pour les choses dilicates.
— Ça, je l'ai jamais pinsé.
— Tu l'as jamais pinsé, mais tu l'as toujours fait. Comme l'histoire des armes, que je l'ai apprise par hasard.
— Tu sais, Mimì, j'ai été gangassé, toute cette agitation, cette bousculade, je n'ai pas pinsé à t'avertir.
— Me raconte pas de conneries, Salvo. L'histoire est tout autre.
— Et ça serait quoi ?
— Je te le dis. Tu t'es formé un commissariat à ton image et à ta main. De Fazio à Germanà et à Galluzzo, tu prends qui tu veux, c'est jamais que des bras obéis-

sants à une seule tête : la tienne. Parce que, eux, ils contredisent pas, ils expriment pas le moindre doute, ils exécutent et basta. Ici, des corps étrangers, on n'est que deux. Catarella et moi. Catarella parce qu'il est trop crétin et moi…

— … parce que tu es trop intelligent.

— Tu vois ? Je disais pas ça. Toi, tu m'attribues un orgueil que j'ai pas et tu le fais par malice.

Montalbano le fixa, se leva, se mit les mains dans les poches, tourna autour du siège sur lequel était assis Augello, puis s'arrêta.

— Y avait pas de malice, Mimì. Tu es vraiment intelligent.

— Si tu le penses sérieusement, pourquoi tu me tiens à l'écart ? Je pourrais t'être aussi utile que les autres.

— Voilà la question, Mimì. Non pas autant que les autres, mais plus que les autres. Je te parle le cœur sur la main parce que tu es en train de me faire réfléchir sur mon comportement envers toi. Peut-être est-ce ça qui me dérange le plus.

— Alors, pour te faire plaisir, je devrais devenir légèrement plus crétin ?

— Si tu veux une belle engueulade, allons-y. Mais c'est pas ça que je voulais dire. C'est vrai, je me suis habitué, avec le temps, à être une espèce de chasseur solitaire, pardonne-moi la connerie de l'expression, qui est peut-être erronée, parce que j'aime chasser avec les autres, mais je veux être seul à organiser la chasse. C'est la condition indispensable pour que ma coucourde tourne dans le bon sens. Une observation intelligente faite par un autre me décourage, me déconcerte peut-être pour une journée entière, et elle peut faire que je réussisse pas à suivre le fil de mes raisonnements.

— J'ai compris, dit Augello. Plutôt, j'avais déjà compris mais je voulais te l'entendre confirmer. Alors, je t'avertis, sans inimitié et sans rancœur : aujourd'hui même, j'écris au questeur pour lui demander mon transfert.

Montalbano le considéra un moment, puis s'approcha, se pencha en avant, lui mit les mains sur les épaules.

— Tu me crois si je te dis que si tu fais ça, tu m'infliges une vraie douleur ?

— Mais bordel ! explosa Augello. Mais tu réclames tout de tous ? Quel genre d'hommes tu es ? D'abord tu me traites comme une merde et maintenant, tu me joues du violon de l'amitié ? Tu le sais, que tu es d'un égoïsme monstrueux ?

— Oui, je le sais, dit Montalbano.

— Permettez-moi de vous présenter le comptable Burruano qui a aimablement consenti à venir avec moi, dit, fort cérémonieux, M. le proviseur Burgio.

— Je vous en prie, asseyez-vous, proposa Montalbano en montrant les deux vieux fauteuils qui, dans un coin de la pièce, étaient destinés aux hôtes d'honneur.

Pour lui, en revanche, il prit un des deux sièges qui

se trouvaient devant le bureau, en général destinés à des gens qui, d'honneur, n'en avaient guère.

— On dirait qu'en ce moment, j'ai le devoir de corriger ou au moins de préciser ce qu'on dit à la télévision.

— Corrigez et précisez, approuva Montalbano en souriant.

— Le comptable et moi, nous sommes presque du même âge, il a quatre ans de plus que moi, nous nous souvenons des mêmes choses.

Montalbano perçut un certain orgueil dans la voix du proviseur. Et il y avait de quoi : Burruano, tremblant, l'œil passablement voilé, semblait avoir dix ans de plus que son ami.

— Vous voyez, tout de suite après l'émission de « Televigàta » qui a montré l'intérieur de la grotte où on a retrouvé...

— Pardonnez-moi de vous interrompre. Vous, l'autre jour, vous m'avez parlé de la grotte des armes, mais à la deuxième, vous n'avez pas fait allusion. Pourquoi ?

— Simplement parce que j'en ignorais l'existence, Lillo ne m'en parla jamais. Donc, tout de suite après l'émission, j'ai téléphoné au comptable Burruano. Je voulais une confirmation, parce que, moi, la statue du chien, je l'avais déjà vue, en une autre occasion.

Le chien ! Voilà pourquoi il l'avait rencontré dans son cauchemar, le proviseur y avait fait allusion par téléphone. Il se sentit saisi d'une espèce de gratitude infantile.

— Vous désirez un café, hein, un café ? Au bar d'à côté, ils le font bien.

D'un mouvement simultané, tous deux secouèrent la tête.

— Une orangeade ? Un Coca-Cola ? Une bière ?

S'ils ne l'arrêtaient pas, il sentait que sous peu, il allait leur offrir dix mille lires chacun.

— Non, merci, nous ne pouvons rien prendre. L'âge, dit le proviseur.

— Alors, dites-moi.

— Il vaut mieux que ce soit le comptable qui parle.

— De février 1941 à juillet 1943, attaqua l'autre, j'ai été, très jeune, podestat de Vigàta. Soit parce que le fascisme prétendait aimer les jeunes, et de fait il se les ait tous mangés rôtis ou congelés, soit parce qu'au pays, il n'était resté que des vieux, des femmes et des minots, les autres se trouvaient au front. Moi, je ne pouvais y aller parce que j'étais, et je l'étais vraiment, malade de la poitrine.

— Moi, j'étais trop petit pour aller au front, intervint le proviseur pour écarter tout malentendu.

— C'était une époque terrible. Les Anglais et les Américains nous bombardaient chaque jour. Une fois, j'ai compté dix bombardements en trente-six heures. Les gens restés au village étaient peu nombreux, la majorité s'était éparpillée, ils vivaient dans des refuges creusés dans la colline de marne qui surplombe le pays. En réalité, c'étaient des galeries à deux issues, très sûres. Nous y avions apporté même les lits. Maintenant, Vigàta a grandi, elle n'est plus comme alors, faite de quatre maisons rassemblées autour du port, un ruban d'habitation entre la colline et la mer. Sur la colline, le Piano Lanterna, que maintenant, avec ses gratte-ciel, on dirait la Nouvelle York, il y avait quatre constructions au bord de la route unique qui menait au cimetière avant de se perdre dans la campagne. Les cibles des avions ennemis étaient au nombre de trois : la centrale électrique, le port avec ses navires de guerre et de marchandises, les batteries anti-aériennes et navales qui se trouvaient sur la crête de la colline. Quand les Anglais arrivaient, les choses allaient mieux que quand c'étaient les Américains.

Montalbano s'impatientait, il voulait que ce type en vienne au fait, le chien, mais il n'avait pas envie d'interrompre ses divagations.

— En quel sens, ça allait mieux, monsieur le comptable ? C'étaient toujours des bombes.

A la place de Burruano qui, maintenant, se taisait, perdu dans quelque souvenir, le proviseur parla.

— Les Anglais étaient, comment dire, plus loyaux, ils lâchaient leurs bombes en s'efforçant de toucher seulement les objectifs militaires ; les Américains, au contraire, lâchaient tout à la *sanfasò*[1].

— Vers la fin de 1942, reprit Burruano, la situation s'aggrava encore. On manquait de tout, du pain aux médicaments, en passant par l'eau et les vêtements. Alors, j'ai pensé à faire, pour Noël, une crèche devant laquelle tout le monde pourrait prier. Mais je voulais une crèche spéciale. Je me proposais, ainsi, de distraire, au moins pour quelques jours, l'esprit des

---

1. « Sans façon » : expression d'origine française. *(N.d.T.)*

Vigatais de leurs préoccupations, qui étaient si nombreuses, et de la peur des bombes. Il n'y avait pas une famille qui n'avait pas au moins un homme à combattre loin de la maison, dans le froid glacial de la Russie ou dans l'enfer de l'Afrique. Nous étions devenus tous nerveux, ingrats, querelleurs, un rien suffisait à faire éclater une dispute, nous avions les nerfs ébranlés. La nuit, nous ne réussissions pas à fermer l'œil, entre les mitrailleuses des batteries anti-aériennes, l'explosion des bombes, le bruit des avions à basse altitude, les canonnades. Et puis tous venaient chez moi ou chez le curé pour demander tantôt une chose, tantôt l'autre et moi, je savais plus où donner de la tête. Il me semblait avoir perdu la jeunesse que j'avais, je me sentais, alors, comme je me sens maintenant.

Il s'arrêta pour reprendre son souffle. Ni Montalbano ni le proviseur n'osèrent remplir cette pause.

— En somme, pour être bref, j'en parlai avec Ballassàro Chiarenza, qui était un vrai artiste de la terre cuite, il le faisait par plaisir, parce que de métier, il était charretier ; et ce fut lui qui eut l'idée de fabriquer des statues grandeur nature. L'Enfant Jésus, la Madone, saint Joseph, le bœuf, le petit âne, un berger avec l'agnelet sur les épaules, une brebis, un chien, et l'habituel ravi de la crèche : un pâtre levant les bras dans un geste d'émerveillement. Il les fabriqua, et le résultat fut très très beau. Alors, on a pensé de pas mettre la crèche dans l'église, mais de l'installer sous l'arcade d'une maison bombardée, comme si Jésus naissait au milieu de nos gens.

Il plongea une main dans sa poche, en tira une photographie, la tendit au commissaire. La crèche était fort belle, le comptable avait dit la vérité. Une sensation de fuite, un sentiment de précarité, et dans le même temps, de tiédeur réconfortante, de sérénité surhumaine.

— C'est superbe, le complimenta Montalbano, qui se sentit gagné par l'émotion.

Mais cela ne dura qu'un instant, le flic reprit le dessus et scruta attentivement le chien. Pas de doute, il s'agissait bien de celui qui se trouvait dans la grotte. Le comptable remit la photo dans sa poche.

— La crèche opéra un miracle, vous savez ? Pendant quelques jours, nous fûmes compréhensifs les uns envers les autres.

— Où sont passées les statues ?

— Là, c'est le tracassin. Moi, je ne m'en souviens plus. J'avais les reçus et tout le reste, mais ça a été perdu quand une partie de la mairie a pris feu, au moment du débarquement des Américains.

— Durant la période dont vous me parlez, vous avez eu vent de la disparition d'un couple de jeunes ?

Le comptable sourit. Le proviseur, lui, éclata carrément de rire.

— J'ai dit une bêtise ?

— Ecoutez, en 1939, à Vigàta, nous étions quatorze mille. J'ai les chiffres précis en tête, expliqua Burruano. En 1942, nous étions tombés à huit mille. Les gens qui le pouvaient s'en allaient, ils trouvaient un refuge provisoire dans les villages de l'intérieur, les villages minuscules qui, aux yeux des Américains, n'avaient pas d'importance. Dans la période qui va de mai à juillet 1943, nous nous sommes réduits, à vue de nez, plus ou moins à quatre mille, en ne tenant pas compte des militaires italiens et allemands, des marins. Les autres étaient éparpillés au fin fond de la campagne, ils habitaient dans les grottes, les granges, dans le moindre trou. Comment voulez-vous que nous soyons au courant de quelques disparitions ? Tout le monde avait disparu !

Ils rirent de nouveau. Montalbano les remercia de ces informations.

Bien, il avait réussi à apprendre quelque chose. L'élan de gratitude que le commissaire avait éprouvé envers le proviseur et le comptable se changea, à peine les deux hommes partis, en une irrésistible attaque de générosité dont, il en était sûr, tôt ou tard, il se repentirait. Il appela dans son bureau Mimì Augello, fit amplement amende honorable pour ses fautes envers son ami et collaborateur, lui passa un bras sur l'épaule, le fit tourner autour de la pièce, lui exprima une « confiance inconditionnelle », lui parla longuement de l'enquête qu'il menait sur le trafic d'armes, lui révéla l'assassinat de Misuraca, l'avisa qu'il avait demandé au juge la permission de mettre sur écoute les lignes d'Ingrassia.

— Et moi, que veux-tu que je fasse ? demanda Augello, emporté par l'enthousiasme.

— Rien. Tu dois juste rester là à m'écouter, dit

Montalbano, redevenu d'un coup lui-même. Parce que si tu prends la moindre initiative personnelle, je te calme à grands coups de pied au cul, tu peux en être sûr.

*
**

Le téléphone sonna, Montalbano souleva le combiné et entendit la voix de Catarella qui jouait les standardistes.

— Alli, *dottori* ? Il y aurait, comment dire, le *dottori* Jacomuzzi.

— Passe-le-moi.

— *Dottori,* parlez avec le *dottori*, par tiliphone, dit Catarella à quelqu'un d'autre.

— Montalbano ? Comme je passais par ici, de retour du *crasticeddru*…

— Mais où es-tu ?

— Comment, où je suis ? Dans la pièce d'à côté.

Montalbano jura, y avait-il plus imbécile que Catarella ?

— Viens chez moi.

La porte se rouvrit, Jacomuzzi entra, souillé de sable rouge et de poussière, décoiffé et les vêtements en désordre.

— Pourquoi ton agent voulait-il que je ne te parle que par téléphone ?

— Jacomù, qui est le plus con, Carnaval ou celui qui le suit ? Tu le sais pas, comment il est fait, Catarella ? Fallait lui donner un coup de pied au cul et entrer.

— J'ai fini l'examen de la grotte. J'ai fait passer le

sable au tamis : tu sais, comme les chercheurs d'or dans les films américains. Nous n'avons rien trouvé du tout. Et de ça, on ne peut tirer qu'une conclusion, étant donné que Pasquano m'a fait savoir que les blessures avaient un orifice d'entrée et un de sortie.

— Que les deux ont été abattus ailleurs.

— Juste. S'ils avaient été tués dans la grotte, nous aurions trouvé les balles. Ah, une chose étrange. Le sable de la grotte était mêlé de coquilles de colimaçons réduites en poussière, il devait y en avoir des milliers là-dedans.

— Jésus ! murmura Montalbano.

Le rêve, le cauchemar, le corps nu de Livia sur lequel glissaient les escargots. Quel sens cela avait-il ? Il se porta une main au front, le trouva trempé de sueur.

— Tu ne te sens pas bien ? demanda Jacomuzzi, inquiet.

— Rien, un vertige, je suis très fatigué.

— Appelle Catarella, et fais-toi porter un cordial du bar.

— Catarella ? Tu veux rigoler ? Lui, une fois, je lui ai dit de m'apporter un express, il est revenu avec un timbre.

Jacomuzzi posa trois pièces sur le bureau.

— Elles étaient dans l'écuelle. Les autres, je les ai envoyées au laboratoire. Elles ne te serviront à rien, garde-les comme souvenir.

14

Avec Adelina, il pouvait se passer une saison entière sans qu'ils se voient. Chaque semaine, Montalbano laissait sur la table de la cuisine les sous pour les courses, tous les trente jours la mensualité. Mais entre eux, un système de communication spontané s'était établi ; quand Adelina voulait plus d'argent pour les dépenses, elle lui laissait sur la table le *caruso*, la tirelire d'argile qu'il avait achetée dans une foire et qu'il gardait pour faire beau ; quand il fallait renouveler le stock de chaussettes ou de caleçons, elle en mettait un exemplaire sur le lit. Naturellement, le système ne fonctionnait pas à sens unique, Montalbano aussi lui parlait par les moyens les plus étranges, qu'elle comprenait pourtant.

Depuis quelque temps, le commissaire s'était rendu compte que quand il était tendu, troublé, nerveux, d'une manière ou d'une autre, elle le devinait en voyant comment il avait laissé la maison le matin, et alors, elle lui concoctait des plats spéciaux qui lui remontaient le moral. Ce jour-là, Adelina était entrée en action, de sorte que Montalbano trouva au frigo la soupe de suppions, épaisse et noire, comme il l'aimait. Y avait-il ou non un soupçon d'origan ? Il la renifla longtemps, avant de la mettre à réchauffer, mais cette fois encore, l'enquête n'aboutit pas. Après le repas, il enfila son maillot avec l'intention de prendre un bain rapide. Après avoir seulement un peu marché, il se sentit fatigué, les mollets lui faisaient mal.

*Marcher dans le sable et foutre debout
Epuisent l'homme jusqu'au bout.*

Une fois seulement, il avait baisé debout et après, il ne s'était pas senti aussi crevé que le prédisait l'antique proverbe sicilien, alors qu'il était vrai que sur le sable, même le plus dur près de la mer, il se fatiguait à marcher. Il regarda sa montre et s'étonna : « Un peu marché », tu parles ! Il s'était promené deux heures ! Il se laissa tomber sur le sol.

— Commissaire ! Commissaire !

La voix venait de loin. Il se leva avec peine, regarda la mer, persuadé que quelqu'un l'appelait depuis une barque ou un canot pneumatique. Mais la mer était vide jusqu'à l'horizon.

— Commissaire, je suis là ! Commissaire !

Il se retourna. Tortorella agitait les bras depuis la route provinciale qui longeait la plage sur une longue distance.

Tandis qu'il se lavait et se rhabillait en hâte, Tortorella lui raconta qu'un coup de fil anonyme était arrivé au commissariat.

— Qui l'a pris ? demanda Montalbano.

Si c'était Catarella, qui sait quelle connerie il avait comprise ou rapportée.

— Oh que non, dit en souriant Tortorella qui avait deviné la pinsée de son chef. Il était aux cabinets, j'avais pris sa place au standard. La voix avait un accent palermitain, elle mettait des *i* à la place des *r*, mais c'était peut-être fait exprès. Il a dit qu'au Bercail, il y avait la charogne d'un cornard, dans une voiture verte.

— Qui y est allé ?

— Fazio et Galluzzo, je suis venu en courant vous chercher. Je ne sais pas si j'ai bien fait, peut-être que le coup de fil est une blâgueu, une plaisanterie.

— Mais c'est qu'on aime plaisanter, nous autres Siciliens !

Il arriva au Bercail à cinq heures, moment que Gegè appelait *cangiu di la guardia*, le changement de la garde consistant dans le fait que les couples non mercenaires, à savoir amants, duos adultères, fiancés, quittaient les lieux, se retiraient (« dans tous les sens », pensa Montalbano) pour laisser place aux ouailles de Gegè, radasses blondes de l'Est, travestis bulgares, Nigérianes d'ébène, *viados* brésiliens, péripatéticiens marocains et ainsi de suite, véritable ONU de la bite, du cul et de la chatte. Il y avait bien une automobile verte, coffre ouvert, entourée de trois voitures de carabiniers. Celle de Fazio était garée un peu à l'écart. Il descendit et Galluzzo vint à sa rencontre.

— Nous sommes arrivés tard, dit-il en dialecte.

Avec la gendarmerie existait une entente non écrite. Qui arrivait le premier sur le lieu d'un crime criait « Touché ! » et se prenait l'affaire. Cela évitait interférences, polémiques, coups de coude et brègues longues. Mais Fazio faisait la gueule.

— En premier, ils sont arrivés.

— Qu'est-ce qui vous prend ? Qu'est-ce que vous avez perdu ? On n'est pas payé à tant le mort, on boulonne pas aux pièces.

Coïncidence curieuse, la voiture verte était collée au buisson dans lequel, un an auparavant, avait été retrouvé un cadavre excellent, affaire qui avait beaucoup intrigué Montalbano. Avec le lieutenant des carabiniers, qui était de Bergame et se nommait Donizetti, ils se serrèrent la main.

— Nous avons été informés par un coup de fil anonyme, dit le lieutenant.

Ils y tenaient, à ce que le cadavre soit retrouvé. Le commissaire observa le mort recroquevillé dans le coffre. Il semblait n'avoir reçu qu'un coup de feu. Le projectile était entré dans la bouche, faisant exploser lèvres et dents, avant de ressortir par la nuque, forant un pertuis gros comme le poing. Sa tête ne lui disait rien.

— On me dit que vous connaissez le tenancier de ce bordel à ciel ouvert, s'informa le lieutenant avec un certain mépris.

— Oui, c'est un ami à moi, dit Montalbano, dans une attitude clairement polémique.

— Vous savez où je peux le trouver ?

— Chez lui, je pense.
— Il n'y est pas.
— Excusez-moi, mais pourquoi voulez-vous savoir de moi où il se trouve ?
— Parce que vous, vous me l'avez dit vous-même, vous êtes son ami.
— Ah oui ? Ce qui signifie que vous êtes en mesure de savoir, en ce moment précis, où sont et ce que font vos amis bergamasques ?

De la provinciale arrivaient sans arrêt des automobiles qui bifurquaient dans les chemins du Bercail, puis, au fur et à mesure que les chauffeurs apercevaient le bordel de voitures des carabiniers, repartaient en marche arrière et regagnaient rapidement la route. Les radasses de l'Est, les *viados* brésiliens, les Nigérianes et toute la belle compagnie arrivaient sur leur lieu de travail, sentaient une odeur de roussi et s'enfuyaient. Cette soirée serait complètement foutue, pour les affaires de Gegè.

Le lieutenant s'en revint près de l'automobile verte, Montalbano lui tourna le dos et, sans le saluer, monta en voiture.

— Toi et Galluzzo, dit-il à Fazio, restez là. Voyez ce qu'ils font et ce qu'ils découvrent. Je rentre au bureau.

*
**

Il s'arrêta à la librairie-papeterie de Sarcuto, la seule de Vigàta qui tenait les promesses de l'enseigne, les autres ne vendaient pas de livres mais des sacs à dos, des agendas, des stylos. Il s'était rappelé avoir fini le roman de Montalbán et n'avoir rien d'autre à lire.

— Il y a un nouveau livre sur Falcone et Borsellino[1] ! lui annonça Mme Sarcuto à l'instant où elle le vit entrer.

Elle n'avait pas encore compris que Montalbano détestait lire des livres qui parlaient de mafia, d'assassinats et de victimes de la mafia. Il n'arrivait pas à comprendre pourquoi, il ne s'en rendait pas compte, mais il ne les achetait pas, il ne lisait même pas les quatrièmes de couverture. Il prit un livre de Consolo, qui avait remporté, voilà un certain temps, un important prix littéraire. Au bout de quelques pas sur le trottoir, le livre lui glissa de sous le bras et tomba à terre. Montalbano se baissa pour le ramasser, remonta en voiture.

Au bureau, Catarella lui déclara qu'il n'y avait rien de neuf. Montalbano avait la manie de mettre tout de suite son nom sur les livres qu'il achetait. Comme il esquissait un geste pour prendre un des stylos sur le bureau, son regard tomba sur les pièces que Jacomuzzi lui avait laissées. La première, en cuivre, avec la date de 1934, présentait d'un côté le profil du roi et l'inscription *Vittorio Emanuele III Re d'Italia*, de l'autre un épi de blé avec l'inscription *C.5*, cinq centimes ; la seconde, également en cuivre, un peu plus grande, avec d'un côté la même tête et la même inscription, de l'autre une abeille posée sur une fleur avec la lettre *C*

---

1. Deux juges assassinés en 1992 par la mafia. *(N.d.T.)*

et le chiffre *10*, dix centimes, datait de 1936 ; la troisième était de métal mais d'un alliage léger avec, d'un côté, l'immanquable visage du roi et l'inscription, de l'autre, un aigle aux ailes dépliées derrière lequel on entrevoyait un faisceau de licteur : *L. 1*, qui signifiait « une lire », ITALIA, qui signifiait « Italie », *1942*, l'année de la frappe, et XX, pour la vingtième année de l'ère fasciste. Et ce fut pendant qu'il fixait cette dernière pièce que Montalbano se souvint de ce qu'il avait vu pendant qu'il se baissait pour ramasser le livre qui lui avait échappé devant la librairie-papeterie. Il avait aperçu la vitrine du magasin d'à côté, une vitrine dans laquelle étaient exposées des monnaies anciennes.

Il se leva, avertit Catarella qu'il sortait et qu'il rentrerait au plus tard d'ici une demi-heure, puis se rendit à pied à la boutique. Elle s'appelait *Choses*, et des choses, elle en vendait : roses des sables, timbres, chandeliers, bagues, épingles, pièces, pierres dures. A l'intérieur, une jeune fille proprette et mignonne le reçut avec le sourire. Désolé de la décevoir, le commissaire lui expliqua qu'il n'était pas venu acheter, mais comme il avait vu en vitrine des monnaies anciennes, il voulait savoir si, au magasin, ou à Vigàta, il y avait quelqu'un qui s'y connaissait en monnaies.

— Bien sûr, dit la jeunette en continuant à sourire que c'était un délice, il y a mon grand-père.

— Où puis-je le déranger ?

— Vous ne le dérangerez en rien, il sera plutôt content. Il est dans la pièce de derrière, attendez que je le lui dise.

Il n'eut pas même le temps d'examiner un pistolet sans canon de la fin du XIXᵉ siècle que la fillette réapparaissait.

— Venez, je vous prie.

L'arrière-boutique offrait un merveilleux capharnaüm de gramophones à pavillon, machines à coudre préhistoriques, presses de bureau, tableaux, gravures, pots de chambre, pipes. Sur les rayonnages qui couvraient les murs étaient entassés pêle-mêle incunables, volumes reliés en parchemin, abat-jour, parapluies, gibus. Au centre, assis derrière un bureau, sous une lampe Liberty, un vieillard examinait à la loupe le timbre qu'il tenait au bout d'une pincette.

— Qu'est-ce qu'il y a ? demanda-t-il brutalement sans même lever les yeux.

Montalbano lui mit sous le nez les pièces. Le vieux détacha un instant son regard du timbre, les regarda distraitement et annonça :

— Valeur : zéro.

De tous les vieux dont il faisait connaissance dans le cours de l'enquête sur les morts du *crasticeddru*, celui-ci était le plus hargneux.

« Il faudrait les rassembler tous dans un hospice, pensa le commissaire, ça me serait plus facile de les interroger. »

— Je le sais, qu'elles ne valent rien.
— Et alors, qu'est-ce que vous voulez savoir ?
— Quand elles ont été retirées de la circulation.
— Faites un effort.
— Quand la République a été proclamée ?

Il se sentait comme un étudiant qui ne s'est pas préparé pour l'examen. Le vieux rit, son rire ressemblait au bruit de deux boîtes de fer-blanc frottées l'une contre l'autre.

— Je me trompai ?

— Vous vous êtes trompé, et de beaucoup. Les Américains, ici, chez nous, ils ont débarqué dans la nuit du 9 au 10 juillet 1943. En octobre de la même année, ces pièces n'eurent plus cours. Elles furent remplacées par les *amlire*, la monnaie de papier que l'*Amgot,* l'administration militaire alliée des territoires occupés, fit imprimer. Etant donné que ces billets étaient de une, cinq et dix lires, les centimes disparurent de la circulation.

Fazio et Galluzzo revinrent alors qu'il faisait déjà nuit et le commissaire les réprimanda.

— Bon sang de bois ! Vous vous êtes pas bousculés !

— Nous ?! rétorqua Fazio. Vous le savez pas, comment il est, le lieutenant ? Avant de toucher au mort, il a attendu l'arrivée du juge et du Dr Pasquano. Eux oui, qu'ils se bousculent pas !

— Alors ?

— Il s'agit d'un mort du jour, bien frais. Pasquano a dit qu'entre l'assassinat et le coup de fil, il ne s'est même pas passé une heure. Il avait en poche sa carte d'identité. Il s'appelait Gullo Pietro, quarante-deux ans, yeux bleus, cheveux blonds, teint rouge, né à

Merfi, habitant à Fela, 32, via Matteotti, signes particuliers : néant.

— Pourquoi tu t'embauches pas à l'état civil ?

Avec dignité, Fazio ne réagit pas à la provocation et poursuivit.

— Je suis allé à Montelusa, j'ai consulté les archives. Ce Gullo a eu une jeunesse sans rien d'exceptionnel, deux vols, une rixe. Puis il s'est rangé, du moins en apparence. Il faisait le commerce des légumes secs.

— Je vous suis vraiment reconnaissant d'avoir bien voulu me recevoir tout de suite, dit Montalbano au proviseur venu lui ouvrir la porte.

— Mais que dites-vous ? Rien ne me fait plus plaisir.

Il l'invita à entrer, le guida jusqu'au salon, lui proposa un fauteuil, appela.

— Angilina !

Une vieille minuscule se matérialisa, pleine de curiosité pour le visiteur, proprette et fort soignée, avec des lunettes épaisses derrière lesquelles brillaient des yeux vifs, très attentifs.

« L'hospice ! » songea Montalbano.

— Permettez-moi de vous présenter Angelina, mon épouse.

Montalbano salua d'une inclinaison du buste, plein d'une admiration sincère, il aimait les vieilles dames qui même chez elles tenaient aux apparences.

— Vous voudrez bien me pardonner de vous créer du tracas à l'heure du dîner.

— Mais quel tracas ? Plutôt, commissaire, êtes-vous pris, ce soir ?

— Nullement.

— Pourquoi ne restez-vous pas manger avec nous ? Nous avons des choses de vieux, nous devons nous en tenir à des mets légers : *tinnirume* et rougets de roche à l'huile et au citron.

— Vous m'invitez à un festin.

La dame ressortit contente.

— Dites-moi tout, l'invita le proviseur.

— J'ai réussi à préciser la période durant laquelle s'est passé le double crime du *crasticeddru*.

— Ah, et quand est-ce arrivé ?

— Certainement entre début 1943 et octobre de la même année.

— Comment avez-vous fait ?

— Simple. Le chien de terre cuite, comme nous l'a dit le comptable Burruano, fut vendu après la Noël de 1942, donc sans doute après le jour des Rois de 1943 ; les pièces découvertes dans l'écuelle n'ont plus eu cours après octobre de cette année-là. (Il marqua une pause.) Et cela signifie une seule chose, ajouta-t-il.

Mais il ne la dit pas, la chose. Il attendit patiemment que Burgio rassemble ses forces, se lève, fasse quelques pas dans la pièce, parle.

— J'ai compris, *dottore*. Vous voulez me signifier que, durant cette période, la grotte du *crasticeddru* appartenait aux Rizzitano.

— Exactement. Déjà, à l'époque, vous me l'avez

dit, la grotte était fermée par un rocher, parce que les Rizzitano y gardaient ce qu'ils vendaient au marché noir. Ils devaient forcément connaître l'existence de l'autre grotte, celle où ont été portés les morts.

Le proviseur le fixa, éberlué :

— Pourquoi dites-vous « portés » ?

— Parce qu'ils ont été tués ailleurs, cela, c'est sûr.

— Mais quel sens cela a-t-il ? Pourquoi les mettre là, disposés comme s'ils dormaient, avec la cruche, l'écuelle des sous, le chien ?

— C'est ce que je me demande aussi. La seule personne qui peut peut-être nous le dire, c'est votre ami Lillo Rizzitano.

Mme Angelina entra.

— C'est prêt.

Les *tinnirume*, feuilles et fleurs de *cucuzzeddra*, la courgette sicilienne longue et lisse, d'un blanc à peine troublé de vert, avaient été cuites à point ; elles étaient devenues d'une tendreté, d'une délicatesse que Montalbano trouva carrément émouvantes. A chaque bouchée, il sentait son estomac se nettoyer, devenir impeccable comme il avait vu faire à certains fakirs à la télévision.

— Comment les trouvez-vous ? demanda Mme Angelina.

— Belles, dit Montalbano et, à la grande surprise des deux vieux, il rougit, s'expliqua : Pardonnez-moi, certaines fois, je souffre d'imperfection adjectivale.

Les rougets de roche, bouillis et assaisonnés d'huile, de citron et de persil, avaient la même légèreté que les *tinnirume*. Ce n'est qu'au moment des fruits que le proviseur reprit la question que lui avait posée Montalbano, mais pas avant d'avoir parlé du problème de l'école, de la réforme que le ministre du nouveau gouvernement avait décidé de lancer, en abolissant entre autres le lycée.

— En Russie, dit le proviseur, à l'époque des tsars, il y avait le lycée, sans doute s'appelait-il à la russe. Chez nous, c'est Gentile qui a trouvé l'appellation, quand il fit sa réforme qui, idéalement, mettait au-dessus de tout les humanités. Bien, les communistes de Lénine, tout communistes qu'ils étaient, le lycée, ils n'ont pas eu le courage de l'abolir. Seul un *arrinanzato*, un parvenu, semi-analphabète, une demi-chaussette[1] comme ce ministre peut penser une chose pareille. Comment s'appelle-t-il, Guastella ?

— Non, Vastella, dit Mme Angelina.

En vérité, il s'appelait d'une autre façon encore, mais le commissaire s'abstint de le préciser.

— Avec Lillo, on partageait tout, mais pas l'école, parce qu'il était au-dessus de moi. Quand je faisais ma troisième, il venait d'avoir son bac. Dans la nuit du débarquement, la maison de Lillo, qui était au pied de la montagne du Crasto, a été détruite. D'après ce que j'ai réussi à apprendre, une fois passée la tempête, cette nuit-là, Lillo était seul et il fut gravement blessé. Un paysan le vit pendant que des militaires italiens le

---

1. Qualificatif très méprisant : ne pas oublier que, dans les canons de l'élégance italienne, les demi-chaussettes, qui ne montent pas jusqu'à mi-mollet, telles qu'en portent les Français, sont le comble du mauvais goût. *(N.d.T.)*

chargeaient sur un camion, il perdait beaucoup de sang. C'est la dernière chose que je sais de lui. Depuis, je n'ai plus eu de nouvelles, et je peux dire que j'en ai fait, des recherches !

— Se peut-il qu'il n'y ait aucun survivant de cette famille ?

— Je ne sais pas.

Le proviseur remarqua que sa femme s'était perdue dans ses pensées, elle avait les yeux mi-clos, absents.

— Angilina ! lança-t-il.

La vieille dame se secoua, sourit à Montalbano.

— Il faut me pardonner. Mon mari dit que j'ai toujours été une femme débordante d'imagination, mais ça ne se veut pas un éloge, il veut dire que de temps en temps, je me laisse emporter par mon imagination.

15

Après le dîner chez les Burgio, il se retrouva chez lui qu'il n'était même pas dix heures, trop tôt pour aller se coucher. A la télévision, il y avait un débat sur la mafia, un sur la politique étrangère italienne, un troisième sur la situation économique, une table ronde sur la situation de l'hôpital psychiatrique de Montelusa, une discussion sur la liberté d'information, un documentaire sur la délinquance juvénile à Moscou, un documentaire sur les phoques, un troisième sur la culture du tabac, un film de gangsters dans le Chicago des années 30, la rubrique quotidienne d'un ex-critique d'art, à présent député et éditorialiste, qui bavait sur les magistrats, les hommes politiques de gauche et ses adversaires, en se prenant pour un petit Saint-Just alors qu'il appartenait de droit à la horde des vendeurs de tapis, podologues, mages, stripteaseuses qui, avec une fréquence de plus en plus élevée, apparaissaient sur le petit écran. Après avoir éteint le téléviseur et allumé la lumière extérieure, le commissaire alla s'asseoir sur le banc de la véranda, en emportant une revue à laquelle il était abonné. Bien imprimée, avec des articles intéressants, elle était rédigée par un groupe de jeunes écologistes de la province. Il consulta le sommaire, et, ne trouvant rien qui l'accrochât, se mit à regarder les photos qui présentaient souvent des faits divers avec l'ambition, quelquefois réalisée, d'être emblématiques.

La sonnerie à la porte le surprit, il n'attendait personne, se dit-il, et puis un instant après, il se souvint que dans l'après-midi, Anna lui avait téléphoné. Quand elle lui avait proposé de venir le trouver, il n'avait pas pu refuser ; envers elle, il se sentait débiteur pour l'avoir utilisée, il était disposé à l'admettre, dans l'histoire inventée pour libérer Ingrid de la persécution de son beau-père.

Anna le baisa sur les joues, lui tendit un paquet.

— Je t'ai apporté de la *petrafèrnula*.

Un gâteau désormais difficile à trouver, qui plaisait beaucoup à Montalbano, allez savoir pourquoi les pâtissiers ne le faisaient plus.

— Je me suis rendue pour le boulot à Mìttica, expliqua Anna, je l'ai vu dans une vitrine et je te l'ai acheté. Attention à tes dents.

Ce gâteau, plus il était dur, meilleur il était.

— Qu'est-ce que tu faisais ? s'enquit-elle.

— Rien, je lisais une revue. Viens dehors, toi aussi.

Ils s'assirent sur le banc. Montalbano recommença à regarder les photos ; Anna, elle, la tête dans les mains, se mit à contempler la mer.

— Qu'est-ce que c'est beau ici, de chez toi !

— Eh oui.

— On n'entend que le bruit des vagues.

— Eh oui.

— Ça te dérange si je parle ?

— Non.

Anna se tut. Au bout d'un petit moment, elle reprit la parole :

— Je rentre regarder la télévision. J'ai un peu froid.

— Hmm.

Le commissaire ne voulait pas l'encourager. Anna désirait visiblement s'abandonner à un plaisir solitaire, celui de feindre d'être sa compagne, d'imaginer qu'elle vivait avec lui une soirée comme les autres. Juste à la dernière page de la revue, il découvrit une photo montrant l'intérieur de la « grotte de Fragapane », en réalité une nécropole, un ensemble de tombes chrétiennes creusées à l'intérieur d'antiques citernes. La photo servait à illustrer à sa manière le compte rendu d'un livre sorti depuis peu, écrit par un certain Alcide Maraventano, qui s'intitulait *Rites funéraires sur le territoire de Montelusa*. La publication de cet essai très documenté, assurait le rédacteur, venait combler une lacune. L'ouvrage présentait une haute valeur scientifique en raison de l'extrême finesse d'une enquête sur un sujet qui s'étendait de la préhistoire à la période christiano-byzantine.

Longtemps, il médita sur ce qu'il venait de lire. L'idée que la cruche, l'écuelle de pièces et le chien fissent partie d'un rite de funérailles ne lui était même pas passée par l'antichambre du cerveau. Et c'était peut-être une erreur, l'enquête devait probablement partir précisément de là. Il rentra, détacha la prise du téléphone, prit l'appareil en main.

— Qu'est-ce que tu fais ? demanda Anna qui regardait le film de gangsters.

— Je vais dans ma chambre pour téléphoner, sinon je te dérangerais.

Il forma le numéro de « Retelibera », demanda son ami Nicolò Zito.

— Grouille, Montalbà, d'ici quelques secondes, je suis à l'antenne.

— Tu le connais, toi, un certain Maraventano qui a écrit...

— Alcide ? Oui, je le connais. Qu'est-ce que tu veux de lui ?

— Lui parler. Tu as son numéro ?

— Il n'a pas le téléphone. Tu es chez toi ? Je te le cherche, je te le fais savoir.

— J'ai besoin de lui parler d'ici demain.

— D'ici une heure maximum, je te rappelle et je te dis ce qu'il faut faire.

Il éteignit la lampe de chevet ; dans le noir, il raisonnerait mieux sur la pinsée qui lui était venue. Il se représenta la grotte du *crasticeddru* comme elle lui était à peine apparue à l'instant où il y entrait. En enlevant du tableau les deux cadavres, restaient un tapis, une écuelle, une cruche et un chien de terre cuite. En tirant une ligne entre les trois objets, on dessinait un triangle parfait, mais renversé par rapport à l'entrée. Au centre du triangle, les deux morts. Cela avait-il un sens ? Il fallait peut-être étudier l'orientation du triangle ?

En raisonnant, divaguant, rêvassant, il finit par s'assoupir. Au bout d'un moment qu'il n'aurait su évaluer, la sonnerie du téléphone le réveilla. Il répondit d'une voix empâtée.

— Tu t'es endormi ? demanda son ami.
— Oui, assoupi.
— Et moi, je suis là à me décarcasser pour toi. Donc, Alcide t'attend demain à cinq heures et demie de l'après-midi. Il habite à Gallotta.

C'était un lieu-dit à quelques kilomètres de Montelusa, quatre maisons de paysans, autrefois célèbre pour être coupé du monde durant l'hiver, quand il tombait beaucoup d'eau.

— Donne-moi l'adresse !
— L'adresse, mais quelle adresse ? En venant de Montelusa, c'est la première maison à gauche. Une grande villa décrépite qui ferait les délices d'un metteur en scène de films d'horreur. Tu ne peux pas te tromper.

A peine le combiné reposé, il sombra de nouveau dans le sommeil. Il se réveilla en sursaut parce que quelque chose bougeait sur sa poitrine. C'était Anna, qu'il avait complètement oubliée et qui, étendue à côté de lui, lui déboutonnait la chemise. Sur le moindre bout de peau qu'elle découvrait, elle posait longuement les lèvres. Quand elle arriva au nombril, la jeune femme releva la tête, glissa une main sous la chemise pour lui caresser un sein, et colla sa bouche contre celle de Montalbano. Comme il ne réagissait pas à son baiser passionné, elle fit glisser plus bas la main qu'elle tenait sur son torse. Là aussi, elle caressa.

Montalbano se décida à parler :

— Tu vois, Anna ? Ça ne vaut pas le coup. Il ne se passe rien.

D'un bond, Anna sortit du lit, et alla s'enfermer dans la salle de bains. Montalbano ne bougea pas même quand il l'entendit pleurer, avec des sanglots infantiles, des pleurs de minote à laquelle on a refusé un gâteau ou un jouet. Il la vit complètement rhabillée, dans le contrejour de la porte de la salle de bains restée ouverte.

— Un bestiau sauvage a plus de cœur que toi, dit-elle, et elle s'en alla.

Le sommeil délaissa Montalbano, à quatre heures du matin il était encore à faire une réussite qu'il ne parvenait pas à mener au bout.

Il arriva au bureau grognon, tourmenté, l'histoire avec Anna lui pesait, il éprouvait du remords de l'avoir ainsi traitée. En plus, dans la matinée, lui était venu un doute : si, à la place d'Anna, il y avait eu Ingrid, était-il certain qu'il se serait comporté ainsi ?

— Je dois te parler d'urgence.

Mimì Augello se tenait sur le seuil, il paraissait très agité.

— Qu'est-ce que tu veux ?

— Te faire un rapport sur les développements de l'enquête.

— Quelle enquête ?

— C'est bon, j'ai compris, je repasse plus tard.

— Non, maintenant, tu restes et tu me racontes de quelle putain d'enquête il s'agit.

— Mais comment ?! Celle du trafic d'armes !

— Et moi, d'après toi, je t'en ai chargé ?

— D'après moi ? Tu m'en as parlé, tu te souviens ? Ça m'a paru implicite.

— Mimì, d'implicite, il n'y a qu'une chose, à savoir que tu es un super-fils de pute, sans vouloir offenser ta mère, bien sûr !

— Faisons comme ça, je te raconte ce que j'ai fait et puis tu décides, toi, si je dois continuer.

— Allez, raconte-moi ce que tu as fait.

— D'abord, j'ai pensé qu'on devait pas laisser la bride sur le cou à Ingrassia, et donc j'ai mis deux des nôtres à le surveiller nuit et jour, il ne peut plus aller pisser sans que je le sache.

— Des nôtres ? Tu lui as mis deux des nôtres sur le dos ? Mais tu ne le sais pas que ce type-là, des nôtres, il connaît même les poils du cul ?

— Je suis pas idiot. Il ne s'agit pas des nôtres, de Vigàta, je veux dire. Ce sont des agents de Ragòna que le questeur, auquel je me suis adressé, a détachés.

Montalbano le fixa d'un air admiratif.

— Tu t'es adressé au questeur, hein ? Bravo, Mimì, comme tu sais te faire des relations !

Augello ne releva pas l'ironie, il préféra continuer son compte rendu.

— Il y a eu aussi une écoute téléphonique qui, peut-être, signifie quelque chose. Dans mon bureau, j'en ai la transcription, je vais la prendre.

— Tu t'en souviens par cœur ?

— Oui. Mais toi, en l'écoutant, tu peux peut-être découvrir…

— Mimì, toi, à cette heure, tu as découvert tout ce qu'il y avait à découvrir. Ne me fais pas perdre de temps. Dis-moi.

— Donc, du supermarché, Ingrassia téléphone à Catagne, à la société Brancato. Il demande Brancato en personne qui vient à l'appareil. Ingrassia se plaint alors des erreurs qui auraient été commises dans la dernière expédition, il dit qu'on ne peut pas faire arriver le camion avec beaucoup d'avance, que la chose lui a créé des problèmes. Il demande une entrevue pour pouvoir étudier un système d'expédition différent, plus sûr. A ce point, la réponse de Brancato est pour le moins étonnante. Il hausse le ton, s'énerve, demande à Ingrassia comment il peut avoir le culot de lui téléphoner. En balbutiant, Ingrassia sollicite des explications. Et Brancato les lui fournit, il dit qu'Ingrassia est insolvable, que les banques lui ont conseillé de ne plus travailler avec lui.

— Et Ingrassia, comment a-t-il réagi ?

— Rien. Il n'a pas fait ouf. Il a juste raccroché le téléphone, sans même dire au revoir.

— Tu as compris ce que signifie ce coup de fil ?

— Bien sûr. Qu'Ingrassia demandait de l'aide et eux, ils l'ont viré.

— Surveille Ingrassia.

— C'est ce que je fais, je te l'ai dit. (Il y eut une pause.) Qu'est-ce que je fais ? Je continue à m'occuper de l'enquête ? (Montalbano ne répondit pas.) T'es vraiment un bel enculé, commenta Augello.

*
* *

— Salvo ? Tu es seul au bureau ? Je peux te parler librement ?
— Oui. D'où tu appelles ?
— De chez moi, je suis au lit avec un peu de fièvre.
— Désolé.
— En fait, non, tu ne dois pas être désolé. C'est une fièvre de croissance.
— Je ne comprends pas. Qu'est-ce que tu veux dire ?
— C'est une fièvre qui vient aux minots, aux petits. Elle leur dure deux ou trois jours, à trente-neuf, quarante, mais il n'y a pas de quoi s'affoler, c'est naturel, une fièvre de croissance. Quand c'est fini, les petits ont grandi de quelques centimètres. Je suis sûre que moi aussi, quand la température retombera, j'aurai grandi. Dans ma tête, pas dans le corps. Je veux te dire que jamais, comme femme, je n'ai été ainsi offensée.
— Anna...
— Laisse-moi finir. Offensée, vraiment. Tu es mauvais, tu es méchant, Salvo. Et moi, je ne le méritais pas.
— Anna, raisonne un peu. Ce qui est arrivé cette nuit, c'est pour ton bien...

Anna raccrocha. Même s'il le lui avait fait comprendre de mille manières que c'était hors de question, Montalbano, en comprenant que la jeune femme souffrait en ce moment comme un chien, se sentit bien pire qu'un porc, car au moins, le porc, on le mange.

*
* *

La villa à l'entrée de Gallotta, Montalbano la trouva tout de suite, mais il lui parut impossible que quelqu'un pût vivre dans cette ruine. On voyait clairement la moitié du toit effondrée au troisième étage, la pluie devait forcément entrer. Le peu de vent qui soufflait suffisait à faire battre un volet dont on ne comprenait pas comment il tenait encore. Le mur extérieur, en haut de la façade, montrait des fissures larges comme le poing. Le deuxième, le premier et le rez-de-chaussée paraissaient mieux conservés. Le revêtement avait disparu depuis des années, les volets étaient tous cassés et décrépis mais au moins, ils fermaient, même si c'était de guingois. Un portail de fer forgé, à demi ouvert, penchait vers l'extérieur, depuis des temps immémoriaux dans cette position, sur les herbes folles et le terreau. Le commissaire suivit un sentier de pierres disjointes, jusqu'à la porte qui avait perdu toute couleur, et s'arrêta. L'obscurité gagnait déjà, le passage de l'heure légale à l'heure solaire raccourcissait en réalité les journées. Il y avait une sonnette, il sonna. Ou plutôt, il appuya, parce qu'il n'entendit aucun bruit, pas même dans le lointain. Montalbano essaya encore une fois, avant de comprendre que la sonnette ne fonctionnait pas depuis l'époque de la découverte de l'électricité. Il frappa en se servant du heurtoir en forme de tête de cheval et enfin, à la troisième série de coups, il entendit des pas traînants. La porte s'ouvrit, sans bruit de serrure ni de verrou, avec seulement un long gémissement digne d'une âme du purgatoire.

— Elle était ouverte, il suffisait de la pousser, d'entrer et de m'appeler.

C'était un squelette qui parlait. Jamais de sa vie, Montalbano n'avait vu une personne si sèche. Ou plutôt, il n'en avait vu que sur leur lit de mort, asséchées, dessiquées par la maladie. Ce type-là, en revanche, quoique plié en deux, tenait debout et semblait vivant. Il portait une soutane de curé qui, autrefois noire, tirait à présent sur le vert ; le col dur, anciennement blanc, était d'un gris foncé. Aux pieds, des godillots cloutés de paysan comme on n'en trouvait plus. Complètement chauve, sa tête était une tête de mort sur laquelle auraient été posées par jeu des lunettes très épaisses à monture d'or, derrière lesquelles le regard se noyait. Montalbano songea que les deux personnages de la grotte, morts depuis cinquante ans, avaient plus de chair que ce prêtre. Inutile de dire qu'il était très vieux.

D'un air cérémonieux, il l'invita à entrer, le conduisit dans un salon immense, littéralement rempli à ras bord de livres ; il y en avait non seulement sur les étagères, mais aussi au sol, en piles qui parfois atteignaient le haut plafond, dans des équilibres improbables. Les fenêtres ne laissaient pas passer la lumière, les volumes amassés sur le rebord dissimulaient les vitres. En fait de meubles, il y avait un bureau, un siège, un fauteuil. A Montalbano, il apparut que la lampe sur le bureau était une authentique lampe à pétrole. Le vieux curé débarrassa le fauteuil des livres qui y étaient entassés, y fit asseoir le commissaire.

— Quoique je ne réussisse pas à imaginer de quelle manière je puis vous être utile, je vous écoute.

— Comme on vous l'aura dit, je suis un commissaire de police qui...

— Non, on ne me l'a pas dit, et je ne l'ai pas demandé. Hier soir tard est arrivé quelqu'un du village qui m'a fait savoir qu'un de Vigàta voulait me voir et moi, j'ai répondu qu'il vienne donc, à cinq heures et demie. Si vous êtes commissaire, mal vous tombez, vous perdez votre temps.

— Pourquoi cela ?

— Parce que ça fait au moins trente ans que j'ai pas mis les pieds hors de cette maison. Qu'est-ce que j'irais faire, là-dehors ? Les vieilles têtes ont disparu, les nouvelles ne me convainquent pas. Les courses, on me les porte chaque jour, de toute façon, moi, je ne bois que du lait et un bouillon de poule une fois par semaine.

— Vous avez dû apprendre par la télévision...

Il avait à peine commencé la phrase qu'il s'interrompit, le mot « télévision » lui sonnait faux aux oreilles.

— Dans cette maison, il n'y a pas l'électricité.

— Bien, alors vous avez dû lire dans les journaux...

— Je n'achète pas les journaux.

Pourquoi s'obstinait-il à partir du pied gauche ? Il reprit, en même temps que son souffle, une espèce d'élan et lui raconta tout, du trafic d'armes à la découverte des morts au *crasticeddru*.

— Attendez que j'allume la lampe, comme ça, on parlera mieux.

Le vieux fouilla parmi les papiers sur la table, trouva une boîte d'allumettes de cuisine, en alluma une d'une main tremblante. Montalbano sentit le sang se geler dans ses veines.

« S'il la laisse tomber, pensa-t-il, on rôtit en trois secondes. »

Mais l'opération réussit et tout empira parce que la lampe éclaira faiblement la moitié de la table, noyant en revanche, dans l'obscurité la plus profonde, le côté où se trouvait le vieux. Stupéfait, Montalbano le vit tendre la main, s'emparer d'une petite bouteille munie d'un étrange bouchon. Sur la table, il y en avait trois autres, deux vides et une remplie d'un liquide blanc. Ce n'étaient pas des bouteilles, mais des biberons, chacun muni de sa tétine. Bêtement, il se sentit gagné par la nervosité, le vieux avait commencé à téter.

— Excusez-moi, je n'ai pas de dents.

— Mais pourquoi, le lait, vous le buvez pas dans une tasse, je sais pas, moi, dans un verre ?

— Parce que ça a plus de goût comme ça. C'est comme si je fumais la pipe.

Montalbano décida de s'en aller au plus vite, il se leva, tira de sa poche deux photos qu'il s'était fait donner par Jacomuzzi, les tendit au prêtre.

— Est-ce que ça pourrait être un rituel funéraire ?

Le vieillard fixa les photos en s'agitant et en geignant.

— Qu'est-ce qu'il y a dans l'écuelle ?
— Des pièces de monnaie des années 40.
— Et dans la cruche ?
— Rien... il n'y avait pas de traces... elle a dû contenir seulement de l'eau.

Le vieux téta un moment en méditant. Montalbano retourna s'asseoir.

— Ça n'a pas de sens, dit le curé en posant les photos sur la table.

16

Montalbano n'en pouvait plus. Sous le bombardement de questions du prêtre, il se sentait l'esprit confus, et en plus, chaque fois qu'il ne savait que répondre, Alcide Maraventano émettait une espèce de plainte et tétait plus bruyamment. Il avait attaqué le deuxième biberon.

Dans quelle direction étaient orientées les têtes des cadavres ?

La cruche était faite d'argile tout à fait normale ou bien d'une autre matière ?

Combien y avait-il de pièces dans l'écuelle ?

Quelle était la distance exacte entre la cruche, l'écuelle et le chien de terre cuite, par rapport aux deux corps ?

Enfin, l'interrogatoire au troisième degré prit fin.

— Ça n'a pas de sens.

La conclusion de l'interrogatoire confirmait exactement ce que le prêtre avait tout de suite prévu. Le commissaire, avec un certain soulagement secret, crut pouvoir se lever, saluer, s'en aller.

— Attendez, qu'est-ce qui vous presse comme ça ?

Montalbano se rassit, résigné.

— Ce n'est pas un rite funéraire, c'est peut-être autre chose.

D'un coup, le commissaire ne sentit plus ni fatigue ni accablement, il retrouva toute sa lucidité mentale : Maraventano était une tête qui pensait.

— Dites-moi, je vous serais reconnaissant si vous me donniez un avis.

— Vous avez lu Umberto Eco ?

Montalbano commença à transpirer.

« Seigneur, maintenant, il me fait passer l'examen de littérature », pensa-t-il, et il parvint à dire :

— J'ai lu son premier roman et ses carnets qui m'ont paru…

— Moi, non, les romans, je ne les connais pas. Je faisais allusion au *Traité de sémiotique générale* dont quelques citations nous seraient utiles.

— Je suis profondément désolé, mais je ne l'ai pas lu.

— Vous n'avez même pas lu *Semeiotike*, de Julia Kristeva ?

— Non, et je n'ai aucune envie de le lire, lança Montalbano qui commençait à s'énerver, il lui venait le soupçon que le vieux se foutait de sa tronche.

— Ah bon, se résigna Maraventano, alors, je vous donne un exemple terre à terre.

« Et donc à mon niveau », se dit Montalbano.

— Ainsi, vous qui êtes commissaire, si vous trouvez un mort par balle à qui on a mis une pierre dans la bouche, qu'est-ce que vous en pensez ?

— Oh, vous savez, dit Montalbano, décidé à prendre sa revanche, ce sont des vieux trucs, aujourd'hui on tue sans fournir d'explications.

— Ah. Donc, pour vous, cette pierre dans la bouche, ça signifie quelque chose.

— Certainement.

— Et qu'est-ce que ça veut dire ?

— Ça veut dire que le type a trop parlé, il a dit quelque chose qu'il ne fallait pas dire, il a joué les indics.

— Exact. Voilà, vous avez compris l'explication parce que vous étiez en possession du code de ce langage, en l'occurrence métaphorique. Mais si vous, au contraire, vous aviez ignoré le code, qu'est-ce que vous auriez compris ? Rien. Pour vous, ce serait un pauvre type assassiné auquel on a i-nex-pli-ca-ble-ment glissé une pierre dans la bouche.

— Je commence à comprendre, dit Montalbano.

— Alors, pour en revenir à nos moutons : quelqu'un tue deux jeunes pour des raisons que nous ignorons. Il peut faire disparaître les cadavres de mille manières, en mer, sous terre, sous le sable. Mais non, il les met dans une grotte et non seulement ça, dispose à côté d'eux une écuelle, une cruche et un chien de terre cuite. Qu'est-ce qu'il a fait ?

— Il a envoyé une communication, un message, répondit Montalbano à mi-voix.

— C'est un message, exact, mais que vous ne savez pas lire parce que vous ne possédez pas le code, conclut le curé.

— Laissez-moi réfléchir, dit Montalbano. Mais le

message devait être adressé à quelqu'un... pas à nous, certes, cinquante ans après les faits.

— Et pourquoi pas ?

Montalbano y réfléchit quelques instants, se leva.

— Je m'en vais, je ne veux pas abuser davantage de votre temps. Ce que vous m'avez dit m'a été très précieux.

— Je voudrais vous être encore plus utile.

— Et comment ?

— Tout à l'heure, vous m'avez dit que maintenant, on tue sans fournir d'explications. Les explications, il y en a toujours, et toujours on les donne, autrement vous ne feriez pas le métier que vous faites. C'est juste que les codes sont devenus très nombreux et très différents.

— Merci, dit Montalbano.

Ils avaient mangé des anchois *all'agretto*[1] que Mme Elisa, la femme du questeur, avait su cuire en experte, dans les règles de l'art, le secret de la réussite consistant dans le repérage à la microseconde près du temps que le plat devait rester au four. Puis, après le dîner, la dame s'était retirée au salon pour regarder la télévision, non sans avoir disposé sur le bureau du cabinet de travail de son mari une bouteille de Chivas, une autre d'amaro, et deux verres.

Pendant le repas, Montalbano avait parlé avec

---

1. Cuits au four dans un jus de citron. *(N.d.T.)*

enthousiasme d'Alcide Maraventano, de son singulier mode de vie, de sa culture, de son intelligence ; le questeur avait manifesté une curiosité modérée, dictée plus par la courtoisie envers son hôte que par un intérêt réel.

— Ecoutez, Montalbano, attaqua-t-il à l'instant même où ils se retrouvèrent seuls, je comprends très bien l'effet que ça peut avoir sur vous, cette découverte des deux morts dans la grotte. Permettez-moi de vous dire une chose : je vous connais depuis trop longtemps pour ne pas prévoir que vous allez vous laisser fasciner par ce cas, par les aspects inexplicables qu'il présente et aussi, au fond, parce que si vous trouviez la solution, celle-ci se révélerait absolument inutile. Inutilité qui vous plairait énormément, et qui, pardonnez-moi, vous correspond parfaitement.

— Comment ça, inutile ?

— Inutile, inutile, ne faites pas semblant. L'assassin, ou les assassins, si on veut être généreux, étant donné que sont passés plus de cinquante ans, sont morts ou alors, dans le meilleur des cas, sont des vieillards de plus de soixante-dix ans. Vous êtes d'accord ?

— D'accord, admit Montalbano à contrecœur.

— Alors, pardonnez-moi, parce qu'il n'est pas dans mes habitudes de parler ainsi : vous ne menez pas une enquête, vous vous faites une pignole mentale. (Montalbano encaissa, il n'avait ni la force ni les arguments pour répliquer.) Maintenant, cet exercice, je pourrais vous l'accorder si je ne craignais pas que vous finissiez par y consacrer le meilleur de votre cervelle, en négligeant des enquêtes d'une ampleur et d'une portée bien différentes.

— Mais non ! Ça, ce n'est pas vrai ! s'insurgea le commissaire.

— En fait, si. Notez que ce que je vous dis ne veut pas être une exigence, nous parlons chez moi, entre amis. Pourquoi avez-vous confié l'affaire, ultradélicate, du trafic d'armes, à votre adjoint, qui est un fonctionnaire de grande valeur, mais certainement pas de votre niveau ?

— Moi, je ne lui ai rien confié ! C'est lui qui…

— Ne faites pas l'enfant, Montalbano. Vous vous déchargez sur lui d'une grande partie de l'enquête. Parce que vous savez très bien que vous ne pouvez pas vous y consacrer entièrement, avec les trois quarts du cerveau accaparés par l'autre dossier. Dites-moi, honnêtement, si je me trompe.

— Vous ne vous trompez pas, dit honnêtement Montalbano après avoir marqué une pause.

— Et donc tenons-nous-en là. Passons à autre chose. Pourquoi donc refusez-vous que je vous propose pour une promotion ?

— Vous voulez continuer à me mettre à la torture.

Il sortit content de la maison du questeur, aussi bien pour les anchois *all'agretto* que pour avoir obtenu le report de la proposition d'avancement. Les raisons qu'il avait données n'avaient ni queue ni tête, mais son supérieur avait gentiment feint d'y croire : pouvait-il lui avouer que la seule idée d'un transfert, d'un changement d'habitudes, lui faisait monter la température ?

Il était encore tôt, il manquait deux heures jusqu'au rendez-vous avec Gegè. Le commissaire passa à « Retelibera », il voulait en savoir un peu plus sur Alcide Maraventano.

— Extraordinaire, hein ? s'exclama Nicolò Zito. Il a fait son numéro avec le biberon ?

— Evidemment.

— Remarque qu'il n'y a rien de vrai, tout ça, c'est de la comédie.

— Mais qu'est-ce que tu racontes ? Il n'a pas de dents !

— Tu sais pas que depuis quelques années, on a inventé le dentier ? Il en a un, et qui lui va très bien, on dit que quelquefois, il se tape un quartier de veau ou un chevreau au four, quand il n'y a personne pour le voir.

— Mais pourquoi fait-il ça ?

— Parce que c'est un tragédien-né. Un comédien, si tu préfères.

— On est sûr que c'est un prêtre ?

— Il s'est défroqué.

— Ce qu'il raconte, il se l'invente ou quoi ?

— Tu peux y aller tranquille. Il a un savoir infini et quand il affirme quelque chose, c'est plus sûr que l'Evangile. Tu le sais, qu'il y a une dizaine d'années, il a tiré sur un homme ?

— Non ?

— Eh si, mon bon monsieur. Un maraudeur était entré de nuit dans sa maison, au rez-de-chaussée. Il a heurté une pile de livres et l'a fait tomber en déclenchant un potin de la Madone. Maraventano, qui dormait au-dessus, se réveille, descend et lui tire dessus avec un fusil à chargement par la bouche, une espèce de canon domestique. La détonation a fait tomber du lit la moitié du pays. Conclusion : le voleur a été blessé à une jambre, une dizaine de livres ont été démolis et lui, il a eu l'épaule fracturée, étant donné que le recul a été terrible. Mais le voleur soutient qu'il n'était pas entré dans cette villa dans l'intention de la cambrioler, mais parce qu'il y avait été invité par le curé, lequel, à un certain moment, et sans raison plausible, lui avait tiré dessus. Moi, je le crois.

— A qui ? A qui tu crois ?
— Au pseudo-voleur.
— Mais pourquoi lui aurait-il tiré dessus ?
— Tu le sais, toi, ce qui lui passe par la tête, à Alcide Maraventano ? Peut-être pour voir si le fusil fonctionnait encore. Ou pour faire une belle scène, ce qui est plus probable.
— Ecoute, maintenant que j'y pense, tu l'as, toi, le *Traité de sémiotique générale* d'Umberto Eco ?
— Moi ?! Mais t'es devenu dingue ?

Pour prendre la voiture qu'il avait laissée sur le parc de stationnement de « Retelibera », il se trempa comme une soupe. A l'improviste, une pluie légère mais serrée s'était mise à tomber. Il arriva chez lui qu'il avait encore du temps avant le rendez-vous. Il se changea puis s'assit dans le fauteuil devant la télévision, mais se releva aussitôt pour aller prendre sur son bureau une carte postale qui lui était parvenue dans la matinée.

Elle était de Livia qui, comme elle le lui avait annoncé par téléphone, était allée pour une dizaine de jours chez une cousine milanaise. Sur la face brillante, qui montrait une inévitable vue du Dôme, une bavure étincelante traversait l'image en plein milieu. Montalbano l'effleura du bout de l'index : elle était très fraîche, légèrement collante. Il examina de plus près le bureau. Le *scataddrizzo*, gros colimaçon marron foncé, rampait à présent sur la couverture du livre de Consolo.

Montalbano n'hésita pas, la répugnance qu'il éprouvait depuis son rêve, et qu'il continuait à ressentir, était trop forte : il saisit le roman déjà lu de Montalbán et l'abattit violemment sur celui de Consolo. Pris de plein fouet, le *scataddrizzo* fut écrasé avec un bruit que Montalbano trouva écœurant. Puis il alla jeter les deux romans dans la poubelle, il se les rachèterait le lendemain.

Gegè n'était pas là, mais le commissaire savait qu'il n'aurait pas beaucoup à attendre, son ami ne tardait jamais. La pluie avait cessé, mais il avait dû y avoir une forte tempête en mer, de grosses mares subsistaient sur la plage, le sable émettait une puissante odeur de bois trempé. Il s'alluma une cigarette. Et brusquement, il vit, dans la lumière rare d'une lune soudain apparue, la silhouette obscure d'une automobile qui s'approchait très lentement, feux éteints, depuis la direction opposée à celle d'où il était venu, et d'où Gegè devait arriver. Alarmé, il ouvrit la boîte à gants, prit le pistolet, engagea une balle dans le canon, entrouvrit la portière, prêt à bondir dehors. Quand l'autre voiture fut à sa portée, il alluma d'un coup les phares. Aucun doute, c'était la voiture de Gegè, mais rien ne prouvait qu'il se trouvât au volant.

— Eteins tes phares ! entendit-il crier dans l'autre véhicule.

C'était la voix de Gegè, il en était certain. Le commissaire s'exécuta. Ils se parlèrent lorsqu'ils furent côte à côte, chacun dans son auto, par-dessus les glaces baissées.

— Qu'est-ce que tu fais, putain ? lança Montalbano, furieux. Pour un peu, je t'allumais.

— Je voulais voir s'ils te filochaient.

— Qui doit me filocher ?

— Je vais te le dire. Je suis arrivé avec une demi-heure d'avance et je me suis caché derrière la crête de la Pointe Rouge.

— Viens là, intima le commissaire.

Gegè descendit, monta dans la voiture de Montalbano, se blottit quasiment contre lui.

— Qu'est-ce que t'as ? T'as froid ?

— Non, mais je tremble pareil.

Il puait la chocotte. Parce que, et Montalbano le savait d'expérience, la peur a une odeur spéciale, acide, de couleur vert-jaune.

— Tu le sais qui est celui qu'ils ont tué ?

— Gegè, ils en tuent tant. De qui tu parles ?

— De Petru Gullo, je te parle. Celui qu'ils ont amené mort au Bercail.

— C'était ton client ?

— Client ? Si quelqu'un était client, c'était moi, de lui. Ce type, c'était l'homme de Tano u grecu, son homme de main. Celui qui m'a dit que Tano voulait te rencontrer.

— Qu'est-ce que tu t'étonnes, là, Gegè ? C'est l'histoire habituelle : le vainqueur ramasse tout ce qu'il y a sur la table, c'est un système qu'ils utilisent maintenant aussi en politique. Les affaires qui appartenaient à Tano changent de main et donc, ils liquident tous ceux qui étaient de son côté. Toi, de Tano, tu n'étais ni associé, ni employé, alors pourquoi tu as la frousse ?

— Non, dit Gegè, d'un ton décidé. Ça se présente pas comme ça, on m'a renseigné quand j'étais à Trapani.

— Et comment ça se présente ?

— Ils disent qu'il y a eu un accord.

— Un accord ?

— Oh que oui, mon bon monsieur. Un accord entre toi et Tano. Ils disent que la fusillade, c'était du pipeau, une farce, de la comédie. Et ils se sont persuadés qu'à préparer cette comédie, je m'y étais mis aussi, avec Petru Gullo et une autre pirsonne que c'est sûr qu'ils vont tuer un de ces jours.

Montalbano se souvint du coup de fil reçu après la

conférence de presse, quand une voix anonyme l'avait traité de « cornard de comédien ».

— Ils se sont vexés, poursuivit Gegè. Ils supportent pas que Tano et toi vous leur ayez joué ce tour de cochon, vous les ayez fait passer pour des cons. Ça les emmerde plus que la découverte des armes. Maintenant, tu peux me dire ce que je dois faire ?

— Tu es sûr qu'ils en ont aussi après toi ?

— Ma main à couper. Pourquoi, ce Gullo, ils sont venus me le porter jusqu'au Bercail, qui m'appartient ? Plus clair que ça !

Le commissaire pensa à Alcide Maraventano et à son discours sur les codes.

Il dut y avoir une altération dans la densité de la nuit, ou un éclat d'un centième de seconde perçu du coin de l'œil, toujours est-il qu'un instant avant que la rafale n'explose, le corps de Montalbano obéit à une série d'impulsions frénétiquement transmises par le cerveau : il s'inclina à moitié, de la main gauche ouvrit la portière et se jeta au-dehors tandis qu'autour de lui résonnaient les détonations, éclataient les glaces, se déchiraient les tôles et que de très brefs éclairs rougissaient les ténèbres. Montalbano s'immobilisa, coincé entre la voiture de Gegè et la sienne, et alors seulement, il s'aperçut qu'il avait le pistolet en main. Quand Gegè était entré dans l'auto, il l'avait posé sur le tableau de bord : il avait dû le saisir d'instinct. Après ce déchaînement, un silence de plomb tomba, rien ne bougea, il n'y avait plus que le bruit de la mer. Puis une voix se fit entendre, à une vingtaine de mètres de distance, du côté où la plage finissait et où commençait la colline de marne.

— Tout va bien ?

— Tout va bien, dit une autre voix, celle-là très proche.

— Regarde si y sont fumés tous les deux, qu'on s'en aille.

Montalbano s'efforça d'imaginer les mouvements que l'autre devrait exécuter pour vérifier leur mort : tchaf, tchaf, faisait distinctement le sable trempé. A présent, l'homme devait être arrivé tout près de la voiture ; d'un instant à l'autre, il allait se pencher pour regarder à l'intérieur.

Montalbano bondit sur ses pieds, tira. Un seul coup. Il perçut nettement le bruit d'un corps qui s'abattait sur le sable, un halètement, une sorte de gargouillement, puis plus rien.

— Giugiù, c'est bon pour toi ? lança une voix lointaine.

Sans remonter dans la voiture, par la portière ouverte, Montalbano posa la main sur la commande des phares, attendit. On n'entendait aucun bruit. Il décida de jouer le tout pour le tout et commença à compter. Arrivé à cinquante, il alluma et se mit debout. Pris de plein fouet par la lumière, à une dizaine de mètres, un homme se matérialisa, mitraillette au poing, figé, surpris. Montalbano tira, l'homme réagit aussitôt par une rafale. Le commissaire sentit comme un grand coup de poing à la hanche droite, vacilla, s'appuya de la main gauche à l'auto, tira de nouveau, trois coups de suite. L'homme qu'il avait allumé fit une espèce de grand saut, tourna le dos et se mit à courir, tandis qu'aux yeux de Montalbano, la lumière blanche des phares jaunissait, ses yeux clignotaient, sa tête tournait. Il comprit que ses jambes ne le soutenaient plus, s'assit dans le sable, adossé à la voiture.

Il s'attendait à la douleur, mais quand elle vint, elle fut si intense qu'il en gémit et pleura comme un minot.

17

A peine réveillé, il comprit qu'il se trouvait dans une chambre d'hôpital et se souvint de tout, minutieusement : la rencontre avec Gegè, les paroles qu'ils avaient échangées, la fusillade. La mémoire se dérobait à partir du moment où il s'était trouvé entre les deux voitures, étendu sur le sable humide, une douleur insupportable au côté. Mais elle ne se dérobait pas entièrement, il se souvenait par exemple du visage bouleversé de Mimì Augello, de sa voix brisée.

— Comment tu te sens ? Comment tu te sens ? L'ambulance arrive tout de suite, tu n'as rien, reste calme.

Comment Mimì avait-il fait pour le retrouver ?

Puis, quand il se trouvait déjà dans l'hôpital, un type en blouse blanche :

— Il a perdu trop de sang.

Après, que dalle. Il tenta un regard circulaire : la chambre était blanche et propre, il y avait une grande fenêtre par laquelle passait la lumière du jour. Il ne pouvait bouger ; au bras, il avait des perfusions, mais sa hanche ne lui faisait pas mal, il la sentait plutôt comme un poids mort dans son corps. Il essaya de déplacer une jambe, n'y parvint pas. Lentement, il glissa dans le sommeil.

Il se réveilla de nouveau vers ce qui devait être le soir, puisque les lumières étaient allumées. Aussitôt, il referma les yeux, car il avait aperçu dans la chambre des personnes à qui il n'avait pas envie de parler. Puis, poussé par la curiosité, il souleva les paupières juste ce qu'il fallait pour voir à grand-peine. Il y avait Livia, assise près du lit, sur l'unique chaise métallique ; derrière, debout, Anna. De l'autre côté du lit, elle aussi debout, Ingrid. Livia avait les yeux baignés de larmes, Anna pleurait sans retenue, Ingrid était pâle, les traits tirés.

« Seigneur ! » se dit Montalbano, atterré.

Il ferma les yeux et s'enfuit dans le sommeil.

A six heures et demie de ce qui lui parut la matinée du lendemain, deux infirmières le nettoyèrent, renouvelèrent le traitement. A sept heures se présenta le médecin-chef suivi de cinq assistants, tous en blouse blanche. Le patron consulta le tableau accroché au pied du lit, écarta le drap, commença à tripoter la hanche blessée.

— J'ai l'impression que tout va très bien, opina-t-il. L'opération a parfaitement réussi.

Opération ? De quelle opération parlait-il ? Ah,

peut-être de l'extraction du projectile qui l'avait blessé. Mais une balle de mitraillette reste difficilement dans le corps, en général elle traverse de part en part. Il aurait voulu parler, demander des explications, mais les mots ne lui venaient pas. Néanmoins, le médecin-chef remarqua son regard, les questions que formulaient les yeux du commissaire.

— Nous avons dû vous opérer d'urgence. La balle a traversé le colon.

Le colon ? Eh, putain, qu'est-ce que le colon faisait dans sa hanche ? Le colon n'avait rien à voir avec les hanches, il devait se trouver dans le ventre. Mais si sa blessure avait un rapport avec le ventre, cela signifiait-il — et il sursauta si fort que les médecins s'en aperçurent — qu'à partir de maintenant et pour le reste de sa vie, il devrait se nourrir de potages ?

— ... potages ? articula finalement la voix de Montalbano, à qui l'horreur de cette perspective avait réactivé les cordes vocales.

— Qu'est-ce qu'il a dit ? demanda le médecin-chef en se tournant vers ses subordonnés.

— Il me semble qu'il a dit « carnage », suggéra l'un.

— Non, non, il a dit « braquage », soutint un autre.

Ils sortirent en débattant de la question.

A huit heures et demie, la porte se rouvrit et Catarella surgit.

— *Dottori*, comment c'est-il que vous vous sentez ?

S'il y avait une personne au monde avec laquelle Montalbano estimait inutile de dialoguer, c'était bien Catarella. Sans répondre, il bougca la tête comme pour dire que ça allait en moins pire.

— Je suis là de garde à monter la garde pour vous. Cet hôpital, c'est un vrai moulin, ça entre, ça sort, ça va, ça vient. Il se pourrait être possible que quéqu'un entrît animalé de mauvaises intintions, qu'il voulûte finir le travail comminé. Je me fis comprendre ?

Il s'était parfaitement fait comprendre.

— Vous sachez quoi, docteur ? Moi, mon sang, je le donnai pour la transposition.

Et il retourna de garde monter la garde. Montalbano songea amèrement que de sombres années l'attendaient, s'il survivait avec le sang de Catarella en se nourrissant de potage à la semoule.

Les premiers de la longue série de baisers qu'il recevrait dans le cours de la journée lui furent donnés par Fazio.

— Vous savez, demanda-t-il en dialecte, que vous tirez comme un dieu ? Y en a un, vous l'avez chopé à la gorge d'une seule balle, et l'autre, vous l'avez blessé.

— J'ai blessé aussi l'autre ?

— Oh que oui, mon bon monsieur, nous ne savons pas où, mais pour l'avoir blessé, vous l'avez bien blessé. C'est le *dottore* Jacomuzzi qui s'en est aperçu :

à une dizaine de mètres des autos, il y avait une mare rougie, c'était du sang.

— Vous avez identifié le mort ?

— Bien sûr. (Il tira une feuille de sa poche, la lut.) Munafò Gerlando, né à Montelusa le 6 septembre 1970, célibataire, habitant à Montelusa, 43, via Crispi, signes particuliers : néant.

« Le vice de l'état civil ne l'a pas lâché », pensa Montalbano.

— Et du côté de la loi, comment il était ?

— Rien de rien, *dottore*. Inconnu des services de police. (Fazio remit la feuille dans sa poche.) Pour faire ce genre de choses, ils les paient un demi-million maximum.

Il marqua une pause, il avait à l'évidence quelque chose qui lui pesait. Montalbano décida de lui donner un coup de main.

— Gegè est mort sur le coup ?

— Il n'a pas souffert. La rafale lui a emporté la moitié de la tête.

Les autres entrèrent. Et il y eut un maelström de bises et d'embrassades.

De Montelusa débarquèrent Jacomuzzi et le Dr Pasquano.

— Tous les journaux parlent de toi, dit le premier, ému mais un peu envieux.

— J'ai sincèrement regretté de ne pas avoir à vous

faire l'autopsie, dit le second. Je suis curieux de voir comment vous êtes fait à l'intérieur.

***

— J'ai été le premier sur les lieux, dit Mimì Augello. Et quand je t'ai vu dans cet état, dans cette situation, il m'est venu une trouille qu'un peu plus, je me caguais dessus.

— Comment tu l'as su ?

— Un anonyme a téléphoné au bureau pour dire qu'il y avait eu une fusillade au pied de l'Escalier des Turcs. De garde, il y avait Galluzzo, qui m'a tout de suite appelé. Et il m'a dit une chose que je ne savais pas. A savoir que toi, à l'endroit où avaient été signalés les coups de feu, tu avais l'habitude de rencontrer Gegè.

— Il le savait ?

— Mais tout le monde le savait, apparemment ! La moitié du pays le savait ! Alors, je me suis même pas habillé, en pyjama, comme j'étais, je suis sorti...

Montalbano leva une main fatiguée, l'interrompit.

— Tu dors en pyjama ?

— Oui, fit Augello, ahuri. Pourquoi ?

— Pour rien. Continue.

— Pendant que je fonçais en voiture, j'ai appelé l'ambulance sur le mobile. Et ça a été une bonne chose, parce que tu perdais beaucoup de sang.

— Merci ! dit Montalbano, reconnaissant.

— Qué merci ! Tu n'aurais pas fait pareil pour moi ? (Montalbano opéra un rapide examen de conscience, choisit de ne pas répondre.) Ah, je voulais te signaler un fait curieux, poursuivit Augello. La première chose que tu m'as demandée, pendant que t'étais encore étendu sur le sable et que tu gémissais, ça a été de t'enlever ces escargots qui te rampaient dessus. Tu étais tombé dans une espèce de délire et donc je t'ai dit oui, que je te les enlevais, mais il y avait pas d'escargots.

**

Livia arriva, l'embrassa très fort, se mit à pleurer en se couchant comme elle pouvait près de lui, sur le lit.

— Reste comme ça, dit Montalbano.

Il aimait sentir l'odeur de ses cheveux quand elle se tenait la tête sur sa poitrine.

— Comment tu l'as appris ?

— Par la radio. Plus exactement, c'est ma cousine qui a entendu la nouvelle. Ça a été vraiment un beau réveil.

— Qu'est-ce que tu as fait ?

— D'abord, j'ai appelé Alitalia et j'ai réservé une place pour Palerme, puis j'ai appelé ton bureau à Vigàta, ils m'ont passé Augello qui a été très très gentil, il m'a rassurée, il s'est proposé pour venir me prendre à l'aéroport. Durant le voyage en voiture, il m'a tout raconté.

— Livia, comment je vais ?

— Tu vas bien, considérant ce qui s'est passé.

— Je suis foutu pour toujours ?

— Mais qu'est-ce que tu racontes ?

— Je mangerai sans sauce le restant de ma vie ?

***

— Mais là, vous me liez les mains, dit en souriant le questeur.

— Pourquoi ?

— Parce que vous vous mettez à vous conduire comme un shérif, ou si vous préférez, comme un vengeur masqué, et on ne parle plus que de vous à la télé et dans les journaux.

— Ce n'est pas ma faute.

— Non, mais ce ne sera pas non plus la mienne si je suis obligé de vous donner une promotion. Vous devriez rester sage un petit moment. Heureusement, pendant une vingtaine de jours, vous ne pourrez pas bouger d'ici.

— Tant que ça ?!

— A propos, à Montelusa, il y a le sous-secrétaire Licalzi, qui est venu, dit-il, pour sensibiliser l'opinion publique à la lutte antimafia, et il a manifesté l'intention de vous rendre visite dans l'après-midi.

— Je ne veux pas le voir ! cria Montalbano en s'agitant.

Un type qui s'était bien mouillé avec la mafia et qui, maintenant, se recyclait, toujours avec l'accord de la mafia.

Juste à ce moment, entra le médecin-chef. Dans la chambre, il y avait cinq personnes, il se renfrogna.

— Ne le prenez pas mal, mais je vous prie de le laisser seul, il doit se reposer.

Ils commencèrent à prendre congé pendant que le médecin disait à voix haute à l'infirmière :
— Et pour aujourd'hui, plus de visites.
— Le sous-secrétaire repart cet après-midi à cinq heures, dit à voix basse le questeur à Montalbano. Malheureusement, étant donné l'ordre du médecin, il ne pourra pas passer vous saluer.
Ils se sourirent.

Au bout de quelques jours, on lui retira la perfusion du bras ; on lui mit le téléphone sur la table de nuit. Ce matin-là, arriva aussi Nicolò Zito, qui jouait les Père Noël.
— Je t'ai apporté un téléviseur, un magnétoscope et une cassette. Je t'ai aussi apporté les journaux qui parlent de toi.
— Qu'est-ce qu'il y a sur la cassette ?
— J'ai repris et remonté toutes les conneries que ceux de « Televigàta », d'autres télés, et moi, on a racontées sur l'affaire.

— Allô, Salvo ? C'est Mimì. Comment tu te sens, aujourd'hui ?
— Mieux, merci.
— Je t'appelle pour te dire qu'ils ont tué notre ami Ingrassia.
— Je l'avais prévu. Ça s'est passé quand ?

— Ce matin. Ils lui ont tiré dessus quand il arrivait au pays en voiture. Deux types sur une moto très puissante. L'agent qui le suivait n'a pas pu faire autrement que de tenter de le secourir, mais il n'y avait plus rien à faire. Ecoute, Salvo, demain matin, je passe te voir. Tu dois me raconter, officiellement, tous les détails de la fusillade.

Il dit à Livia de mettre la cassette, non qu'il éprouvât beaucoup de curiosité, mais cela ferait passer le temps. Le beau-frère de Galluzzo sur « Televigàta » s'abandonnait à une fantasmagorie digne d'un scénariste de films du type *Les Aventuriers de l'arche perdue*. Selon lui, la fusillade était la conséquence directe de la découverte des deux cadavres momifiés dans la grotte. Quel secret y avait-il, indéchiffrable et terrible, derrière ce crime lointain ? Le journaliste, même si c'était en passant, n'eut pas honte de rappeler la triste fin des découvreurs des tombes des pharaons et de la relier au guet-apens contre le commissaire.

Montalbano rit jusqu'à ce qu'il ait un élancement à la hanche. Puis apparut la tête de Pippo Ragonese, l'éditorialiste politique de la même chaîne privée, ex-communiste, ex-démocrate chrétien, à présent éminent représentant du parti du renouveau. Sans prendre de gants, Ragonese posa la question : Que faisait là le commissaire Montalbano avec un patron de bordel et trafiquant de drogue dont il se proclamait l'ami ? Cette fréquentation n'était-elle pas en contradiction avec la rigueur morale à laquelle tout fonctionnaire public devait se tenir ? L'époque avait changé, conclut sévèrement le journaliste, un air de renouveau soufflait sur le pays grâce au nouveau gouvernement et il fallait suivre le mouvement. Les vieux comportements, les vieilles collusions devaient cesser pour toujours.

A Montalbano, de colère, un autre élancement lui vint à la hanche. Il gémit. Livia bondit, éteignit le téléviseur.

— Et toi, tu t'énerves pour ce que raconte ce con ?

Au bout d'une demi-heure de prières insistantes, Livia céda et ralluma le téléviseur. Le commentaire de Nicolò Zito était affectueux, indigné, rationnel. Affectueux pour l'ami commissaire auquel il envoyait ses meilleurs vœux de rétablissement, indigné parce que malgré les promesses des hommes du gouvernement, la mafia avait encore le champ libre dans l'île, rationnel parce qu'il mettait en rapport l'arrestation de Tano u grecu avec la découverte des armes. Deux puissants coups portés à la criminalité organisée, dont Montalbano avait été l'auteur, devenant ainsi un dangereux adversaire à éliminer à tout prix. Il tournait en dérision l'hypothèse selon laquelle le guet-apens aurait été la vengeance des morts profanés : avec quel argent avait-on payé les tueurs, peut-être avec les pièces démonétisées qui se trouvaient dans l'écuelle ?

Puis la parole revenait au journaliste de « Televigàta », qui présentait une interview d'Alcide

Maraventano, défini pour l'occasion comme un « spécialiste de l'occulte ». Le prêtre défroqué portait une soutane raccommodée avec des pièces de diverses couleurs et tétait son biberon. Face aux questions insistantes qui voulaient le pousser à admettre un lien possible entre le guet-apens et la prétendue profanation, Maraventano, avec une maestria d'acteur consommé, admit et n'admit pas, laissant tout dans une incertitude brumeuse. Puis la cassette préparée par Zito se conclut par le sigle de l'éditorial de Ragonese. Mais un journaliste inconnu apparut pour dire que ce soir-là, son collègue serait empêché, victime d'une brutale agression. Des malfrats restés anonymes l'avaient tabassé et volé la veille au soir, alors qu'il rentrait chez lui après son travail à « Televigàta ». Le journaliste se lançait dans une violente accusation contre les forces de l'ordre qui n'étaient plus en mesure de garantir la sécurité des citoyens.

— Pourquoi Zito a-t-il voulu te faire voir ça, qui ne te regarde pas ? demanda candidement Livia, qui était du Nord et qui ne comprenait pas certains sous-entendus.

Augello l'interrogeait et Tortorella verbalisait. Il raconta que Gegè avait été son camarade de classe et son ami, et que leur amitié avait duré bien qu'ils se fussent retrouvés de part et d'autre de la barricade. Il fit mettre sur le PV que, ce soir-là, Gegè avait demandé à le voir, mais qu'ils n'avaient pu échanger que quelques mots, à peine plus que des paroles de politesse.

— Il avait commencé à faire allusion au trafic d'armes, il m'a dit qu'il avait appris par la bande quelque chose qui pouvait m'intéresser. Mais il n'eut pas le temps de me le dire.

Augello fit semblant d'y croire et Montalbano put alors raconter dans le détail les différentes phases de l'affrontement armé.

— Et maintenant, à toi, dit-il à Mimì.

— D'abord, signe le PV.

Montalbano signa, Tortorella le salua et retourna au bureau. Il n'y avait pas grand-chose à raconter, dit Augello, l'auto d'Ingrassia avait été doublée par la motocyclette, celui qui se trouvait à l'arrière s'était retourné, il avait ouvert le feu et bonjour chez vous. La voiture d'Ingrassia avait fini dans le fossé.

— Ils ont voulu couper la branche pourrie, commenta Montalbano puis il demanda, avec une certaine mélancolie, car il se sentait hors jeu : Que pensez-vous faire ?

— Ceux de Catagne, que j'ai avertis, nous ont promis qu'ils ne lâcheront pas Brancato.

— Espérons, dit Montalbano.

Augello ne le savait pas, mais peut-être qu'en prévenant les collègues de Catagne, il avait signé la condamnation à mort de Brancato.

— C'était qui ? demanda sèchement Montalbano après une pause.

— C'était qui quoi ?

— Mate ça.

Il actionna la télécommande, lui fit voir le passage qui donnait la nouvelle de l'agression contre Ragonese. Mimì joua très bien le rôle de celui à qui on a fait un sale tour.

— A moi, tu me le demandes ? Et puis, c'est pas un truc qui nous regarde. Ragonese habite à Montelusa.

— Comme t'es innocent, Mimì ! Tiens, tète-moi le petit doigt !

Et il lui tendit l'auriculaire, comme on fait aux bébés.

18

Au bout d'une semaine, les visites, embrassades, coups de fil, félicitations, cédèrent la place à la solitude et à l'ennui. Il avait convaincu Livia de retourner chez sa cousine milanaise, il n'y avait pas de raison qu'elle gâche ses vacances ; le projet de voyage au Caire, pour l'instant, on n'en parlait plus. Ils se mirent d'accord que Livia redescendrait dès qu'il sortirait de l'hôpital ; alors seulement, ils décideraient comment et où passer les deux semaines de congé qui leur restaient.

Le bruit autour de Montalbano et de ce qui lui était arrivé s'éloigna peu à peu comme un écho, puis disparut tout à fait. Mais chaque jour, Augello ou Fazio venaient lui tenir compagnie, ils ne s'attardaient guère, le temps de lui raconter ce qu'il y avait de neuf, l'état de l'enquête.

Chaque matin, en ouvrant les yeux, Montalbano se proposait de raisonner, de spéculer sur les morts du *crasticeddru* ; il se demandait quand reviendrait la possibilité de rester dans un vrai silence, sans dérangement d'aucune sorte, de manière à pouvoir dérouler un raisonnement soutenu, qui lui apporterait une lumière, une indication. Il fallait profiter de cette situation, se disait-il, et il se lançait, il repassait l'affaire à la vitesse d'un cheval au galop, au bout d'un petit moment, il se retrouvait à avancer au petit trop, puis au pas et ensuite une espèce de torpeur lentement s'emparait de lui, corps et coucourde.

— Ça doit être la convalescence, se disait-il.

Il s'asseyait dans le fauteuil, prenait un journal ou une revue. Au milieu d'un article un petit peu plus long que les autres, il en avait marre, ses yeux commençaient à clignoter, il sombrait dans un sommeil humide de sueur.

« *Le prigatier Fassio ma di qu'ojourdui vous retourné a la maison. Je conpatis et félicite. Le prigatier ma di que je dois vous nourir légé. Adellina.* »

Le mot de la bonne se trouvait sur la table de la cuisine et Montalbano se hâta de contrôler ce que la créature entendait par nourrir léger : deux merlus très frais à assaisonner avec de l'huile et du citron. Il débrancha le téléphone, il voulait se réhabituer calmement à sa maison. Beaucoup de courrier l'attendait, mais il n'ouvrit pas même une lettre ni ne regarda une carte postale. Il mangea, se coucha.

Avant de s'endormir, il se posa une question : si les médecins l'avaient rassuré sur la récupération complète de ses forces, pourquoi se sentait-il la gorge serrée par la mélancolie ?

***

Les dix premières minutes, il conduisit avec inquiétude, plus attentif aux réactions de sa hanche qu'à la route. Puis, étant donné qu'il supportait bien les secousses, il accéléra, traversa Vigàta, prit la route pour Montelusa, au croisement de Montaperto tourna à gauche, parcourut quelques kilomètres, bifurqua sur un chemin de terre, arriva sur une petite esplanade où se dressait une maison rustique. Il descendit de voiture. Assise à côté de la porte, Marianna, la sœur de Gegè, qui avait été sa maîtresse d'école, était en train d'arranger un panier. Dès qu'elle vit le commissaire, elle vint à sa rencontre.

— Salvù, je le savais que tu serais venu me trouver.

— Vous êtes la première visite que je fais après l'hôpital, madame, dit Montalbano en l'embrassant.

Mariannina commença à pleurer doucement, sans gémir, rien que des larmes, et les yeux de Montalbano se mouillèrent.

— Prends-toi un siège, dit Mariannina.

Montalbano s'assit près de la femme et lui prit une main, la caressa.

— Il a souffert ? demanda-t-elle.

— Non. Je l'ai compris qu'ils étaient encore à tirer, que Gegè, ils l'avaient flingué sur le coup. Puis, on me l'a confirmé. Je crois qu'il a même pas compris ce qui lui arrivait.

— C'est vrai que tu as tué celui qui a tué Gegè ?

— Oh que oui.

— Là où il peut bien se trouver, Gegè en sera content. (Mariannina soupira, serra plus fort la main du commissaire.) Gegè t'aimait avec son âme.

Meu amigo de alma, un titre passa dans la tête du commissaire.

— Moi aussi, je l'aimais beaucoup, dit-il.
— Tu te souviens comme il était méchant ?

Méchant, vilain garçon, pas sage. Car Mariannina, évidemment, ne se référait pas aux années les plus récentes, aux rapports problématiques de Gegè avec la loi, mais à l'époque lointaine où son frère cadet était petit et turbulent, intenable. Montalbano sourit.

— Vous vous rappelez, madame, de cette fois où il a mis un pétard dans une chaudière qu'un type réparait et quand ça a explosé, l'autre s'est évanoui ?

— Et la fois où il a vidé l'encrier dans le sac à main de Mme Longo ?

Pendant près de deux heures, ils parlèrent de Gegè et de ses entreprises, en n'allant jamais plus loin que des épisodes d'adolescence.

— Il se fait tard, je m'en vais, annonça Montalbano.

— Je te dirais bien de rester manger avec moi, dit la maîtresse en dialecte, mais ce que j'ai est peut-être trop lourd pour toi.

— Qu'est-ce que vous avez préparé ?
— Un ragoût d'*attuppateddri*.

Des *attuppateddri*, c'est-à-dire ces petits colimaçons marron clair qui, quand ils tombaient en léthargie, sécrétaient une humeur, laquelle formait une pellicule blanche qui servait à fermer, à *attuppare*, l'ouverture de la coquille. Le premier mouvement de Montalbano fut de refuser, dégoûté. Jusqu'à quand serait-il persécuté par cette obsession ? Puis, froidement, il décida d'accepter, de relever ce double défi à son ventre et à sa psyché. Devant le plat, qui diffusait une odeur très fine de couleur ocre, il dut se forcer mais après avoir extrait le premier *attuppateddri* avec une aiguille et l'avoir goûté, d'un coup, il se sentit libéré : l'obsession disparue, la mélancolie exorcisée, il ne faisait aucun doute que le ventre aussi allait s'adapter.

Au bureau, on l'étouffa d'embrassades, Tortorella essuya carrément une larme.

— Moi, je le sais, ce que veut dire revenir après s'être fait tirer dessus !

— Où est Augello ?

— Dans son bureau à vous, dit Catarella.

Le commissaire ouvrit la porte sans frapper et Mimì bondit sur son siège derrière le bureau, comme s'il avait été surpris à voler. Il rougit.

— Je n'ai rien touché. C'est que d'ici, les coups de fil...

— Mimì, tu as très bien fait, coupa Montalbano en réprimant l'envie de lui flanquer des coups de pied au cul pour avoir osé s'asseoir sur son siège.

— Je devais venir aujourd'hui chez toi, dit Augello.

— Pour quoi faire ?

— Organiser la protection.

— De qui ?

— Comment, de qui ? La tienne. Ceux-là, il est pas dit qu'ils essaient pas encore, vu que la première fois, ils t'ont raté.

— Tu te trompes, il ne m'arrivera rien, à moi. Parce que tu vois, Mimì, c'est toi qui m'as fait tirer dessus.

Augello, on aurait dit que quelqu'un lui avait branché une prise à haut voltage dans le derrière, tellement il rougit, se mit à trembler. Puis son sang s'en alla Dieu sait où, le laissant jaune comme un mort.

— Mais qu'est-ce qui te passe par la tête ? réussit-il à articuler à grand-peine.

Montalbano estima s'être assez vengé de la confiscation de son bureau.

— Du calme, Mimì. Je me suis pas bien exprimé. Je voulais dire : c'est toi qui as mis en mouvement le mécanisme à cause duquel on m'a tiré dessus.

— Explique-toi, dit Augello, écroulé sur son siège, en se passant un mouchoir autour de la bouche et sur le front.

— Mon cher, toi, sans me consulter, sans me demander si j'étais d'accord ou pas, tu as mis des agents après Ingrassia. Mais qu'est-ce que tu croyais, qu'il était idiot au point de ne pas s'en apercevoir ? Il lui aura fallu une demi-journée pour s'en rendre compte, qu'il était suivi. Mais il a justement pensé que c'était moi qui avais donné l'ordre. Il savait qu'il avait fait une série de conneries pour lesquelles je l'avais dans le collimateur et alors, pour se refaire aux yeux de Brancato qui entendait s'en débarrasser — le coup de fil entre eux deux que tu m'as raconté —, il a embauché deux cons pour m'éliminer. Sauf que le projet a tourné au fiasco. A ce point, Brancato, ou quelqu'un comme ça, en a eu plein les bottes d'Ingrassia et de ses coups de génie dangereux — entre autres, il ne faut pas oublier le meurtre inutile du chevalier Misuraca —, il s'est occupé d'Ingrassia et il l'a fait disparaître de la face de la terre. Si tu n'avais pas alerté Ingrassia, Gegè serait encore vivant et moi, je n'aurais pas cette douleur à la hanche. Voilà tout.

— Si c'est comme ça, tu as raison, dit Mimì, anéanti.

— C'est comme ça, tu peux y parier ton cul.

L'avion atterrit très près de l'aérogare, les passagers n'eurent pas besoin d'autobus. Montalbano vit Livia descendre la passerelle, se diriger tête basse vers l'entrée. Il se cacha au milieu de la foule, et l'observa qui, après une longue attente, ramassait son bagage sur le tapis roulant, le plaçait sur un chariot, se dirigeait vers la station de taxis. La veille au soir, ils s'étaient mis d'accord par téléphone, qu'elle prendrait le train de Palerme à Montelusa et qu'il se contenterait d'aller la chercher à la gare. En fait, il avait décidé de lui faire la surprise, en se présentant à l'aéroport de Punta Ràisi.

— Vous êtes seule ? Je peux vous conduire quelque part ?

Livia, qui se dirigeait vers le taxi de tête, s'immobilisa brusquement, poussa un cri.

— Salvo !

Ils s'embrassèrent, heureux.
— Mais t'es en pleine forme ! remarqua-t-elle.
— Et toi aussi, dit Montalbano. Ça fait plus d'une demi-heure que je suis là, à t'observer, depuis que tu as débarqué.
— Pourquoi tu t'es pas montré avant ?
— J'aime te regarder pendant que tu existes sans moi.
Ils montèrent tout de suite dans la voiture et Montalbano, au lieu de démarrer, l'étreignit, l'embrassa, lui mit la main sur un sein, baissa la tête, frotta sa joue contre les genoux, le ventre de Livia.
— Allons-nous-en d'ici, dit-elle, le souffle oppressé, sinon, on va se faire arrêter pour actes obscènes dans un lieu public.
Sur la route pour Palerme, il lui fit une proposition qui venait juste de lui venir à l'esprit.
— On s'arrête en ville ? Je voudrais te faire voir la Vuccirìa.
— Je l'ai déjà vue. Grâce à Guttuso.
— Mais ce tableau, c'est de la merde, crois-moi. On prend une chambre d'hôtel, on traîne dans le coin, on va à la Vuccirìa, on dort, on repart demain matin pour Vigàta. De toute façon, je n'ai rien à faire, je peux me considérer en vacances.

*
**

A l'hôtel, ils trahirent leur intention de simplement se rafraîchir avant de ressortir. Ils ne sortirent pas, ils firent l'amour, s'endormirent, se réveillèrent au bout de quelques heures et le refirent. Quand ils quittèrent l'hôtel, le soir était presque tombé, ils allèrent à la Vuccirìa. Livia fut étourdie, abasourdie par les voix, les invites, les cris des marchands, les discours, les disputes, les bagarres foudroyantes, les couleurs si vives qu'elles paraissaient fausses, peintes. L'odeur de poisson frais se mêlait à celle des mandarines, des tripes d'agneau bouillies et saupoudrées de caciocavallo, de la *mèusa*[1], des fritures, l'ensemble se fondait d'une manière indescriptible, presque magique. Montalbano s'arrêta devant une boutique de vêtements d'occasion.

— Quand je fréquentais l'université et que je venais manger ici le pain à la *mèusa*, qui aujourd'hui, me ferait simplement exploser le foie, ce magasin était unique au monde. Maintenant, ils vendent des vêtements d'occasion, à l'époque, les rayons, tous, étaient vides ; le propriétaire, don Cesarino, restait assis derrière le comptoir, lui aussi soigneusement vidé, et il recevait là ses clients.

— Mais si les rayons étaient vides ! Quels clients ?

— Ils n'étaient pas exactement vides, ils étaient, comment dire, débordant d'intentions, de demandes. Cet homme vendait des objets volés sur commande. Tu allais chez don Cesarino et tu lui faisais : J'ai besoin d'une montre comme ci et comme ça ; ou bien : Il me faut un tableau, que sais-je, une marine du XIXe ; ou alors : Je voudrais une bague de tel type. Lui, il prenait la commission, il l'écrivait sur un bout de

---

1. Fines tranches de rate de veau cuites dans la graisse. *(N.d.T.)*

papier de pâtes, ce papier grossier et jaune d'autrefois, il discutait le prix et te disait quand tu devais repasser. A la date fixée, sans tarder d'une seule journée, il tirait de sous le comptoir la marchandise demandée et te la remettait. Les réclamations n'étaient pas admises.

— Excuse-moi, mais quel besoin avait-il de tenir une boutique ? Je veux dire : ce métier, il pouvait le faire n'importe où, dans un café, à un coin de rue…

— Tu sais comment l'appelaient ses amis de la Vuccirìa ? Don Cesarino *u putiàru*, le boutiquier. Parce que don Cesarino ne se considérait pas comme un comparse, comme on dit aujourd'hui, ni comme un receleur, c'était un commerçant comme tant d'autres et la boutique, dont il payait la location et l'électricité, était là pour en témoigner. Ce n'était pas une façade, une couverture.

— Vous êtes tous fous.

— Comme un fils ! Laissez-vous embrasser comme un fils ! s'exclama la femme du proviseur en le tenant un instant serré contre sa poitrine.

— Vous n'avez pas idée du souci que vous nous avez fait faire !

Le proviseur lui avait téléphoné dans la matinée pour l'inviter à dîner, Montalbano avait refusé, en proposant une rencontre dans l'après-midi. Ils le firent asseoir au salon.

— Nous en venons tout de suite au fait, nous n'allons pas vous faire perdre de temps, attaqua le proviseur.

— J'ai tout le temps qu'il vous faut, je suis momentanément au chômage.

— Ma femme vous a raconté, quand vous êtes resté dîner chez nous, que je l'appelle une femme rêveuse. Bien, à peine étiez-vous sorti de chez nous, qu'elle s'est mise à rêvasser. Nous voulions vous téléphoner avant, mais il est arrivé ce qui est arrivé.

— On fait juger à M. le commissaire si c'est le fruit de mon imagination ? dit, un peu piquée, la dame, et elle poursuivit, querelleuse : C'est toi ou c'est moi, qui parle ?

— Les rêves, ça te concerne.

— Je ne sais pas si vous vous le rappelez encore, mais quand vous avez demandé à mon mari où pouvait se trouver Lillo Rizzitano, il vous a répondu qu'il n'en avait plus de nouvelles depuis juillet 1943. Alors je me suis souvenu de quelque chose. Qu'une amie à moi a disparu aussi durant cette période, ou plutôt, qu'elle a donné des nouvelles après, mais d'une manière étrange que…

Montalbano ressentit un frisson dans le dos, les deux morts du *crasticeddru* avaient été assassinés très jeunes.

— Quel âge avait votre amie ?

— Dix-sept ans. Mais elle était plus mûre que moi, j'étais encore une minote. Nous allions à l'école ensemble.

Elle ouvrit une enveloppe posée sur la table basse, en tira une photographie, qu'elle tendit à Montalbano.

— Nous l'avons prise le dernier jour de classe, en terminale. Elle est la première à gauche au dernier rang ; à côté, c'est moi.

Elles étaient toutes souriantes, dans l'uniforme fasciste des Jeunesses Italiennes, et un professeur faisait le salut romain.

— Etant donné la situation épouvantable de l'île, à cause des bombardements, les écoles fermèrent le dernier jour d'avril et nous échappâmes au terrible examen du baccalauréat : nous fûmes admises ou refusées sur les résultats de l'année. Lisetta, tel était le prénom de mon amie, son nom c'était Moscato, déménagea avec sa famille dans un petit village de l'intérieur. Elle m'écrivait un jour sur deux, j'ai gardé toutes ses lettres, du moins celles qui arrivèrent. Vous savez, la poste, durant cette période... Ma famille aussi déménagea, nous sommes allés carrément sur le continent, chez un frère de mon père. Quand la guerre finit, j'écrivis à mon amie, aussi bien à l'adresse du village qu'à l'adresse de Vigàta. Je n'eus jamais de réponse, la chose m'inquiéta. Finalement, fin 1946, nous sommes revenus à Vigàta. J'allai trouver les parents de Lisetta. Sa mère était morte, le père d'abord m'évita, puis il me traita mal, il me dit que Lisetta était tombée amoureuse d'un soldat américain et qu'elle l'avait suivi contre la volonté de sa famille. Il ajouta que pour lui, sa fille était comme morte.

— Sincèrement, cela me paraît une histoire plausible, observa Montalbano.

— Qu'est-ce que je te disais ? lança le proviseur, prenant ainsi sa revanche.

— Notez, *dottore*, que la chose était déjà bizarre, même sans calculer ce qui est venu après. Pour commencer, c'est bizarre, parce que Lisetta, si elle était tombée amoureuse d'un soldat américain, elle me l'aurait fait savoir d'une manière ou d'une autre. Et puis elle, dans les lettres qu'elle m'envoyait de Serradifalco, c'est comme ça que s'appelait le village où ils étaient réfugiés, continuait à taper et retaper toujours sur le même clou : le tourment qui lui donnait l'éloignement de son mystérieux et bouleversant amour. Un jeune dont elle ne voulut jamais me dire le nom.

— Vous êtes sûre que ce mystérieux amour existe vraiment ? Il ne pouvait pas s'agir d'un rêve de jeunesse ?

— Lisetta n'était pas du genre à se perdre dans les rêves.

— Vous savez, remarqua Montalbano, à dix-sept ans, et malheureusement même, après, on ne peut pas jurer de la constance des sentiments.

— Mets-toi ça dans la poche avec un mouchoir pardessus, dit le proviseur.

Sans mot dire, la dame tira une autre photo de l'enveloppe. Elle représentait une jeune fille en robe de mariée qui donnait le bras à un beau jeune homme en uniforme de l'armée des Etats-Unis.

— Celle-là, je l'ai reçue de New York, d'après le cachet postal, dans les premiers mois de 1947.

— Et ça, ça efface les derniers doutes, il me semble, conclut le proviseur.

— Eh non, si ça se trouve, ça éveille les doutes.

— En quel sens, madame ?

— Parce qu'il n'y avait que la photographie dans l'enveloppe, cette photo de Lisetta avec le soldat et c'est tout, pas un mot, rien. Et même derrière la photo, il n'y avait pas une ligne de commentaire, vous pouvez contrôler. Et alors, vous pouvez m'expliquer pourquoi une vraie amie, une amie intime ne m'envoie qu'une photo sans un mot ?

— Vous avez reconnu l'écriture de votre amie sur l'enveloppe ?

— L'adresse était tapée à la machine.

— Ah, fit Montalbano.

— Et je veux vous dire une dernière chose : Elisa Moscato était cousine germaine de Lillo Rizzitano. Et Lillo l'aimait beaucoup, comme une sœur cadette.

Montalbano regarda le proviseur.

— Il l'adorait, admit ce dernier.

19

Plus il ruminait là-dessus, plus il flairait autour, plus il y revenait s'y coller, et plus il se convainquait d'être sur la bonne voie. Il n'avait même pas eu besoin de l'habituelle promenade méditative jusqu'au bout du môle ; à peine sorti, la photo nuptiale en poche, de chez les Burgio, il avait foncé à Montelusa.

— Le docteur est là ?
— Oui, mais il boulonne, je le préviens, dit le gardien.

Pasquano et ses deux assistants entouraient une plaque de marbre sur laquelle était étendu un cadavre nu, aux yeux exorbités. Et il avait raison, le mort, d'écarquiller les yeux dans une mimique stupéfiée, étant donné que les trois hommes trinquaient avec des verres de carton. Le docteur avait une bouteille de mousseux en main.

— Venez, venez, on fête quelque chose.

Montalbano remercia un assistant qui lui passait un verre. Pasquano lui versa deux doigts de *spumante*.

— A la santé de qui ? demanda le commissaire.
— A la mienne. Avec celui-là, je suis arrivé à ma millième autopsie.

Montalbano but, prit le médecin à part, lui montra la photo.

— La morte du *crasticeddru*, est-ce qu'elle pouvait avoir une tête comme la petite, là, sur la photo ?

— Pourquoi vous allez pas vous faire foutre ? demanda doucement Pasquano.

— Excusez-moi, dit le commissaire.

Il pivota sur ses talons et sortit. C'était lui, le con, pas le docteur. Il s'était laissé prendre par l'enthousiasme et il était allé lui poser la question la plus idiote qu'on puisse imaginer.

Il n'eut pas plus de chance à la police scientifique.

— Jacomuzzi est là ?

— Non, il est chez M. le questeur.

— Qui s'occupe du laboratoire photographique ?

— De Francesco, au sous-sol.

De Francesco regarda la photo comme si on ne l'avait pas encore informé de la possiblité de reproduire des images sur des pellicules sensibles à la lumière.

— Qu'est-ce que vous attendez de moi ?

— Savoir si c'est un photomontage.

— Ah, ça, c'est pas ma partie. Moi, je m'y connais seulement pour photographier et développer. Les choses les plus difficiles, on les envoie à Palerme.

*
* *

Puis la roue tourna du bon côté et les événements positifs commencèrent. Il téléphona au photographe de la revue qui avait publié l'article sur le livre de Maraventano et dont il se rappelait le nom.

— Excusez-moi de vous déranger, vous êtes M. Contino ?

— Oui, c'est moi. Qui est à l'appareil ?

— Commissaire Montalbano, j'aurais besoin de vous voir.

— Ça me fera plaisir de vous connaître. Venez maintenant, même, si vous voulez.

Le photographe habitait, dans la partie ancienne de Montelusa, une des rares maisons restées debout après un effondrement de terrain qui avait fait disparaître un quartier entier au nom arabe.

— En vérité, ma profession, ce n'est pas photographe, j'enseigne l'histoire au lycée, mais je suis amateur. Je suis à votre disposition.

— Vous êtes en mesure de me dire si cette photographie est un photomontage ?

— Je peux essayer, dit Contino en scrutant la photo. Quand a-t-elle été prise, vous le savez ?

— On m'a dit vers 1946.

— Revenez après-demain.

Montalbano baissa la tête sans rien dire.

— C'est urgent ? Alors, faisons comme ça, d'ici mettons deux heures, je peux vous donner une première réponse, mais elle aura besoin d'une confirmation.

— D'accord.

*
* *

Les deux heures, il les passa dans une galerie d'art où l'on présentait une exposition d'un peintre italien septuagénaire, encore attaché à une certaine rhétorique populiste, mais heureux dans la couleur, intense, très vivant. Toutefois, il n'accorda qu'un œil distrait aux toiles, impatient comme il l'était d'avoir la réponse de Contino ; toutes les cinq minutes il jetait un coup d'œil à sa montre.

— Alors, dites-moi.

— Je viens juste de finir. A mon avis, il s'agit bel et bien d'un photomontage. Très bien fait.

— A quoi le comprenez-vous ?

— D'après les ombres en arrière-plan. La tête de la fille a été montée en remplacement de celle de la vraie mariée.

Et ça, Montalbano ne le lui avait pas dit, il ne lui avait pas parlé en particulier de la fille. Contino n'avait pas été influencé.

— Je vais vous dire plus : l'image de la fille a été retouchée.

— En quel sens ?

— Dans le sens qu'elle a, comment dire, un peu vieilli.

— Je peux me la reprendre ?

— Bien sûr, elle ne me sert plus. Je croyais la chose plus difficile, il n'y a pas besoin de confirmation, comme je vous l'avais dit.

— Vous m'avez été extraordinairement utile.

— Ecoutez, commissaire, mon opinion est purement privée, vous comprenez ? Elle n'a aucune valeur légale.

*
**

Non content de le recevoir aussitôt, le questeur ouvrit joyeusement les bras.

— Quelle bonne surprise ! Vous avez du temps devant vous ? Venez avec moi, nous allons chez moi, j'attends un coup de fil de mon fils ; ma femme sera vraiment heureuse de vous voir.

Le fils du questeur, Massimo, était un médecin qui appartenait à une association de bénévoles. Ils se définissaient comme « sans frontières » et allaient dans les pays affligés par la guerre, ils offraient leur savoir-faire du mieux qu'ils pouvaient.

— Mon fils est pédiatre, vous savez ? Actuellement, il se trouve au Rwanda. Je suis vraiment inquiet pour lui.

— Il y a encore eu des affrontements ?

— Je ne parlais pas d'affrontements. Chaque fois qu'il réussit à nous téléphoner, je le sens toujours plus submergé par l'horreur, toujours plus tourmenté.

Puis le questeur se tut. Et ce fut certainement pour le distraire des pinsées dans lesquelles il était plongé que Montalbano lui apprit la nouvelle.

— Je suis à quatre-vingt-dix-neuf pour cent certain de savoir le nom et le prénom de la jeune fille trouvée morte au *crasticeddru*.

Sans un mot, bouche bée, le questeur le regardait.

— Elle s'appelait Elisa Moscato, elle avait dix-sept ans.

— Comment diable avez-vous fait ?

Montalbano lui raconta tout.

La femme du questeur lui tint la main comme à un minot, elle le fit asseoir sur le divan. Ils parlèrent un peu, puis le commissaire se leva, assura qu'il avait à faire, qu'il devait s'en aller. Ce n'était pas vrai, mais il ne voulait pas être là quand arriverait le coup de fil ; le questeur et sa femme devaient pouvoir profiter en paix de la voix lointaine de leur fils, même si ses mots étaient chargés d'angoisse, de douleur. Il sortit de chez eux comme le téléphone sonnait.

— J'ai tenu parole, comme vous voyez. Je vous ai rapporté la photographie.

— Entrez, entrez.

Mme Burgio se mit sur le côté pour le laisser passer.

— C'est qui ? demanda à voix haute le mari, depuis la salle à manger.

— Le commissaire, c'est.

— Mais fais-le entrer ! rugit le proviseur comme si sa femme s'y refusait.

Ils étaient en train de dîner.

— Je mets une assiette ? demanda la dame sur un ton engageant.

Et sans attendre la réponse, elle s'exécuta. Montalbano prit place, Mme Burgio lui servit la soupe de poisson, bien épaisse comme Dieu le veut et ranimée d'un peu de persil.

— Vous avez réussi à y comprendre quelque chose ? s'enquit la femme sans prendre garde au regard mauvais que lui décochait son mari, qui estimait cet assaut inopportun.

— Malheureusement, oui, madame. Je crois qu'il s'agit d'un photomontage.

— Mon Dieu ! Alors la personne qui me l'a envoyée a voulu m'abuser !

— Oui, je pense que tel était son but. Tenter de mettre une fin définitive à vos questions sur Lisetta.

— Tu vois que j'avais raison ? cria presque la dame à son mari, et elle se mit à pleurer.

— Mais pourquoi tu le prends comme ça ? demanda le proviseur.

— Parce que Lisetta est morte et toi, tu as voulu me faire croire qu'elle était vivante, heureuse et mariée !

— Tu sais, ça pourrait être Lisetta elle-même qui...

— Mais ne dis pas de bêtises ! intima Mme Burgio en jetant sa serviette sur la table.

Il y eut un silence embarrassé. Puis la dame reprit :

— Elle est morte, n'est-ce pas, commissaire ?

— Je crains que oui.

La dame se leva, quitta la salle à manger en se cachant le visage dans les mains ; dès qu'elle fut sortie, ils l'entendirent s'abandonner à une espèce de miaulement plaintif.

— Je suis navré, dit le commissaire.

— Elle se l'est cherché, rétorqua sans pitié le proviseur, qui continuait dans sa logique de dispute conjugale.

— Permettez-moi une question. Vous êtes sûr qu'entre Lillo et Lisetta, il y avait seulement le genre d'affection dont vous et votre dame vous m'avez parlé ?

— Expliquez-vous mieux.

Montalbano décida d'y aller franco.

— Vous excluez que Lillo et Lisetta aient pu être amants ?

Le président éclata de rire, il écarta l'hypothèse d'un geste de la main.

— Ecoutez, Lillo était fou amoureux d'une fille de Montelusa, laquelle n'a plus eu de nouvelles de lui après juillet 1943. Et il ne peut pas être le mort du *crasticeddru* pour la simple raison que le paysan qui le vit blessé, chargé sur un camion et emmené par des soldats, était une personne correcte, sérieuse.

— Alors, dit Montalbano, tout cela signifie une seule chose, qu'il n'est pas vrai que Lisetta se soit enfuie avec un soldat américain. En conséquence, le père de Lisetta a raconté des craques, des mensonges, à votre femme. Qui était le père de Lisetta ?

— Il me semble me souvenir qu'il s'appelait Stefano.

— Il est encore vivant ?

— Non, il est mort de vieillesse voilà au moins cinq ans.

— Qu'est-ce qu'il faisait ?

— Le commerce du bois, je crois. Mais chez nous, on ne parlait pas de Stefano Moscato.

— Pourquoi ?

— Peut-être parce que lui, c'était pas une personne qu'on fréquentait. Il magouillait avec ses parents, les Rizzitano, vous voyez ce que je veux dire ? Il avait eu des ennuis avec la justice, je ne sais pas de quel genre. A cette époque, dans les familles correctes, de bonne renommée, on ne parlait pas de ces gens. C'était comme de parler du caca, excusez-moi.

Mme Burgio revint, les yeux rougis, une vieille lettre à la main.

— C'est la dernière que j'aie reçue de Lisetta quand j'étais à Acquapendente, où j'avais déménagé avec ma famille.

Serradifalco, 10 juin 1943

Angelina, ma chérie, comment ça va ? Comment va ta famille ? Tu ne peux pas imaginer à quel point je t'envie parce que ta vie dans un pays du Nord ne peut pas être comparable à la prison dans laquelle je passe mes journées. Ne crois pas que j'exagère, avec le mot « prison ». En plus de la surveillance asphyxiante de papa, il y a la vie monotone et stupide d'un village de quatre maisons. Pense que dimanche dernier, à la sortie de l'église, un garçon d'ici que je connais même pas m'a adressé un salut. Papa s'en est aperçu, il l'a appelé à l'écart et lui a mis des claques. Une histoire de fous ! Mon unique distraction, c'est la lecture. J'ai pour ami le petit Andrea, un gamin de dix ans, fils de mes cousins. Il est intelligent. Tu as déjà pensé que les enfants peuvent être plus malins que nous ?

Depuis quelques jours, mon Angelina, je vis dans le désespoir. J'ai reçu, d'une manière si aventureuse qu'il serait trop long de te le raconter, un petit billet de quatre lignes de Lui, de Lui, de Lui, qui me dit qu'il est désespéré, qu'il ne supporte plus de ne plus me voir, qu'ils ont reçu, après tant de temps qu'ils étaient à

Vigàta, l'ordre de partir dans quelques jours. Je me sens mourir de ne pas le voir. Avant qu'il parte, qu'il s'en aille, je dois, je dois, je dois passer quelques heures avec lui, même si je dois faire une folie. Je te ferai savoir et en attendant, je t'embrasse très très fort.

Ta Lisetta

— Vous n'avez donc jamais su qui était ce « Lui », dit le commissaire.

— Non. Elle n'a jamais voulu me le dire.

— Après cette lettre, vous n'en avez pas reçu d'autres ?

— Vous voulez rire ? C'est déjà un miracle que je l'aie eue ; durant cette période, le détroit de Messine n'était pas traversable, ils le bombardaient sans arrêt. Puis, le 9 juillet, les Américains ont débarqué et les communications ont été définitivement interrompues.

— Excusez-moi, madame, mais vous vous souvenez de l'adresse de votre amie à Serradifalco ?

— Bien sûr. Chez la famille Sorrentino, 18, via Crispi.

*
* *

Comme il allait mettre la clé dans la serrure, il s'arrêta, inquiet. De l'intérieur de la maison lui venaient des voix et des sons. Il songea à retourner à la voiture prendre son pistolet, mais n'en fit rien. Il ouvrit la porte avec précaution, sans faire le moindre bruit.

Et tout soudain, il s'aperçut qu'il avait complètement oublié Livia qui l'attendait qui sait depuis quand.
Il lui fallut la moitié de la nuit pour faire la paix.

***

A sept heures du matin, il se leva sur la pointe des pieds, composa un numéro de téléphone, parla à voix basse.

— Fazio ? Il faut que tu me rendes un service, tu dois prendre un jour de congé maladie.

— Pas de problème.

— Je veux, d'ici ce soir, vie, mort et miracles d'un certain Stefano Moscato, mort ici à Vigàta voilà cinq ans. Demande au pays, regarde à l'état civil et où ça te chante. J'insiste, c'est important.

— Soyez tranquille.

Il raccrocha, prit feuille et papier, écrivit :

« *Mon amour, je dois m'échapper pour régler une affaire urgente et je ne veux pas te réveiller. Je rentrerai à la maison certainement en début d'après-midi. Pourquoi tu te prends pas un taxi pour aller revoir les temples ? Ils sont toujours splendides. Baiser.* »

Il sortit comme un voleur. Si Livia ouvrait les yeux, ça chaufferait sérieux.

Pour arriver à Serradifalco, il mit une heure et demie. La journée était claire, il lui vint même l'envie de siffloter, il se sentait content. Il revoyait Caifas, le chien de son père qui tournait dans toute la maison, ennuyé et mélancolique, mais devenait alerte et vif en voyant son maître s'occuper à la préparation des cartouches puis se transformait en une boule d'énergie quand on l'emmenait sur le terrain de chasse. Montalbano trouva tout de suite la via Crispi, au numéro 18 correspondait un petit immeuble du XIXe siècle à deux étages. Il y avait une sonnette avec la plaque « SORRENTINO ». Une jeune fille sympathique d'une vingtaine d'années lui demanda ce qu'il désirait.

— Je voudrais parler avec M. Andrea Sorrentino.
— C'est mon père. Il n'est pas à la maison, on peut le trouver à la mairie.
— Il y travaille ?
— Si on veut. C'est le maire.

— Bien sûr que je me rappelle Lisetta, dit Andrea Sorrentino, qui portait très bien ses soixante et quelques années, il n'avait que quelques cheveux blancs, et beaucoup de prestance. Mais pourquoi me parlez-vous d'elle ?
— C'est une enquête très réservée. Je regrette de ne pouvoir rien vous en dire. Mais croyez-moi, pour moi, c'est très important d'en avoir quelques nouvelles.
— Bon, bon, très bien commissaire. Ecoutez, de Lisetta, j'ai de très beaux souvenirs, nous faisions de longues promenades en campagne et moi, à côté d'elle, j'étais tout fier, je me sentais un grand. Elle me traitait comme si j'avais eu son âge. Après que sa famille a quitté Serradifalco et s'en est retournée à Vigàta, je n'en ai plus eu de nouvelles directes.

— Comment ça ?

Le maire marqua une hésitation.

— Ben, je vais vous le dire, parce que maintenant, c'est du passé. Je crois que mon père et celui de Lisetta se sont engueulés à mort, ils se sont fâchés. Vers la fin d'août 1943, mon père revint à la maison bouleversé. Pour je ne sais quelle raison, il avait été à Vigàta, trouver l'oncle Stefano, *u zu Stefanu*, comme je l'appelais, moi. Mon père était très pâle, il avait la fièvre, je me souviens que maman a eu très peur et que moi aussi, en conséquence, j'ai eu peur. Je ne sais pas ce qu'il y a eu entre les deux hommes mais le lendemain, à table, mon père a dit que dans notre maison, le nom des Moscato ne devait plus être prononcé. J'obéis, même si j'avais grande envie de lui demander des nouvelles de Lisetta. Vous savez, ces terribles disputes entre parents…

— Vous vous rappelez du soldat américain que Lisetta rencontra ici ?

— Ici ? Un soldat américain ?

— Oui. C'est du moins ce que j'ai cru comprendre. Elle rencontra à Serradifalco un soldat américain, elle en tomba amoureuse, elle le suivit et quelque temps plus tard, ils se sont mariés en Amérique.

— De cette histoire de mariage, j'ai entendu vaguement parler, parce qu'une tante à moi, sœur de mon père, a reçu une photo qui montrait Lisetta en robe de mariée avec un soldat américain.

— Alors, pourquoi est-ce que vous vous étonnez ?

— Je suis étonné par le fait que vous disiez que Lisetta, l'Américain, elle l'aurait connu ici. Vous savez, quand les Américains ont occupé Serradifalco, Lisetta avait disparu de chez nous depuis au moins dix jours.

— Que dites-vous ?

— Eh oui, mon bon monsieur. Un après-midi, il devait être trois ou quatre heures, je vis Lisetta qui se préparait à sortir de la maison. Je lui demandai quel serait ce jour-là le but de notre promenade. Elle me répondit que je ne devais pas me vexer, mais que pour ce jour-là, elle préférait y aller seule. Je fus profondément vexé. Le soir, à l'heure du dîner, Lisetta ne revint pas. L'oncle Stefano, mon père, quelques paysans sortirent la chercher, mais ils ne la trouvèrent pas. Nous passâmes des heures terribles, il y avait dans les environs des soldats italiens et allemands, les grands pensaient à une violence… L'après-midi du lendemain, *u zu Stefanu* nous salua en annonçant qu'il ne rentrerait pas avant d'avoir retrouvé sa fille. Chez nous, resta la maman de Lisetta, pauvre femme, écrasée de chagrin. Puis le débarquement eut lieu et nous fûmes séparés par le front. Le jour même où le front se déplaça, Stefano Moscato revint prendre sa femme, il nous dit qu'il avait retrouvé Lisetta à Vigàta, que la fugue avait été un enfantillage. Maintenant, si vous m'avez bien suivi, vous aurez compris que Lisetta n'a pas pu connaître son futur mari à Serradifalco, mais à Vigàta, dans son village.

20

« Les temples, je le sais, qu'ils sont splendides, depuis que je te connais j'ai été obligée de les voir une cinquantaine de fois, donc tu peux te les carrer colonne par colonne là où je pense, je m'en vais vivre ma vie, je ne sais pas quand je rentre. »

Le petit billet de Livia exsudait la rage. Montalbano encaissa, mais comme, au retour de Serradifalco, il avait été pris d'une faim de loup, il ouvrit le réfrigérateur : rien. Il ouvrit le four : rien. Livia, qui ne voulait pas de la bonne quand elle était là, avait poussé le sadisme jusqu'à la propreté la plus rigoureuse, il n'y avait pas dans les environs la moindre miette de pain. Il retourna à la voiture, arriva à l'auberge *San Calogero*, où l'on était en train de baisser le rideau.

— Pour vous, nous sommes toujours ouverts, commissaire.

Pour calmer sa faim et se venger de Livia, il se fit une bouffe à appeler le médecin.

*
* *

— Il y a une phrase qui me donne à penser, nota Montalbano.

— Quand elle dit qu'elle veut faire une folie ?

Ils étaient assis au salon à prendre le café, le commissaire, le proviseur et Mme Angelina.

Montalbano avait en main la lettre de la petite Moscato, qu'il avait à peine fini de relire à haute voix.

— Non, madame, la folie, nous savons qu'elle l'a faite après, c'est M. Sorrentino qui me l'a dit, lui qui n'avait aucune raison de raconter des craques. Peu avant le débarquement, donc, Lisetta a ce beau coup de génie de s'enfuir de Serradifalco et de venir ici, à Vigàta, pour rencontrer la personne qu'elle aime.

— Mais comment a-t-elle pu faire ? demanda, anxieuse, Mme Burgio.

— Elle a sans doute demandé à monter dans un camion militaire. Durant cette période, il devait y avoir un va-et-vient continu d'Italiens et d'Allemands. Belle fille comme elle l'était, elle n'a pas dû avoir de mal, intervint le proviseur, qui s'était décidé à collaborer, et à accepter de mauvais gré le fait qu'une fois de temps en temps, les rêvasseries de sa femme soient vraies.

— Et les bombes ? Et les mitraillages ? Mon Dieu, quel courage, dit son épouse.

— Alors, quelle est la phrase ? demanda le proviseur, impatient.

— Quand Lisetta écrit à madame que son amoureux lui a fait savoir que, après tant de temps passé à Vigàta, ils ont reçu l'ordre de partir.

— Je ne comprends pas.

— Voyez-vous, madame, cette phrase nous dit, premièrement, qu'il se trouvait à Vigàta depuis longtemps, ce qui signifie, implicitement, qu'il n'était pas du coin. Deuxièmement : il fait savoir à Lisetta qu'il va être contraint, obligé de quitter la région. Troisièmement : il utilise le pluriel, et donc ce n'est pas lui tout seul qui doit abandonner Vigàta, mais un groupe de personnes. Tout cela fait penser à un militaire. Je me trompe peut-être, mais cela me paraît la conclusion la plus logique.

— Logique, approuva le proviseur.

— Dites-moi, madame, quand Lisetta vous a avoué pour la première fois qu'elle était amoureuse, vous vous souvenez quand c'était, exactement ?

— Oui, parce que, ces derniers jours, j'ai passé mon temps à me creuser la tête pour me rappeler le moindre détail de mes rencontres avec elle. Ce fut sûrement vers mai ou juin 1942. Je me suis rafraîchi la mémoire avec un vieux journal intime que j'ai retrouvé.

— Elle a mis la maison sens dessus dessous, grommela le mari.

— Il faudrait savoir quels contingents militaires fixes se sont trouvés ici entre début 1942, peut-être même avant, et juillet 1943.

— Et ça vous paraît facile ? demanda le proviseur. Moi, par exemple, je m'en rappelle un paquet. Il y avait les batteries anti-aériennes, les batteries navales, un train armé de canons caché dans un tunnel, les militaires de la caserne, ceux du bunker... les marins, non, eux, ils allaient et venaient. C'est une recherche pratiquement impossible.

Ils se désolèrent. Puis le proviseur se leva.

— Je vais téléphoner à Burruano. Lui, il est resté

tout le temps à Vigàta, avant, pendant et après la guerre. Moi, au contraire, à un moment, j'ai été évacué.

Sa femme reprit la parole.

— C'était peut-être un coup de tête ; à cet âge, on ne sait pas distinguer, mais il s'est agi certainement d'une chose assez sérieuse pour qu'elle s'échappe de chez elle, au risque de s'opposer à son père qui était un vrai geôlier, c'est du moins ce qu'elle racontait.

A Montalbano, une question vint aux lèvres, il ne voulait pas la formuler, mais l'instinct du chasseur l'emporta.

— Excusez-moi si je vous interromps. Est-ce que ça pourrait signifier... en somme, vous pourriez me dire en quel sens Lisetta utilisait ce mot, geôlier ? C'était une jalousie sicilienne d'un père envers sa fille ? Obsessive ?

La dame le regarda un instant, baissa les yeux.

— Ecoutez, comme je vous l'ai dit, Lisetta était beaucoup plus mûre que moi, j'étais encore une enfant. Mon père m'avait interdit d'aller chez les Moscato, donc on se voyait à l'école ou à l'église. Là, nous réussissions à nous voir quelques heures tranquilles. Nous parlions. Et moi, maintenant, je suis là, à pantailler sans arrêt sur ce qu'elle me disait ou me suggérait. Je crois ne pas avoir compris, alors, pas mal de choses...

— Lesquelles ?

— Par exemple, jusqu'à un certain moment, Lisetta appelait son père « mon père », à partir d'un certain jour, elle l'a appelé « cet homme ». Ça, peut-être que ça ne veut rien dire. Une autre fois, elle m'a dit : « Cet

homme finira par me faire du mal, beaucoup de mal. »
Moi, alors, je pensais à des coups, à une bastonnade,
vous comprenez ? Maintenant, me vient un doute terrible sur la vraie signification de cette phrase. (Elle
s'arrêta, but une gorgée de thé, reprit.) Courageuse,
très courageuse, elle l'était. Dans l'abri, quand les
bombes tombaient, et que nous tremblions et pleurions
de frousse, c'était elle qui nous donnait du courage,
qui nous consolait. Mais pour faire ce qu'elle a fait, du
courage, il lui en aura fallu deux fois plus, pour défier
son père et s'en aller sous la mitraille, arriver là et
faire l'amour avec quelqu'un qui n'était même pas son
fiancé officiel. A cette époque, nous étions différentes
des filles de dix-sept ans d'aujourd'hui.

Le monologue de la dame fut interrompue par le
retour du proviseur, très agité.

— Burruano, je ne l'ai pas trouvé, il n'était pas
chez lui. Venez, commissaire, allons-y.

— Chercher le comptable ?

— Non, non, il m'est venu une idée. Si nous avons
de la chance, si j'ai deviné juste, j'offrirai à San
Calogero cinquante mille lires à la prochaine fête.

San Calogero était un saint noir, adoré par les gens
de la région.

— Si vous avez deviné juste, cinquante mille lires
de plus, je les mets, lança Montalbano, pris par l'enthousiasme.

— On peut savoir où vous allez ? demanda
Mme Burgio.

— Je te le dirai après, assura le proviseur.

— Et vous me laissez en plan comme ça ? insista son épouse.

Le proviseur avait déjà franchi le seuil. Montalbano s'inclina.

— Je vous tiendrai au courant de tout.

*
* *

— Mais, bon sang, comment ai-je pu oublier la *Pacinotti* ? murmura le proviseur dès qu'ils furent dans la rue.

— Qui est cette dame ? s'enquit Montalbano.

Il s'imaginait une quinquagénaire courtaude. Le proviseur ne répondit pas. Montalbano posa une autre question.

— On prend la voiture ? C'est loin ?

— Qué, loin ? A quatre pas.

— Voulez-vous m'expliquer qui est cette Mme Pacinotti ?

— Mais pourquoi vous l'appelez « madame » ? C'était un navire-atelier, il servait à réparer les dégâts qui pouvaient se produire sur les bâtiments de guerre. Il a mis l'ancre dans le port vers la fin des années 40 et il n'a plus bougé. Son équipage était composé de marins qui étaient aussi mécaniciens, électriciens, plombiers... C'étaient tous des jeunes. Beaucoup d'entre eux, étant donné leur long séjour, s'installèrent comme chez eux, ils ont fini par être comme des gens du pays. Ils ont noué des amitiés, se sont aussi trouvé des fiancées. Deux d'entre eux ont marié des filles d'ici. Un est mort, il s'appelait Tripcovich, l'autre, c'est Marin, le propriétaire du garage de la place Garibaldi. Vous le connaissez ?

— C'est mon mécanicien, dit le commissaire et amèrement, il pensa qu'il reprenait son voyage dans la mémoire des vieux.

Un quinquagénaire en combinaison crasseuse, gras et revêche, s'abstint de saluer le commissaire et agressa le proviseur.

— Qu'est-ce que vous venez perdre votre temps ici ? Elle n'est pas encore prête, je vous l'ai dit que c'était long, comme travail.

— Je ne suis pas venu pour l'auto. Votre père est là ?

— Evidemment qu'il est là ! Où vous voulez qu'il aille ? Il est là à me les casser, à me dire que je sais pas travailler, que les génies mécaniques de la famille, c'est lui et son petit-fils.

Un garçon d'une vingtaine d'années, lui aussi en salopette, releva la tête de l'intérieur d'un moteur pour les saluer tous deux d'un sourire. Montalbano et le proviseur traversèrent l'atelier, qui à l'origine devait être un entrepôt, et arrivèrent à une espèce de cloison de planches.

De l'autre côté, derrière un bureau, était assis Antonio Marin.

— J'ai tout entendu, dit-il. Et si l'arthrite ne m'avait pas baisé, je saurais bien lui apprendre le métier, à celui-là.

— Nous sommes venus pour un renseignement.
— Dites-moi, commissaire.
— Mieux vaut que le proviseur Burgio vous explique.
— Vous vous rappelez combien de gens de l'équipage de la *Pacinotti* ont été tués ou blessés ou ont été déclarés disparus pour cause de guerre ?
— Nous avons eu de la chance, dit le vieux en s'animant. (A l'évidence, parler des temps héroïques lui faisait plaisir ; en famille, on lui disait probablement d'arrêter de radoter dès qu'il abordait le sujet.) Nous avons eu un mort, par un éclat de bombe, il s'appelait Arturo Rebellato, un blessé, toujours par un éclat, Silvio Destefano, et un disparu, Mario Cunich. Vous savez, nous étions très unis entre nous, nous étions en grande majorité vénitiens, triestins…
— Disparu en mer ? demanda le commissaire.
— En mer ? Quelle mer ? Nous sommes toujours restés amarrés. Nous étions pratiquement un prolongement du quai.
— Pourquoi, alors, a-t-il été considéré comme disparu ?
— Parce que la soirée du 7 juillet 1943, il n'est pas rentré à bord. Dans l'après-midi, il y avait eu un violent bombardement, lui avait une permission de sortie. Il était de Montefalcone, Cunich, et avait un ami de son pays, qui était aussi mon ami, Stefano Premuda. Eh bien, le lendemain matin, Premuda a contraint tout l'équipage à chercher Cunich. Pendant une journée entière, nous avons fait du porte à porte, rien. Nous sommes allés à l'hôpital militaire, à l'hôpital civil,

nous sommes allés à l'endroit où ils rassemblaient les morts trouvés dans les décombres... Rien. Même les officiers se joignirent à nous, parce que quelque temps auparavant, nous avions eu un préavis, une espèce d'alerte, ils nous disaient que d'ici peu, nous allions devoir appareiller... Nous n'avons jamais appareillé, les Américains sont arrivés avant.

— Il ne peut pas avoir simplement déserté ?
— Cunich ? Mais non ! Il y croyait, lui, à la guerre. Il était fasciste. Un brave garçon, mais fasciste. Et puis, il avait un grand béguin.
— C'est-à-dire ?
— Qu'il était amoureux fou. D'une fille d'ici. Comme moi, du reste. Il disait que dès que la guerre serait finie, il l'épouserait.
— Vous n'avez plus eu de nouvelles de lui ?
— Vous savez, quand les Américains ont débarqué, ils ont pensé qu'un navire-atelier comme le nôtre, qui était un petit bijou, leur servirait bien. Ils nous ont gardé en service, en uniforme italien, ils nous ont donné un brassard que nous portions au bras pour éviter toute équivoque. Cunich, pour se représenter, avait tout le temps qu'il voulait, il ne le fit pas. Il s'était volatilisé. Je suis resté en correspondance avec Premuda ; de temps en temps, je lui demandais si Cunich s'était manifesté, s'il avait eu des nouvelles... Rien de rien.
— Vous avez dit que vous saviez que Cunich avait une amoureuse. Vous l'avez connue ?
— Jamais vue.

Il y avait encore une question à poser, mais

Montalbano s'arrêta. D'un coup d'œil, il céda ce privilège au proviseur.

— Il vous a dit son nom ? demanda ce dernier, acceptant la proposition généreuse de Montalbano.

— Vous savez, Cunich était quelqu'un de très réservé. Une fois seulement, il m'a dit qu'elle s'appelait Lisetta.

Qu'est-ce qui fut ? Un ange passa, qui arrêta le temps ? Montalbano et le proviseur s'immobilisèrent, puis le commissaire se porta une main à la hanche, il lui était venu un élancement violent et il s'appuya à une voiture pour ne pas tomber. Marin s'affola.

— Qu'est-ce que j'ai dit ? Mon Dieu, qu'est-ce que j'ai dit ?

***

A peine sorti de l'atelier, le proviseur se mit à pousser des cris d'allégresse.

— On a mis dans le mille !

Et d'esquisser des pas de danse. Deux personnes qui le connaissaient, et le savaient sévère et pensif, s'arrêtèrent, abasourdies. Après s'être ainsi exprimé, il redevint sérieux.

— Attention, que nous avons promis à San Calogero cinquante mille lires chacun. Ne les oubliez pas.

— Je ne les oublierai pas.

— Vous le connaissez, San Calogero ?

— Depuis que je suis à Vigàta, chaque année, j'ai vu la fête.

— Ça ne veut pas dire le connaître. San Calogero

est, comment dire, quelqu'un qui ne laisse pas faire les choses en douceur. Je vous le dis dans votre intérêt.

— Vous plaisantez ?

— Pas du tout. C'est un saint vindicatif, qui prend vite la mouche. Si on lui promet quelque chose, il faut tenir la promesse. Si vous, par exemple, vous vous sortez d'un accident de voiture et que vous faites une promesse au saint qu'après vous ne tenez pas, vous pouvez mettre la main au feu qu'il va vous arriver un autre accident et que vous y laisserez au minimum les jambes. Je me suis fait comprendre ?

— Parfaitement.

— Rentrons, comme ça vous raconterez tout à ma femme.

— Moi ?

— Oui, parce que la satisfaction de lui dire qu'elle avait raison, moi, je ne veux pas la lui donner.

— Pour résumer, dit Montalbano, les choses ont pu se passer ainsi.

Il aimait bien cette enquête en pantoufles, dans une demeure d'autrefois, devant une tasse de café.

— Le marin Mario Cunich, qui, à Vigàta, est devenu quasiment quelqu'un du pays, tombe amoureux, sentiment partagé, de Lisetta Moscato. Comment ils auront pu se rencontrer, se parler, Dieu seul le sait.

— J'y ai réfléchi longtemps, dit la dame. Il y eut une certaine période, il me semble entre 1942 et mars-avril 1943, où Lisetta eut plus de liberté parce que son père avait dû s'éloigner de Vigàta pour affaires. Le coup de foudre, les rencontres clandestines ont dû certainement être facilités durant cette période.

— Ils s'éprirent l'un de l'autre, ça c'est sûr, reprit Montalbano. Puis le retour du père les empêcha de se voir. Il y eut en plus l'évacuation. Puis arriva la nouvelle de son prochain départ à lui... Lisetta s'échappe, vient ici, rencontre, nous ne savons où, Cunich. Le marin, pour rester le plus longtemps possible avec Lisetta, ne se représente pas à bord. A un certain moment, pendant qu'ils dorment, on les tue. Et jusqu'à maintenant, tout est normal.

— Comment, normal ? s'étonna Mme Burgio.

— Excusez-moi, je voulais dire que jusque-là, la reconstitution tient bien. Celui qui les a tués, ça peut être un amoureux éconduit, le père de Lisetta qui les aura surpris et se sera senti déshonoré. Allez savoir.

— Comment, allez savoir ? se récria la dame. Ça ne vous intéresse pas, de découvrir qui a assassiné ces deux pauvres jeunes ?

Il ne se sentit pas le courage de lui répondre qu'il ne l'intéressait pas tant de découvrir l'assassin que la raison pour laquelle quelqu'un, l'assassin lui-même peut-être, s'était donné la peine de transporter les cadavres dans la grotte et de faire cette mise en scène, avec l'écuelle, la cruche et le chien de terre cuite.

Avant de rentrer chez lui, il passa dans une épicerie s'acheter deux cents grammes de fromage au poivre et une miche de pain de blé dur. Cela, parce qu'il était sûr de ne pas trouver Livia à la maison. De fait, elle n'était pas là, tout était resté comme quand il était sorti pour aller chez les Burgio.

Il n'eut pas le temps de poser le paquet sur la table que le téléphone sonna, c'était le questeur.

— Montalbano, je voulais vous dire qu'aujourd'hui, le sous-secrétaire Licalzi m'a appelé. Il voulait savoir pourquoi je n'ai pas encore présenté la demande de promotion pour vous.

— Mais putain, qu'est-ce qu'il me veut, celui-là ?

— Moi, je me suis permis d'inventer une histoire d'amour, mystérieuse, j'ai dit, non, pas dit, laissé entendre... Lui, il a marché, il paraît que c'est un lecteur passionné de romans à l'eau de rose. Mais il a résolu la question. Il m'a dit de lui écrire pour vous faire obtenir une gratification consistante. La requête, je l'ai rédigée et transmise. Vous voulez l'entendre ?

— Epargnez-moi ça.

— Dommage, je crois avoir fait un petit chef-d'œuvre.

Montalbano prépara la table, se tailla une épaisse tranche de pain, le téléphone sonna de nouveau. Ce n'était pas Livia, comme il l'avait espéré, mais Fazio.

— *Dottore*, j'ai boulonné toute la sainte journée pour vous. Ce Stefano Moscato, c'était pas le genre avec qui briser son pain.

— Mafieux ?

— Vraiment, vraiment mafieux, je crois pas. Un violent, ça, oui. Plusieurs condamnations pour bagarres, violences, agressions. Ça ne me paraît pas des trucs de la mafia, un mafieux ne se fait pas condamner pour des conneries.

— A quand remonte la dernière condamnation ?

— A 1981, vous vous rendez compte. Il avait déjà un pied dans la tombe et il s'est encore mis à castagner un type, qu'il lui a démoli la tronche.

— Tu peux me dire s'il a eu des périodes de prison entre 1942 et 1943 ?

— Bien sûr. Coups et blessures. De mars 1942 au 21 avril 1943, il a été à Palerme, à la prison de l'Ucciardone.

Les nouvelles apportées par Fazio donnèrent beaucoup de saveur au fromage au poivre, qui, déjà, par lui-même, ne rigolait pas.

21

Le beau-frère de Galluzzo ouvrit son journal télévisé avec la nouvelle d'un grave attentat, visiblement mafieux, survenu dans les faubourgs de Catagne. Un commerçant connu et estimé de la ville, un certain Corrado Brancato, propriétaire d'un grand entrepôt qui fournissait les supermarchés, avait décidé de s'offrir un après-midi de repos dans sa petite villa à la sortie de la ville. Après avoir introduit la clé dans la serrure, il avait pratiquement ouvert la porte sur le néant ; une explosion épouvantable, provoquée par un ingénieux dispositif reliant l'ouverture de la porte à une charge d'explosif, avait littéralement pulvérisé la maison, le commerçant et son épouse, Mme Tagliafico Giuseppa. L'enquête, ajouta le journaliste, s'annonçait difficile, étant donné que Brancato était inconnu des services de police et n'apparaissait en aucune manière impliqué dans des affaires mafieuses.

Montalbano éteignit le téléviseur, se mit à siffloter la n° 8 de Schubert, *L'Inachevée*. Elle lui vint très bien, il attrapa tous les airs.

Il composa le numéro de Mimì Augello, son adjoint devait sûrement en savoir plus sur l'événement. Personne ne répondit.

Quand il eut finalement fini de manger, Montalbano fit disparaître toute trace du repas, lava soigneusement jusqu'au verre dans lequel il avait bu trois doigts de vin. Il se déshabillait pour aller se coucher quand il entendit une voiture qui s'arrêtait, des voix, un claquement de portière, l'automobile qui repartait. A toute vitesse, il se glissa dans les draps, éteignit la lumière, feignit un sommeil profond. Il entendit la porte de la maison s'ouvrir et se refermer, ses pas à elle qui tout à coup s'arrêtaient. Montalbano comprit que Livia s'était immobilisée sur le seuil de la chambre à coucher et le regardait.

— Arrête tes clowneries.

Montalbano se rendit, il alluma.

— Comment tu as pu comprendre que je faisais semblant ?

— A la respiration. Tu le sais, comment tu respires quand tu dors ? Non. Moi, si.

— Où as-tu été ?

— A Eraclée Minoa et à Sélinonte.

— Seule ?

— Monsieur le commissaire, je vous dirai tout, j'avouerai tout, mais suspendez, par pitié, le troisième degré ! Mimì Augello m'a accompagnée.

Montalbano masqua, il pointa un doigt menaçant :

— Je t'avertis, Livia : Augello a déjà occupé mon bureau, je ne voudrais pas qu'il occupe autre chose.

Livia se raidit.

— Je fais semblant de ne pas comprendre, ça vaut mieux pour nous deux. Mais de toute façon, moi, je ne suis pas une propriété, connard de Sicilien.

— C'est bon, excuse-moi.

Ils continuèrent à discuter, même après que Livia se fut déshabillée et mise au lit. Quant à Mimì, Montalbano était décidé à ne pas le laisser s'en sortir comme ça. Il se leva.

— Où tu vas, maintenant ?
— Je téléphone à Mimì.
— Mais laisse-le tranquille, il n'a même pas imaginé une seconde de faire quelque chose qui pourrait t'offenser.
— Allo, Mimì ? Montalbano, je suis. Ah, tu viens juste d'arriver chez toi ? Bien. Non, non, ne t'inquiète pas, Livia va très bien. Elle te remercie beaucoup de la belle journée que tu lui as fait passer. Et moi aussi, je te remercie. Ah, Mimì, tu le savais qu'à Catagne, ils ont fait sauter en l'air Corrado Brancato ? Non, je rigole pas, ils l'ont dit à la télé. Tu n'en savais rien ? Comment ça ? Ah, oui, je comprends, tu as été toute la journée dehors. Et peut-être que nos collègues de Catagne t'ont cherché sur mer et sur terre. Et le questeur aussi, se sera demandé où tu étais passé. Qu'est-ce que tu veux y faire ? Essaie d'arranger ça. Dors bien, Mimì.

— Dire que t'es un vrai fumier, c'est peu dire, remarqua Livia.

*
**

— C'est bon, dit Montalbano, vu qu'il était déjà trois heures du matin. Je reconnais que c'est tout de ma faute, que si je reste ici, j'agis comme si tu n'existais pas, pris par mes pinsées. Je m'y suis trop habitué, à rester seul. Allons-nous-en d'ici.

— Et la tête, tu la laisses où ? demanda Livia.

— Ça veut dire quoi ?

— Que toi, ta tête, avec tout ce qu'il y a dedans, tu te l'emmènes. Et donc, inévitablement, tu continues de penser à tes affaires même si on se trouve à mille kilomètres de distance.

— Je jure que je me vide la tête avant de partir.

— Et où allons-nous ?

Etant donné que Livia s'était prise d'une lubie touristico-archéologique, il jugea bon de l'encourager.

— Tu n'as jamais vu l'île de Mozia, n'est-ce pas ? Faisons comme ça, ce matin, vers les onze heures, on part pour Mazara del Vallo. J'ai là un ami, le vice-questeur Valente, que je n'ai pas vu depuis longtemps. Puis on continue sur Marsala et ensuite, on visite Mozia. Après, on revient ici, à Vigàta, et on organise une autre balade.

Ils firent la paix.

*
* *

Non contente d'avoir le même âge que Livia, Giula, la femme du vice-questeur Valente, était née à Sestri[1]. Les deux femmes sympathisèrent aussitôt. L'épouse suscita moins de sympathie chez Montalbano, en raison des pâtes indignement trop cuites, du bœuf braisé conçu manifestement par un esprit malade, du

---

1. Faubourg de Gênes. *(N.d.T.)*

café que même à bord des avions, on n'osait pas en proposer de pareil. A la fin du soi-disant déjeuner, Giulia invita Livia à rester un moment à la maison, elle sortirait plus tard. Montalbano, lui, accompagna son ami au bureau. A attendre le vice-questeur, il y avait un quadragénaire, aux longues rouflaquettes et au visage de Sicilien recuit par le soleil.

— Chaque jour, une nouvelle histoire ! Excusez-moi, monsieur le questeur, mais je dois vous parler. C'est important.

— Je te présente le professeur Farid Rahman, un ami de Tunis, dit Valente et puis, se tournant vers le professeur : Il y en a pour longtemps ?

— Un quart d'heure maximum.

— Moi, je vais aller visiter le quartier arabe, annonça Montalbano.

— Si vous m'attendez, intervint Farid Rahman, je serais vraiment heureux de vous servir de guide.

— Ecoute-moi, dit Valente. Je n'ignore pas que ma femme ne sait pas faire le café. A trois cents mètres d'ici, il y a la place Mokarta, tu t'assieds au bar et tu t'en bois un bon. Le professeur viendra te prendre là.

Il ne commanda pas le café tout de suite ; avant, il se consacra à un plat de pâtes au four substantiel et parfumé qui le tira de l'humeur sombre où l'avait plongé l'art culinaire de Mme Giulia. Quand Rahman arriva, Montalbano avait fait disparaître les traces du plat et n'avait devant lui qu'une innocente petite tasse à café vide. Ils se dirigèrent vers le quartier.

— Vous êtes nombreux à Mazara ?

— Nous avons dépassé le tiers de la population locale.

— Il y a des incidents entre vous et les Mazarais ?

— Non, pas grand-chose, carrément rien en comparaison d'autres villes. Vous savez, je crois que nous sommes pour les Mazarais comme une mémoire historique, un fait quasi génétique. Nous sommes chez nous. Al Imam al-Mazari, le fondateur de l'école juridique maghrébine, est né à Mazara, ainsi que le philologue Ibn al-Birr, qui fut expulsé de la ville en 1068 parce qu'il aimait trop le vin. Mais l'essentiel est que les Mazarais sont des gens de mer. Et l'homme de la mer a beaucoup de bon sens, il sait ce que ça veut dire avoir les pieds sur terre. A propos de mer : vous le savez que les bateaux de pêche d'ici ont un équipage mixte, mi-sicilien, mi-tunisien ?

— Vous avez une charge officielle ?

— Non, Dieu nous préserve des choses officielles. Ici tout va pour le mieux parce que ça se passe de manière officieuse. Je suis maître d'école, mais je sers d'intermédiaire entre les gens de mon peuple et les autorités locales. Voilà un autre exemple de bon sens : un proviseur nous prête des salles de classe, nous autres, enseignants, nous sommes venus de Tunisie et nous avons créé notre école. Mais le rectorat, officiellement, ignore cette situation.

*
* *

Le quartier était un morceau de Tunis transporté tel quel en Sicile. Les boutiques étaient fermées parce qu'on était vendredi, jour de repos, mais la vie, dans les venelles étroites, avait les mêmes couleurs vives. Pour commencer, Rahman lui fit visiter le grand bain public, depuis toujours lieu de rencontre sociale, puis le conduisit à une fumerie, un café avec narguilés. Ils passèrent devant une espèce de boutique dépouillée où, assis sur le sol en tailleur, un vieillard à l'air grave lisait et commentait un livre. Devant lui, assis de même, une vingtaine de garçons écoutaient avec attention.

— C'est notre religieux qui explique le Coran, dit Rahman, et il fit mine de poursuivre son chemin.

Montalbano l'arrêta en lui posant une main sur le bras. Il était frappé de l'attention vraiment religieuse de ces minots qui, une fois sortis du magasin, se déchaîneraient en hurlements et bousculades.

— Qu'est-ce qu'il leur lit ?
— La sourate 18, celle de la caverne.

Montalbano, sans qu'il puisse s'en expliquer la raison, éprouva une légère secousse dans la colonne vertébrale.

— La caverne ?
— Oui, *al-khaf*, la caverne. La sourate dit que Dieu, pour réaliser le souhait de quelques jeunes gens qui ne voulaient pas se corrompre, s'éloigner de la vraie religion, les plongea dans un profond sommeil à l'intérieur d'une caverne. Et pour que, dans la caverne,

règne toujours l'obscurité la plus complète, Dieu inversa la course du soleil. Ils dormirent environ trois cent neuf ans. Avec eux, à dormir, il y avait aussi un chien, devant l'entrée, en position de garde, les pattes antérieures étendues…

Il s'interrompit, il s'était rendu compte que Montalbano avait jauni, qu'il ouvrait et fermait la bouche comme si l'air lui manquait.

— Monsieur, qu'est-ce qui vous arrive ? Vous vous sentez mal, monsieur ? Vous voulez que j'appelle un médecin ? Monsieur !

Montalbano était effrayé de sa propre réaction, il se sentait faible, la tête lui tournait, ses jambes flageolaient, à l'évidence, il se ressentait encore de la blessure et de l'opération. Pendant ce temps, une petite foule se rassemblait autour de Rahman et du commissaire. Le professeur donna quelques ordres, un Arabe s'éloigna en courant et revint avec un verre d'eau, un autre apporta une chaise de paille sur laquelle il obligea Montalbano à s'asseoir, celui-ci se sentait ridicule. L'eau le rafraîchit.

— Comment on dit, dans votre langue : Dieu est grand et miséricordieux ?

Rahman le lui dit. Montalbano s'efforça d'imiter les sons de la phrase, la petite foule rit de sa prononciation, mais la répéta en chœur.

***

Rahman partageait un appartement avec un collègue plus âgé, El Madani, qui, à ce moment, s'y trouvait.

Rahman prépara le thé à la menthe pendant que Montalbano expliquait les raisons de son malaise. De la découverte des deux jeunes gens assassinés au *crasticeddru*, Rahman ignorait tout, alors qu'El Madani en avait entendu parler.

— Ce qui m'intéresserait, si vous avez la courtoisie de me le dire, commença le commissaire, c'est jusqu'à quel point les objets disposés dans la grotte peuvent être rattachés à ce que dit la sourate. Sur le chien, il n'y a pas de doute.

— Il s'appelle Kytmyr, précisa El Madani, mais on l'appelle aussi Quotmour. Vous savez quoi ? Chez les Perses, ce chien, celui de la caverne, devint le gardien de la correspondance.

— Dans la sourate, il y a une écuelle pleine d'argent ?

— Non, il n'y en a pas parce que, dans la sourate, l'argent, les jeunes gens l'avaient en poche. Quand ils se réveillèrent, ils donnèrent à l'un d'entre eux des sous pour qu'il aille acheter les meilleurs mets possibles. Ils avaient faim. Mais l'envoyé fut trahi par le fait que ces pièces, non seulement n'avaient plus cours, mais valaient à présent une fortune. Et les gens le suivirent jusqu'à l'intérieur de la caverne, justement à la recherche de ce trésor : voilà comment les dormeurs furent découverts.

— L'écuelle, dans le cas qui m'occupe, s'explique néanmoins, dit Montalbano à Rahman, parce que le garçon et la fille ont été déposés nus dans la grotte et donc, il fallait bien mettre l'argent quelque part.

— D'accord, concéda El Madani, mais dans le

Coran, il n'est pas écrit qu'ils avaient soif. Et donc le récipient d'eau, par rapport à la sourate, ne correspond pas du tout.

— Je connais beaucoup de légendes sur les dormants, appuya Rahman, mais dans aucune, on ne parle d'eau.

— Combien étaient-ils à dormir dans la grotte ?

— La sourate reste dans le vague, peut-être le nombre ne compte-t-il pas : trois, quatre, cinq, six, à l'exclusion du chien. Mais l'opinion commune a fini par décider qu'ils étaient sept, et avec le chien, huit.

— Si ça peut vous être utile, sachez que la sourate reprend une légende chrétienne, celle des dormants d'Ephèse, dit El Madani.

— Il y a aussi un drame égyptien moderne, *Ahl al-khaf*, c'est-à-dire « les gens de la caverne », de l'écrivain Taufik al-Hakim. Là, les jeunes chrétiens, persécutés par l'empereur Decius, tombent dans un sommeil profond et se réveillent au temps de Théodose II. Ils sont trois, et avec eux, il y a le chien.

— Donc, conclut Montalbano, celui qui a mis les corps dans la grotte connaissait certainement le Coran et peut-être le drame de cet Egyptien.

— Monsieur le proviseur ? Montalbano, je suis. Je vous appelle de Mazara del Vallo et je vais partir pour Marsala. Pardonnez-moi ma hâte, je dois vous demander quelque chose de très important. Lillo Rizzitano savait l'arabe ?

— Lillo ? Allons donc !
— Il ne pourrait pas l'avoir étudié à l'université ?
— Je l'exclus.
— Il a passé une licence de quoi ?
— D'italien, avec le professeur Aurelio Cotroneo. Peut-être qu'il m'a dit le sujet de sa thèse, mais je l'ai oublié.
— Il avait des amis arabes ?
— Pas que je sache.
— Il y avait des Arabes à Vigàta, entre 1942 et 1943 ?
— Commissaire, les Arabes, il y en a eu à l'époque de leur domination et ils sont revenus de nos jours, les malheureux, pas comme dominateurs. A cette époque, il n'y en avait pas. Mais qu'est-ce qu'ils vous ont fait, les Arabes ?

Ils partirent en direction de Marsala qu'il faisait déjà sombre. Livia était contente et animée, la rencontre avec la femme de Valente lui avait fait plaisir. Au premier croisement, au lieu de tourner à droite, Montalbano prit à gauche, Livia s'en aperçut tout de suite et le commissaire fut obligé d'opérer un difficile demi-tour. Au deuxième croisement, Montalbano fit tout le contraire, au lieu d'aller à gauche, il bifurqua à droite, sans que Livia, toute à ce qu'elle disait, ne s'en aperçoive. Ebahis, ils se retrouvèrent à Mazara. Livia explosa.

— Il faut une de ces patiences, avec toi !

— Mais toi aussi, tu pouvais t'*addunaritìnni*, t'en apercevoir !

— Ne me parle pas en sicilien ! Tu n'as pas de parole, tu m'avais promis de partir de Vigàta après t'être vidé la tête de tes pensées, et en fait, tu continues à te perdre dans tes histoires.

— Excuse-moi, excuse-moi.

Il fit très attention durant la première demi-heure de route, puis, par traîtrise, la pensée lui revint : le chien concordait, l'écuelle de pièces aussi, mais pas la cruche. Pourquoi ?

Il ne réussit même pas à ébaucher une hypothèse, les phares d'un camion l'éblouirent, il comprit qu'il était trop déporté sur la gauche et que le choc éventuel serait épouvantable. Il donna un grand coup de volant, assourdi par le hurlement de Livia et le klaxon rageur du camion. Ils valdinguèrent sur la terre d'un champ labouré de frais puis l'auto s'immobilisa dans un fossé. Ils ne parlèrent pas, ils n'avaient rien à dire, Livia haletait. Montalbano eut la frousse à l'idée de ce qui allait arriver d'ici peu, dès que l'élue de son cœur aurait repris son souffle. Lâchement, il se rendit, sollicitant la compassion.

— Tu sais, je n'ai pas voulu te le dire avant pour ne pas t'effrayer, mais le fait est qu'après déjeuner, je me suis senti mal…

*
** *

Puis les événements hésitèrent entre la tragédie et un film de Laurel et Hardy. La voiture n'était plus disposée à bouger, fût-ce à coups de canon ; Livia s'enferma dans un mutisme méprisant ; à un certain moment, par crainte de noyer le moteur, Montalbano abandonna ses efforts pour sortir le véhicule du fossé. Il se trimbala les bagages, Livia le suivait à quelques pas. Un automobiliste eut pitié des deux malheureux abandonnés au bord de la route, il les conduisit à Marsala. Ayant laissé Livia à l'hôtel, il alla au commissariat, se présenta et avec l'aide d'un agent, réveilla le propriétaire d'une dépanneuse. Entre une chose et l'autre, quand il s'étendit à côté de Livia, qui s'agitait dans son sommeil, il était dans les quatre heures du matin.

22

Pour se faire pardonner, Montalbano se proposa d'être affectueux, patient, souriant et obéissant. Il y réussit si bien que Livia retrouva sa bonne humeur ; Mozia la fascina, elle s'émerveilla de la chaussée qui affleure sous la surface de l'eau et relie l'île à la côte, elle s'enchanta à la vue du sol d'une villa, mosaïque de cailloux fluviaux blancs et noirs.

— C'est le tophet, dit le guide. L'aire sacrée des Phéniciens. Il n'y avait pas de bâtiments, les rites se déroulaient à ciel ouvert.

— Les habituels sacrifices aux dieux et aux déesses ? demanda Livia.

— Au dieu au singulier, corrigea le guide, au dieu Baal Hammon. Ils lui sacrifiaient le premier-né, on l'étranglait et on le brûlait, on mettait ses restes dans un vase qu'on enfonçait dans la terre, avec une stèle à côté. Ici, on en a trouvé plus de sept cents.

— Oh, mon Dieu ! s'exclama Livia.

— Madame, en ce lieu, ça n'allait pas fort pour les enfants. Quand l'amiral Leptine, envoyé par Dionysos de Syracuse, a conquis l'île, ses habitants, avant de se rendre, égorgèrent leurs enfants. Et ainsi, pour une raison ou pour une autre, le destin voulait que les minots de Mozia passent un sale quart d'heure.

— Allons-nous-en tout de suite d'ici, dit Livia. Ne me parlez plus de ces gens.

*
* *

Ils décidèrent de partir pour Pantelleria et y passèrent six jours, enfin sans discussions ni disputes. C'était l'endroit rêvé pour qu'une nuit, Livia lui demande :

— Pourquoi on se marie pas ?
— Pourquoi pas ?

Ils décidèrent sagement d'y réfléchir sans se presser ; ce serait Livia qui aurait à y perdre, car cela signifierait pour elle s'éloigner de sa maison de Boccadasse, s'adapter à de nouveaux rythmes de vie.

*
* *

A peine l'avion qui emportait Livia eut-il décollé que Montalbano se précipita vers une cabine téléphonique pour appeler à Montelusa son ami Zito. Il lui communiqua un nom, obtint en réponse un numéro de téléphone de Palerme qu'il composa aussitôt.

— Le professeur Riccardo Lovecchio ?
— C'est moi.
— C'est notre ami commun Nicolò Zito qui m'a donné votre nom.
— Comment va ce méchant rouquin ? Ça fait longtemps qu'on s'est pas appelés.

Le haut-parleur qui invitait les passagers pour Rome à se présenter porte numéro tant lui donna une idée pour se faire recevoir tout de suite.

— Nicolò va bien et vous envoie le bonjour. Ecoutez, professeur, je m'appelle Montalbano, je me trouve à l'aéroport de Punta Ràisi et j'ai à ma disposition, en tout et pour tout, quatre heures avant de prendre un autre avion. Il faut que je vous parle.

Le haut-parleur répéta son invite, comme s'il était complice du commissaire, qui avait besoin d'une réponse et tout de suite.

— Ecoutez, vous êtes le commissaire Montalbano de Vigàta, celui qui a trouvé les deux jeunes assassinés dans la grotte ? Oui ? Alors ça, pour une coïncidence ! Vous savez qu'un de ces jours, j'aurais cherché à vous contacter ? Venez chez moi, je vous attends, prenez l'adresse.

— Moi, par exemple, j'ai dormi quatre jours et quatre nuits de suite, sans boire ni manger. Mon sommeil, il a été aidé par une vingtaine de joints, cinq baises et un coup sur la tête administré par la police. C'était en 68. Ma mère s'est inquiétée, elle voulait appeler un médecin, elle me croyait dans un coma profond.

Le professeur Lovecchio avait un petit air d'employé de banque, il ne faisait pas ses quarante-cinq ans, une petite lumière de folie brillait dans ses yeux. Il carburait au whisky sec à onze heures du matin.

— Dans mon sommeil, il n'y avait rien de miraculeux, poursuivit Lovecchio, pour arriver au miracle, il faut un petit somme qui dure au moins vingt ans. Dans le même Coran, dans la deuxième sourate, je crois, il est écrit qu'un individu, que les commentateurs identifient comme Ezra, dormit cent ans. Le prophète Salih, au contraire, se tapa vingt ans de sommeil, lui aussi dans une caverne, ce qui, à proprement parler, n'est pas vraiment un endroit commode pour dormir. Les juifs ne sont pas en reste, ils s'enorgueillissent, dans le Talmud hiérosolomyte, d'un certain Hammaagel qui, dans l'inévitable grotte, se tapa un somme de soixante ans. Et allons-nous oublier les Grecs ? Epiménide, dans une caverne, se réveilla au bout de cinquante ans. En somme, à cette époque, il suffisait de réunir une grotte et un type tombant de sommeil pour qu'il s'accomplisse un miracle. Les deux jeunes gens découverts, combien de temps ils ont dormi ?

— De 1943 à 1994, cinquante ans.

— Durée parfaite pour être réveillés. Cela compliquerait vos déductions si je vous disais qu'en arabe, on utilise le même verbe pour signifier aussi bien « dormir » que « mourir » ? Et qu'on utilise aussi le même mot pour « se réveiller » et « ressusciter » ?

— Professeur, je suis sous le charme, quand vous parlez, mais je dois prendre un avion, j'ai très peu de temps. Pourquoi aviez-vous pensé à vous mettre en contact avec moi ?

— Pour vous dire de ne pas vous faire baiser par le chien. Que le chien peut contredire la cruche, et vice versa. Je me suis fait comprendre ?

— Nullement.
— Vous voyez, l'origine de la légende des dormants n'est pas orientale, mais chrétienne. En Europe, c'est Grégoire de Tours qui l'a introduite. Il parle de sept jeunes d'Ephèse qui, pour échapper aux persécutions antichrétiennes de Decius, se réfugièrent dans une grotte où le Seigneur les endormit. La grotte d'Ephèse existe, on peut en trouver la reproduction jusque dans l'encyclopédie Treccani. On a construit au-dessus un sanctuaire qui a été détruit par la suite. Maintenant, la légende chrétienne raconte que dans la grotte, il y a une source d'eau. Donc les dormants, à peine réveillés, d'abord boivent et ensuite envoient l'un d'eux en quête de nourriture. Mais à aucun moment, dans la légende chrétienne, et aussi dans ses infinies variantes européennes, on ne parle de la présence d'un chien. Le chien, appelé Kytmyr, est une pure et simple invention poétique de Mahomet qui aimait les animaux au point de se couper une manche pour ne pas réveiller le chat qui dormait dessus.
— Je m'y perds, dit Montalbano.
— Mais il n'y a pas de quoi se perdre, commissaire ! Je voulais simplement vous dire que la cruche a été mise comme symbole de la source de la caverne d'Ephèse. Pour conclure : la cruche, qui appartient donc à la légende chrétienne, ne peut cohabiter avec le chien, qui appartient à l'invention poétique du Coran, que si l'on a une vision globale de toutes les variantes que les différentes cultures ont introduites... A mon avis, l'auteur de la mise en scène dans la grotte ne peut être qu'une personne qui, dans le cadre d'études...

Comme dans les bandes dessinées, Montalbano vit une ampoule s'allumer dans son cerveau.

*
* *

Il freina brutalement devant les bureaux de l'Antimafia, au point que le planton s'alarma et brandit sa mitraillette.

— Je suis le commissaire Montalbano ! cria-t-il en exhibant le premier document qui lui était tombé sous la main, son permis de conduire.

En soufflant, il courut au-devant d'un autre agent qui faisait fonction d'huissier.

— Prévenez le *dottor* De Dominicis que le commissaire Montalbano monte chez lui, vite !

Dans l'ascenseur, profitant qu'il était seul, Montalbano se décoiffa, dénoua son nœud de cravate, défit le bouton de son col. Il songea à se tirer un peu la chemise hors du pantalon, mais cela lui parut excessif.

— De Dominicis, j'y suis ! dit-il, le souffle court, en fermant la porte derrière lui.

— Où ça ? demanda De Dominicis, qui, alarmé par l'aspect du commissaire, se leva de son fauteuil doré dans son bureau doré.

— Si vous êtes disposé à me donner un coup de main, moi, je vous fais participer à une enquête qui…

Il s'arrêta. Se porta une main à la bouche comme pour s'empêcher de continuer.

— De quoi s'agit-il ? Une indication, au moins !

— Je ne peux pas, croyez-moi, je ne peux pas.

— Que devrais-je faire ?

— D'ici ce soir, au plus tard, je veux savoir quel a été le thème du mémoire de maîtrise d'italien de Calogero Rizzitano. Son professeur était un certain Cotroneo, je crois. Il a dû avoir sa maîtrise vers la fin 1942. L'objet du mémoire est la clé de tout, nous pouvons porter un coup mortel à la…

Il s'interrompit de nouveau, écarquilla les yeux, se récria, affolé :

— Je n'ai rien dit, hein ?

L'agitation de Montalbano se communiqua à De Dominicis.

— Comment faire ? Les étudiants, à cette époque, devaient être des milliers ! Et puis, il faudrait que les dossiers existent encore.

— Mais qu'est-ce que vous racontez ? Pas des milliers, des dizaines. A cette époque, justement, les jeunes étaient tous sous les drapeaux. C'est une chose facile.

— Alors, pourquoi vous ne vous en occupez pas, vous ?

— Ils me feraient sûrement perdre beaucoup de temps avec leur bureaucratie, alors qu'à vous, on ouvre grandes les portes.

— Où puis-je vous trouver ?

— Je retourne en vitesse à Vigàta, je ne peux pas perdre de vue certains développements. Dès que vous avez la nouvelle, appelez-moi. Chez moi, attention. Au bureau, non, il pourrait y avoir une taupe.

**

Il attendit jusqu'au soir le coup de fil de De Dominicis, qui n'arriva pas. Mais la chose ne l'inquiéta pas, il était certain que l'autre avait pité. A l'évidence, lui aussi avait rencontré quelques difficultés.

Le lendemain matin, il eut le plaisir de revoir Adelina, la femme de chambre.

— Pourquoi tu ne t'es pas montrée, ces jours-ci ?

— Comment, pourquoi ! répondit-elle en dialecte. Parce qu'à la dame, ça ne fait pas plaisir de me voir à la maison quand elle est là.

— Comment tu as su que Livia était partie ?

— Ça s'est su, au pays.

Tout, à Vigàta, on savait tout de tout le monde.

— Qu'est-ce que tu m'as acheté ?

— Je vous fis les pâtes aux sardines et les poulpes *alla carrettera*[1].

Délicieux, mais meurtrier. Montalbano l'embrassa.

Vers midi, le téléphone sonna et Adelina, occupée à nettoyer à fond l'appartement pour être certaine d'effacer toute trace de Livia, alla répondre.

— *Dutturi, lu voli u dutturi Didumminici.* (Docteur, le docteur De Dominicis vous demande.)

---

1. Sauce à la tomate et à l'oignon pilés avec du céleri. *(N.d.T.)*

Montalbano, qui était assis dans la véranda, à se relire pour la quinzième fois *Pylone* de Faulkner, se précipita. Avant de prendre en main le combiné, il mit rapidement au point un plan d'action pour que De Dominicis, une fois qu'il lui aurait livré l'information, lui lâche les baskets.

— Oui ? Allô ? Qui est à l'appareil ? demanda-t-il d'une voix fatiguée et désenchantée.

— Tu avais raison, ça a été facile. Calogero Rizzitano a eu sa licence le 13 novembre 1942. Prends-toi un crayon, le titre est long.

— Attendez que je trouve quelque chose pour écrire. De toute façon, pour ce que ça sert...

De Dominicis perçut l'avachissement dans la voix de son interlocuteur.

— Qu'est-ce que tu as ?

La complicité avait fait passer De Dominicis au tutoiement.

— Comment, qu'est-ce que j'ai ? Et c'est toi qui me le demandes ? Je t'avais dit que cette réponse, il me la fallait hier soir ! Maintenant, elle ne m'intéresse plus ! Tout a foiré à cause de ton retard !

— J'ai pas pu plus tôt, crois-moi.

— C'est bon, dicte.

— *Utilisation du latin macaronique dans la représentation sacrée des Sept Dormants du XVIe siècle.* Tu peux m'expliquer quel rapport ça a avec la mafia, un titre...

— Il y a un rapport ! Ça, pour avoir un rapport !

Sauf que maintenant, par ta faute, ça ne me sert plus à rien, sûr que je peux pas te remercier.

Il raccrocha et explosa en un très violent hennissement de joie. En écho, dans la cuisine, on entendit un bruit de verre fracassé : de peur, Adelina avait dû laisser échapper quelque chose. Il se mit à courir, sauta de la véranda sur la plage, exécuta une première cabriole, puis une roue, une deuxième cabriole, une deuxième roue. La troisième cabriole, il la rata et s'écroula, hors d'haleine, sur le sable. Adelina accourut de la véranda en poussant des cris en dialecte :

— Petite Madone belle ! Il est devenu fou ! Il a perdu la tête !

Montalbano, par pur scrupule, prit la voiture et se rendit à la bibliothèque communale de Montelusa.

— Je cherche une représentation sacrée, dit-il à la directrice.

Celle-ci, qui le connaissait comme commissaire, fut légèrement étonnée, mais ne dit rien.

— Tout ce que nous avons, expliqua-t-elle, ce sont les deux volumes du D'Ancona et les deux du De Bartholomaeis. Mais ces livres ne peuvent être prêtés, vous devrez les consulter ici.

La *Représentation des Sept Dormants*, il la dénicha dans le deuxième tome de l'encyclopédie de D'Ancona. C'était un texte bref, très naïf. La thèse de Lillo avait dû se développer autour du dialogue de deux docteurs hérétiques qui s'exprimaient dans un amusant latin macaronique. Mais ce qui intéressa le plus le commissaire, ce fut la longue préface de D'Ancona. Dans celle-ci, il y avait tout, la citation de la sourate du Coran, le cheminement de la légende dans les pays européens et africains, avec leurs mutations et leurs variantes. Le Pr Lovecchio avait raison : la sourate 18 du Coran, prise en elle-même, aurait fini par représenter un vrai casse-tête. Il fallait la compléter avec les acquisitions venues d'autres cultures.

— Je veux formuler une hypothèse et avoir votre approbation, dit Montalbano qui avait mis les Burgio au courant de ses dernières découvertes. Vous m'avez dit tous deux, avec une conviction extrême, que Lillo considérait Lisetta comme une sœur cadette, dont il était fou. Je ne me trompe pas ?

— Non, firent en chœur les deux vieux.

— Bien. Je vous pose une question. Pensez-vous que Lillo ait été capable de tuer Lisetta et son jeune amant ?

— Non, dirent les deux vieux sans l'ombre d'une hésitation.

— Je suis du même avis, dit Montalbano, justement parce que c'est Lillo qui a mis les deux morts, comment dire, dans les conditions d'une hypothétique résurrection. Celui qui tue ne veut pas que ses victimes ressuscitent.

— Bon, et alors ? demanda le proviseur.

— Si, dans une situation d'urgence, Lisetta lui avait

demandé l'hospitalité, pour elle et pour son fiancé, dans la villa des Rizzitano, au Crasto, selon vous, Lillo, comment se serait-il comporté ?

Mme Burgio ne perdit pas de temps à y réfléchir.

— Il aurait fait tout ce que lui demandait Lisetta.

— Alors, essayons d'imaginer ce qui ce passa durant ces journées de juin. Lisetta s'enfuit de Serradifalco, arrive sans encombre à Vigàta, retrouve Mario Cunich, le fiancé qui déserte ou plutôt, s'éloigne de son navire. Maintenant, le couple ne sait où se cacher, chez Lisetta, c'est comme se jeter dans la gueule du loup, c'est le premier endroit où son père ira la chercher. Elle demande son aide à Lillo Rizzitano, elle sait qu'il ne lui dira pas non. Celui-ci les reçoit tous deux dans la villa au pied du Crasto, où il vit seul parce que le reste de sa famille a été évacué. Qui tue les deux jeunes et pourquoi, nous ne le savons pas et peut-être ne le saurons-nous jamais. Mais que ce soit Lillo l'auteur de la sépulture de la grotte, là-dessus, nous ne pouvons avoir de doute, parce qu'il suit pas à pas et en même temps les deux versions, chrétienne et coranique. Dans les deux cas, les dormants se réveilleront. Que veut-il signifier, que veut dire cette mise en scène ? Il veut nous dire que les deux jeunes dorment et qu'un jour ils se réveilleront ou seront réveillés ? Ou peut-être espère-t-il justement ça, que ce soit quelqu'un dans l'avenir qui les découvre, les réveille. Par hasard, celui qui les a découverts, qui les a réveillés, ce fut moi. Mais, croyez-moi, j'aurais tellement préféré ne pas m'apercevoir de l'existence de cette grotte.

Il était sincère, et les deux vieillards le comprirent.

— Moi, je peux m'arrêter là. Ma curiosité personnelle, j'ai réussi à la satisfaire. Il me manque certains éléments, bien sûr, mais ceux que j'ai peuvent me suffire. Je pourrais m'en tenir là, comme je vous ai dit.

— Vous, ça vous suffit peut-être, dit Mme Angelina, mais moi, je voudrais le voir devant moi, l'assassin de Lisetta.

— Si tu dois le voir, ce sera en photo, dit le proviseur, ironique. Parce que maintenant, il y a quatre-vingt-dix-neuf probabilités sur cent pour qu'il soit mort et enterré pour avoir atteint la limite d'âge.

— Je m'en remets à vous, annonça Montalbano. Qu'est-ce que je fais ? Je continue ? Je m'arrête ? Décidez-le, vous ; ces meurtres n'intéressent plus personne, vous êtes peut-être l'unique lien que les morts ont encore avec cette terre.

— Moi, je vous dis de continuer, dit Mme Burgio sans barguigner.

— Moi aussi, dit le proviseur, s'alignant ainsi sur sa femme, après une pause.

A la hauteur de la Marinella, au lieu de s'arrêter et d'aller chez lui, il laissa la voiture poursuivre quasiment de sa propre volonté le long de la route côtière. Il y avait peu de circulation. En quelques minutes, il arriva au pied de la montagne du Crasto. Il descendit, attaqua la côte qui menait au *crasticeddru*. A portée de tir de la grotte, il s'assit dans l'herbe et s'alluma une cigarette. Il contempla le coucher de soleil, tandis que dans sa tête, ça turbinait : il sentait, obscurément, que Lillo était encore vivant, mais comment le faire sortir de sa tanière ? Comme l'obscurité commençait à tomber, il se dirigea vers sa voiture et alors, son œil s'arrêta sur le grand tunnel inutilisé, dont l'accès était depuis toujours barré de planches et de poutres. Juste à côté de l'entrée, il y avait un tas de tôles, et deux poteaux qui soutenaient un écriteau. Ses jambes partirent d'elles-mêmes avant même d'avoir reçu l'ordre de la coucourde. Il arriva essoufflé, la hanche endolorie par la course. L'écriteau disait : « ENTREPRISE DE CONSTRUCTIONS GAETANO NICOLOSI & FILS — PALERME — 33, VIA LAMARMORA — APPEL D'OFFRES POUR LA CONSTRUCTION D'UN TUNNEL CARROSSABLE — DIRECTEUR DES TRAVAUX ING. COSIMO ZIRRETTA — ADJOINT SALVATORE PERRICONE. » Suivaient d'autres indications auxquelles Montalbano ne s'intéressa pas.

Il se tapa une autre petite course jusqu'à sa voiture et partit en trombe pour Vigàta.

23

A l'entreprise de constructions Gaetano Nicolosi & Fils de Palerme, dont il s'était fait donner le numéro par les renseignements, personne ne répondit. Il était trop tard, les bureaux devaient être déserts. Montalbano insista longuement, en perdant peu à peu tout espoir. Après s'être soulagé par un chapelet de jurons, il se fit donner le numéro de l'ingénieur Cosimo Zirretta, en se disant que lui aussi était sans doute palermitain. Gagné.

— Ecoutez, je suis le commissaire Montalbano, de Vigàta. Comment avez-vous fait pour l'expropriation ?

— Quelle expropriation ?

— Celle des terrains que traversent la route et le tunnel que vous faites chez nous.

— Ecoutez, ça, ça ne relève pas de mes compétences. Moi, je m'occupe des travaux. Ou plutôt, je m'en occupais jusqu'à ce qu'une ordonnance judiciaire arrête tout.

— Alors, à qui je devrais parler ?

— A quelqu'un de l'entreprise.

— J'ai téléphoné, personne ne répond.

— Alors, voyez avec le commandeur Gaetano et son fils Arturo. Quand ils sortiront de l'Ucciardone.

— Ah bon ?
— Oui. Concussion et corruption.
— Je n'ai rien à espérer ?
— Si, la clémence des juges, qu'ils les fassent sortir au moins d'ici cinq ans. Je plaisante. Ecoutez, vous pourriez essayer avec l'avocat de l'entreprise, M^e Di Bartolomeo.

— Ecoutez, commissaire, il n'appartient pas à l'entreprise de s'occuper de la procédure d'expropriation. C'est du ressort de la commune sur le territoire de laquelle se trouve le terrain à exproprier.
— Et vous, alors, vous faites quoi ?
— Ça ne vous regarde pas.
Et l'avocat raccrocha. Il était un peu irrité, Di Bartolomeo : peut-être parce que son travail était de mettre les Nicolosi, père et fils, en dépit de leurs embrouilles, à l'abri des emmerdes et que cette fois, il n'avait pas réussi.

*
* *

Le bureau n'était pas ouvert depuis cinq minutes que le géomètre Tumminello vit apparaître devant lui le commissaire Montalbano, qui n'avait pas l'air calme. De fait, pour le commissaire, la nuit avait été agitée, il n'avait pas réussi à s'endormir et il l'avait passée à lire Faulkner. Le géomètre, qui avait un fils difficile, amateur de couillonnades, de baston et de motos, qui cette nuit même n'était pas rentré, blêmit et ses mains se mirent à trembler. Montalbano remarqua la réaction de l'autre à son apparition et il lui vint de mauvaises pensées : flic, il l'était, malgré ses bonnes lectures.

« Çui-là a quelque chose à cacher. »

— Qu'est-ce qu'il y a ? demanda Tumminello, prêt à s'entendre dire que son fils avait été arrêté.

Quoique, peut-être, c'était une chance, ou la moins pire des solutions : si ça se trouvait, il avait été égorgé par ses petits camarades.

— J'ai besoin d'un renseignement. Sur une expropriation.

La tension de Tumminello se relâcha visiblement.

— La frousse vous est passée ? ne put se retenir de lui balancer Montalbano.

— Oui, admit franchement le géomètre. Je suis inquiet pour mon fils. Cette nuit, il n'est pas rentré.

— Il le fait souvent ?

— Oui, vous comprenez, il fréquente des...

— Alors, ne vous inquiétez pas, coupa Montalbano qui n'avait pas de temps à perdre avec les problèmes des jeunes. J'ai besoin de voir l'acte de vente ou d'expropriation des terrains pour la construction du tunnel du Crasto. C'est votre boulot, non ?

— Oh que oui, mon bon monsieur. Mais inutile d'aller prendre les papiers, ce sont des choses que je connais. Dites-moi ce que vous voulez savoir en particulier.

— Ce qu'il en est des terres des Rizzitano.

— Je m'en doutais, dit le géomètre. Quand j'ai

appris d'abord la découverte des armes, puis celle des deux assassinés, je me duis dit : Mais ces endroits sont pas chez les Rizzitano ? Et je suis allé voir les papiers.

— Et qu'est-ce qu'ils disent, les papiers ?

— Je dois faire une déclaration préliminaire. Les propriétaires des terrains qui devaient être, disons-le comme ça, abîmés par les travaux de la route et du tunnel, étaient quarante-cinq.

— Eh, Madone !

— Vous comprenez, vous avez aussi un terrain comme un mouchoir de poche qui, par héritage, se retrouve avec cinq propriétaires. La notification ne peut se faire en bloc aux héritiers, il faut la faire parvenir à chacun en particulier. Quand on a obtenu le décret préfectoral, on a offert aux propriétaires un chiffre bas, puisqu'il s'agit pour la plus grande part de terres agricoles. Pour Calogero Rizzitano, propriétaire présumé, je veux dire qu'il n'y a pas d'acte de succession et que le père est mort intestat, nous avons dû invoquer l'article 143 du Code de procédure civile, celui qui concerne les ayants droit introuvables. Comme vous le savez, le 143 prévoit...

— Ça ne m'intéresse pas. Il y a combien de temps que vous avez fait cette notification ?

— Dix ans.

— Donc, il y a dix ans, Calogero Rizzitano était introuvable.

— Mais après aussi ! Parce que, sur les quarante-cinq propriétaires, quarante-quatre déposèrent un recours contre le prix que nous offrions. Et ils l'ont gagné.

— Le quarante-cinquième, celui qui n'avait pas déposé de recours, c'était Calogero Rizzitano.

— Exact. Nous avons mis de côté l'argent qui lui revient. Parce que, à tous égards, pour nous, il est encore vivant. Personne n'a déposé de demande pour qu'il soit réputé mort. Quand il réapparaîtra, il se prendra l'argent.

*
* *

Quand il réapparaîtra, avait dit le géomètre, mais tout laissait supposer que Lillo Rizzitano n'avait nulle envie de réapparaître. Ou, hypothèse plus probable, qu'il n'était plus en mesure de le faire. Le proviseur Burgio et lui considéraient comme acquis que Lillo, recueilli blessé à bord d'un camion militaire et emmené qui sait où la nuit du 9 juillet, s'en était sorti. Mais ils ignoraient la gravité de la blessure, non ? Il pouvait aussi bien être mort durant le voyage ou à l'hôpital, si même on l'avait emmené à l'hôpital. Pourquoi s'obstiner à vouloir donner corps à une ombre ? Peut-être que les deux morts du *crasticeddru* étaient, au moment de leur découverte, dans un meilleur état que celui où se trouvait depuis longtemps Lillo Rizzitano. En plus de cinquante ans, pas un mot, pas une ligne. Rien. Rien non plus quand on lui a réquisitionné sa campagne, quand on lui a abattu les ruines de la villa, son bien. Les méandres du labyrinthe où le commissaire s'était aventuré se terminaient maintenant devant un mur, et peut-être que ledit labyrinthe se montrait généreux avec lui, en lui interdisant de poursuivre, en l'arrêtant devant la solution la plus logique, la plus naturelle.

*
* *

Léger, le dîner, mais entièrement cuisiné avec ce doigté que le Seigneur ne concède que rarement, à quelques élus. Montalbano ne remercia pas l'épouse du questeur, il se contenta de la regarder avec des yeux de chien errant auquel on vient d'accorder une caresse. Puis les deux hommes se retirèrent dans le cabinet de travail pour bavarder. L'invitation du questeur avait été pour lui comme une bouée lancée à quelqu'un qui se noie, non pas dans la tempête, mais dans le calme plat de la *luffìa*, de l'ennui.

D'abord, ils parlèrent de Catagne et ils convinrent que la communication de l'enquête sur Brancato à la questure catanaise avait obtenu comme premier résultat l'élimination du suspect.

— Nous sommes une vraie passoire, dit amèrement le questeur. Nous ne pouvons pas faire un pas sans que nos adversaires le sachent. Brancato a fait tuer Ingrassia qui s'agitait trop, mais quand ceux qui tirent les ficelles ont su que nous avions Brancato dans le collimateur, ils se sont occupés de l'éliminer et ainsi, la piste que nous suivions à grand-peine a été opportunément effacée.

Il était nerveux, cette histoire des taupes disséminées un peu partout le blessait plus que la trahison de quelqu'un de sa famille.

Puis, après une longue pause durant laquelle

Montalbano ne rouvrit pas la bouche, le questeur demanda :

— Où en sont vos investigations sur les morts du *crasticeddru* ?

Au ton de son supérieur, le commissaire se rendit compte que celui-ci considérait l'enquête comme un défoulement, un passe-temps qu'on lui concédait avant de revenir aux choses sérieuses.

— J'ai réussi à savoir aussi son nom à lui, dit-il pour prendre sa revanche sur le questeur, qui sursauta, étonné et intéressé.

— Vous êtes formidable ! Racontez-moi.

Montalbano lui raconta tout, jusqu'à la comédie qu'il avait jouée à De Dominicis, et le questeur s'en amusa beaucoup. Le commissaire conclut sur une espèce de constat de faillite : la recherche, désormais, n'avait plus de sens, dit-il, pour cette raison au moins que Lillo Rizzitano était peut-être mort.

— Mais, dit le questeur, après y avoir réfléchi, quand on a la volonté de disparaître, on y réussit. Combien de cas on a eu de gens apparemment disparus dans le néant et puis, à l'improviste, les voilà de retour ? Je ne voudrais pas citer Pirandello, mais au moins Sciascia. Vous avez lu son petit livre sur la disparition du physicien Majorana ?

— Bien sûr.

— Majorana, moi, je m'en suis convaincu, comme s'en était aussi convaincu Sciascia, au fond, a voulu disparaître et il a réussi. Ce n'était pas un suicide, il était trop croyant.

— Je suis d'accord.

— Et puis, est-ce qu'on n'a pas eu tout récemment le cas de ce professeur d'université sorti un matin de chez lui et jamais plus retrouvé ? Tout le monde l'a recherché, police, carabiniers, jusqu'à ses élèves qui l'aimaient beaucoup. Il avait programmé sa disparition et il l'a réussie.

— C'est vrai, acquiesça Montalbano.

Puis il réfléchit sur leur échange et dévisagea son supérieur.

— On dirait que vous m'incitez à continuer, alors qu'en une autre occasion, vous m'avez reproché de m'occuper de cette affaire.

— Quel rapport ? Aujourd'hui, vous êtes en convalescence, l'autre fois, vous étiez en service. Il y a une belle différence, il me semble, répondit le questeur.

Il rentra chez lui, arpenta les pièces. Après la rencontre avec le géomètre, il avait quasiment décidé d'envoyer balader tout ça, après s'être persuadé que Rizzitano se mangeait les pissenlits par les racines. Mais le questeur le lui avait pour ainsi dire ressuscité. Les premiers chrétiens n'utilisaient-ils pas le mot *dormitio*, sommeil, pour la mort ? Il était fort possible que Rizzitano se soit mis en sommeil, comme disent les francs-maçons. Oui, mais s'il en était ainsi, il était nécessaire de trouver un moyen de le faire ressortir du puits profond dans lequel il s'était tapi. Mais il fallait frapper fort, pour qu'il y ait beaucoup de bruit, que les journaux en parlent, et la télévision dans toute l'Italie.

Le commissaire devait faire un coup. Mais lequel ? Il fallait renoncer à la logique, laisser libre cours à son imagination.

Il était trop tôt, onze heures, pour aller se coucher. Montalbano s'étendit sur le lit tout habillé, pour lire *Pylone*.

« A minuit, cette nuit, la recherche du corps de Roger Shumann, le pilote de course qui coula dans le lac durant l'après-midi de samedi, fut définitivement abandonnée par le biplane militaire à trois places, d'environ quatre-vingts chevaux, qui manœuvra de manière à voler au-dessus de l'eau et à revenir sans incident après avoir laissé tomber une couronne de fleurs dans l'eau approximativement à trois quarts de mille du lieu où l'on supposait que le corps de Shumann… »

Il ne manquait plus que quelques lignes à la conclusion du roman, mais le commissaire se redressa sur le lit, avec un regard de possédé.

— C'est une folie, dit-il, mais je vais la faire.

— Mme Ingrid est là ? Je sais qu'il est tard, mais je dois lui parler.

— Pas maison madame. Toi dire, moi écrire.

Les Cardamone avaient la spécialité d'aller se chercher leurs femmes de chambre dans des endroits où même Tristan da Cunha n'avait pas eu le courage de mettre le pied.

— *Manau Tupapau*, dit le commissaire.
— Rien comprendre.

Il avait cité le titre d'un tableau de Gauguin, il était à exclure que la bonne fût de Polynésie ou des environs.

— Toi prête à écrire ? Mme Ingrid téléphoner M. Montalbano quand elle rentrer maison.

Ingrid arriva à la Marinella qu'il était deux heures passées, en robe de bal fendue jusqu'au cul. Elle n'avait pas cillé quand le commissaire avait demandé à la voir tout de suite.

— Excuse-moi, mais je n'ai pas voulu perdre de temps à me changer. J'ai été à une réception super-emmerdante.

— Qu'est-ce que tu as ? Ta tête ne me dit rien qui vaille. C'est seulement parce que tu t'es emmerdée à la réception ?

— Non, tu as deviné. Mon beau-père a recommencé à me casser les pieds. L'autre matin il s'est pointé dans ma chambre quand j'étais encore au lit. Il voulait me sauter tout de suite. J'ai réussi à le convaincre de s'en aller en le menaçant de me mettre à crier.

— Alors, il va falloir s'en occuper, dit le commissaire en souriant.

— Et comment ?
— On va lui remettre une dose.

Sous le regard interrogateur d'Ingrid, il ouvrit un tiroir de son bureau qui fermait à clé, en sortit une enveloppe, la lui tendit. En voyant les photos qui la montraient en train de se faire baiser par son beau-père, la jeune femme blêmit, rougit.

— C'est toi qui les as prises ?

Montalbano joua son va-tout ; s'il lui disait que c'était une femme qui avait fait les photos, Ingrid risquait de lui flanquer des coups de couteau.

— Oui, c'est moi.

La violente engueulade de la Suédoise lui cassa les oreilles mais il s'y attendait.

— J'en ai déjà envoyé trois à ton beau-père, il a eu la frousse et a arrêté un moment de t'emmerder. Maintenant, je lui en envoie trois autres.

Ingrid bondit, son corps se colla à celui de Montalbano, ses lèvres forcèrent celles de l'homme, sa langue alla caresser l'autre. Montalbano sentit ses genoux flageoler, heureusement, Ingrid s'écarta.

— Du calme, du calme, dit-elle. C'était juste un remerciement.

Derrière trois photos choisies personnellement par Ingrid, Montalbano écrivit : « DEMISSIONNE DE TOUTES TES FONCTIONS OU LA PROCHAINE FOIS TU PASSES A LA TELEVISION. »

— Les autres, je me les garde ici, dit le commissaire. Fais-moi savoir quand tu en as besoin.

— J'espère le plus tard possible.

— Demain matin, je les lui expédie et en plus, je lui fais un coup de fil anonyme qu'il lui vient un infarctus. Maintenant, écoute-moi, je dois te raconter une longue histoire. Et à la fin, je te demanderai un coup de main.

※

Il se leva à sept heures parce que, après le départ d'Ingrid, il n'avait pas réussi à fermer l'œil. Dans le miroir, il avait le visage fatigué, peut-être encore plus que quand on lui avait tiré dessus. A l'hôpital, où il lui fallait subir une visite de contrôle, on le trouva en parfaite condition ; des cinq médicaments qu'on lui avait donnés, on ne lui en laissa plus qu'un à prendre. Puis il se rendit à la Caisse d'Epargne de Montelusa, où il demanda un entretien privé avec le directeur.

— J'ai besoin de dix millions de lires.
— Vous les avez sur votre compte ou est-ce qu'il vous faut un prêt ?
— Je les ai.
— Alors, excusez-moi, où est le problème ?
— Le problème est qu'il s'agit d'une opération de police que je veux faire avec mon argent, sans risquer celui de l'Etat. Si je vais maintenant à la caisse demander dix millions en billets de cent mille, ça va se remarquer, donc il faut que vous m'aidiez.

Compréhensif, et fier de participer à une opération de police, le directeur se mit en quatre.

※

Ingrid arrêta sa voiture à la hauteur de celle du commissaire juste sous le panneau qui, à la sortie de

Montelusa, indiquait la voie rapide pour Palerme. Montalbano lui donna l'enveloppe gonflée par les dix millions, elle la glissa dans un sac à main.

— Téléphone-moi chez moi, dès que tu as fini. Et ne te fais pas piquer ton sac, je t'en prie.

Elle sourit, lui envoya un baiser de la pointe des doigts, démarra.

*
*

A Vigàta, il se réapprovisionna en cigarettes. Comme il sortait du tabac, il aperçut une grande affiche à caractères noirs sur fond vert, encore humide de colle. Elle invitait les habitants de la ville à assister à la grande compétition de motocross qui se tiendrait dimanche, à partir de quinze heures, au lieu-dit « plaine du *crasticeddru* ».

Une coïncidence pareille, il ne l'avait pas un instant espérée. « Tu veux voir, songea-t-il, que le labyrinthe s'est pris de compassion et qu'il est en train de m'ouvrir un nouveau chemin ? »

24

La « plaine du *crasticeddru* », qui s'étendait à partir de l'éperon rocheux, ne se le rêvait même pas, d'être une plaine : vallonnements, pics, marécages en faisaient le lieu idéal d'une compétition de motocyclisme champêtre. La journée donnait décidément un avant-goût de l'été et les gens n'attendirent pas trois heures après déjeuner pour aller sur la plaine ; ils arrivèrent dès la fin de la matinée, avec pépé, mémé, les minots, les marmots et tous les autres dans le dessein de prendre bien du plaisir, non pas tant à la compétition qu'à une partie de campagne.

Dans la matinée, Montalbano avait téléphoné à Nicolò Zito.

— Tu viens à la course de motocross de cet après-midi ?

— Moi ? Et pourquoi ? D'ici, on a envoyé un chroniqueur sportif et un cadreur.

— Non, je proposais qu'on y aille ensemble, toi et moi, pour s'amuser.

***

Ils arrivèrent à la plaine vers trois heures et demie,

qu'on ne parlait même pas de commencer la course, mais il y avait un fracas assourdissant produit principalement par les moteurs des motos, une cinquantaine, qu'on essayait et qu'on faisait chauffer, et par les haut-parleurs qui diffusaient à plein volume des musiques tonitruantes.

— Mais depuis quand tu t'intéresses au sport? demanda Zito, ébahi.

— Ça me prend de temps en temps.

Pour parler, bien qu'ils fussent à ciel ouvert, il leur fallait hausser la voix. De sorte que, quand le petit avion de tourisme qui tirait derrière lui une banderole publicitaire apparut au-dessus de la cime du *crasticeddru*, peu nombreux furent ceux qui s'en aperçurent, car le bruit de l'appareil, qui fait d'ordinaire instinctivement lever les yeux, ne parvenait pas aux oreilles des gens. Peut-être le pilote comprit-il qu'ainsi, il n'arriverait jamais à attirer l'attention. Alors, après avoir effectué trois tours autour du sommet, il pointa vers la plaine, sur la foule, plongeant avec élégance, passant à très basse altitude au-dessus des têtes. Pratiquement, il obligea à lire la banderole et à la suivre des yeux pendant que, après s'être légèrement cabré, il repassait encore trois fois au-dessus de la cime, descendait jusqu'à presque toucher terre devant l'entrée ouverte de la grotte, laissait tomber une pluie de pétales de roses. La foule se tut, tout le monde pensait aux morts du *crasticeddru* tandis que l'avion virait, revenait en rase-mottes, laissant tomber cette fois une myriade de petits billets. Si l'incription sur la banderole avait soulevé une grande curiosité, étant donné qu'elle ne parlait ni d'une boisson ni d'une fabrique de meubles, mais portait seulement deux noms, Lisetta et Mario, la lecture des petits billets, tous semblables, plongea l'assistance dans un tourbillon de supputations, d'hypothèses, de tentatives frénétiques pour deviner. Qu'est-ce que ça voulait dire : « Lisetta et Mario annoncent leur réveil » ? Il ne s'agissait pas de la publication de bans, ni d'un baptême. Alors ? Au milieu d'un océan de questions, une chose au moins était tenue pour assurée : que l'avion, les pétales, les petits billets, la banderole, avaient un rapport avec les morts du *crasticeddru*.

Puis la compétition commença et l'attention fut détournée, on commença à regarder la course. Quand l'avion s'était mis à répandre les pétales, Nicolò Zito avait dit à Montalbano de ne pas bouger et avait disparu dans la foule.

Il revint au bout d'un quart d'heure, suivi du cadreur de « Retelibera ».

— Tu m'accordes une interview ?
— Volontiers.

Ce fut justement cette disponibilité inattendue de Montalbano qui confirma au journaliste le soupçon qu'il avait en tête, à savoir que dans cette histoire de l'avion, Montalbano était impliqué jusqu'au cou.

— Nous avons assisté tout à l'heure, au cours des préparatifs de la course de motocross qui est en train de se dérouler à Vigàta, à un événement extraordinaire. Un petit avion publicitaire... (Et là, il décrivit ce qui venait de se passer.) Comme, par un heureux hasard, le commissaire Salvo Montalbano était présent, nous voulons lui poser quelques questions. Selon vous, qui sont Lisetta et Mario ?

— Je pourrais éluder votre question, dit sans détour le commissaire, en assurant que je n'en sais rien, qu'il s'agit peut-être de jeunes mariés qui ont voulu fêter leur union d'une manière originale. Mais je serais contredit par le contenu des billets qui ne parle pas de mariage mais de réveil. Je réponds donc honnêtement à votre demande : Lisetta et Mario sont les prénoms des deux jeunes gens découverts assassinés à l'intérieur de la grotte du *crasticeddru*, l'éperon rocheux que vous avez devant vous.

— Mais que signifie tout cela ?

— Je ne saurais vous le dire, il faudrait le demander à la personne qui a organisé le vol.

— Comment avez-vous fait pour identifier les deux morts ?

— Par hasard.

— Vous pouvez nous dire leurs noms de famille ?

— Non. Je les connais, mais je ne vous les dirai pas. Je peux vous révéler qu'elle, c'était une jeune fille de la région, et lui un marin du Nord. J'ajoute que la personne qui a voulu rappeler si clairement la découverte des deux corps, qu'il définit comme un réveil, a oublié que le chien, lui aussi, le pauvre, avait un nom ; il s'appelait Kytmyr, c'était un chien arabe.

— Mais pourquoi l'assassin aurait-il organisé cette mise en scène ?

— Un moment ; qui dit que l'assassin et la personne qui a fait la mise en scène soient une seule et même personne ? Moi, par exemple, je ne le crois pas.

— Je fonce monter le sujet, annonça Nicolò Zito après lui avoir envoyé un regard étrange.

Puis arrivèrent ceux de « Televigàta », du journal régional de la RAI, des autres télés privées. A toutes les questions, Montalbano répondit avec courtoisie et une aisance, eu égard au personnage, fort peu naturelle.

Pris d'une faim virulente, il s'empiffra à l'auberge *San Calogero* de hors-d'œuvre de la mer, avant de se précipiter chez lui, où il alluma la télévision, qu'il régla sur « Retelibera ». En racontant le passage du mystérieux appareil, Nicolò Zito en rajouta des louches, et gonfla la nouvelle par tous les moyens à sa disposition. Ce qui fit monter la mayonnaise, ce ne fut pas tant son interview, diffusée dans son intégralité, que celle, qui constitua une surprise pour le commissaire, du directeur de l'agence Publi-2000 de Palerme, que Zito avait facilement repérée, étant donné qu'elle était la seule, en Sicile occidentale, à disposer d'un avion publicitaire.

Le directeur, encore manifestement ému, dit qu'une jeune femme très belle, Jésus quelle femme ! on aurait dit qu'elle était pas réelle, on aurait dit… visiblement étrangère parce qu'elle parlait mal l'italien (j'ai dit « mal » ? Je me suis trompé, sur ses lèvres, on aurait cru du miel)… non sur sa nationalité, il ne pouvait pas être précis, allemande ou anglaise, quatre jours auparavant, elle s'était présentée à l'agence (Mon Dieu ! une apparition !) et avait demandé à louer l'avion. Elle avait expliqué minutieusement ce qui devait être écrit sur la banderole et sur les billets. Oui, c'était elle qui avait voulu les pétales de rose. Ah, sur tout cela, elle avait été d'une minutie ! Très précise. Le pilote, de lui-même, raconta le directeur, avait pris une initiative : au lieu d'envoyer les billets au hasard sur la côte, il avait préféré les laisser tomber sur une foule qui suivait une course. La dame (« Sainte Madone, mieux vaut que je n'en parle plus, que sinon ma femme me tue ! ») avait payé une avance en liquide, la facture, elle se l'était fait faire au nom de Rosemarie Antwerpen et l'adresse était à Bruxelles. Lui, il n'avait rien demandé d'autre à l'inconnue (« Seigneur ! ») et puis pourquoi aurait-il dû ? Cette dame ne lui demandait pas de lâcher une bombe ! Elle était si belle ! Et délicate ! Et gentille ! Et comme elle souriait ! Un rêve.

Montalbano se régala. Il l'avait bien recommandé, à Ingrid :

— Tu dois te faire encore plus belle. Comme ça, les gens, quand ils te voient, ils ne comprennent plus rien.

Sur la mystérieuse et très belle femme, « Televigàta » s'était déchaînée, en l'appelant « Néfertiti ressuscitée » et en construisant une histoire fantastique qui mélangeait les pyramides et le *crasticeddru*, mais il était clair que la chaîne était à la remorque des nouvelles données par Nicolò Zito sur la station concurrente. Même l'édition régionale de la RAI s'intéressa largement à l'affaire.

Le tohu-bohu, le tumulte, le retentissement que Montalbano avait recherché, il était en train de l'obtenir, l'idée qu'il avait eue se révélait bonne.

— Montalbano, le questeur à l'appareil. A l'instant, je viens d'apprendre le coup de l'avion. Je vous félicite, une idée géniale.

— Le mérite vous en revient, c'est vous qui m'avez dit d'insister, vous vous souvenez ? J'essaie de pousser notre homme hors de sa tanière. S'il ne se manifeste pas dans un délai raisonnable, cela veut dire qu'il n'est plus parmi nous.

— Bonne chance. Tenez-moi au courant. Ah, naturellement, c'est vous qui avez payé l'avion ?

— Bien sûr. J'attends avec confiance la gratification promise.

— Commissaire, le proviseur Burgio à l'appareil. Ma femme et moi sommes restés admiratifs devant votre initiative.

— Espérons que ça marche.

— S'il vous plaît, commissaire : si par hasard Lillo devait se manifester, faites-le-nous savoir.

*
**

Au journal de minuit, Nicolò Zito donna plus de place encore à la nouvelle, en montrant les photos des deux morts du *crasticeddru*, avec des zooms sur chaque détail.

« Aimablement fournies par le diligent Jacomuzzi », pensa Montalbano.

Zito isola le corps du jeune homme qu'il appelait Mario, puis celui de la jeune fille qu'il nommait Lisetta, montra l'avion qui avait dispersé des pétales de rose et fit un gros plan sur le message des petits billets. A partir de là, il commença à concocter une histoire aussi mystérieuse que lacrymogène, qui ne correspondait pas au style de « Retelibera », mais plutôt à celui de « Televigàta ». Pourquoi les deux jeunes amants avaient-ils été tués ? Quel triste destin les avait conduits à finir ainsi ? Qui les avait si pieusement disposés dans cette grotte ? Peut-être la très belle femme qui s'était présentée à l'agence de publicité resurgissait-elle du passé pour réclamer vengeance au nom des tués ? Et quels liens y avait-il entre la très belle et les deux jeunes gens d'il y a cinquante ans ? Quel sens avait le mot « réveil » ? Pourquoi le commissaire avait-il été en mesure de donner un nom même au chien de terre cuite ? Que savait-il de ce mystère ?

— Salvo ? C'est Ingrid. J'espère que tu n'as pas pensé que je m'étais enfuie avec ton argent.
— Mais qu'est-ce que tu racontes ! Pourquoi, il t'en est resté ?
— Oui, ça m'a coûté moins de la moité de ce que tu m'avais donné. Le reste, je l'ai, je te le rendrai dès que je serai de retour à Montelusa.
— D'où m'appelles-tu ?

— De Taormine. J'ai fait une rencontre. Je rentre d'ici quatre ou cinq jours. J'ai été bien ? Ça s'est passé comme tu le voulais ?

— Tu as été très très bien. Amuse-toi.

— Montalbano ? C'est Nicolò. Ça t'a plu, les émissions ? Remercie-moi.

— De quoi ?

— J'ai fait exactement ce que tu voulais, toi.

— Moi, je ne t'ai rien demandé.

— C'est vrai, directement non. Sauf que je suis pas idiot, j'ai compris que tu voulais qu'on donne le maximum de publicité à l'histoire, en la présentant de manière à passionner les gens. J'ai dit des choses dont j'aurai honte jusqu'à la fin de ma vie.

— Merci, même si je ne sais pas, je te le répète, la raison du remerciement que tu me demandes.

— Tu sais quoi ? Notre standard a été tout de suite assiégé. L'émission a été demandée par la RAI, par la Fininvest, par l'Ansa, par tous les journaux italiens. Tu as réussi un joli coup. Je peux te poser une question ?

— Bien sûr.

— Ça t'a coûté combien, la location de l'avion ?

Il dormit splendidement, comme on dit que dorment les dieux satisfaits de leur œuvre. Le possible, et même l'impossible, il l'avait fait ; maintenant, il ne restait plus qu'à attendre la réaction, le message avait été lancé, de manière que quelqu'un en déchiffre le code, pour parler comme Alcide Maraventano. Le premier coup de fil arriva à sept heures du matin. C'était Luciano Acquasanta, du *Mezzogiorno*, qui voulait être confirmé dans son opinion. N'était-il pas possible que les deux jeunes gens aient été sacrifiés au cours d'un rite satanique ?

— Pourquoi pas ? répondit Montalbano, plein de courtoisie et ouvert à toutes les possibilités.

Le deuxième appel, il le reçut un quart d'heure plus tard. La théorie de Stefania Quattrini, de la revue *Etre femme*, était que Mario, alors qu'il faisait l'amour avec Lisetta, avait été surpris par une autre femme jalouse — on sait comment ils sont, les marins, non ? — qui les avait zigouillés tous les deux. Puis elle s'était enfuie à l'étranger, mais sur son lit de mort, elle s'était confiée à sa fille, laquelle, à son tour, avait révélé à sa fille la faute de la grand-mère. La jeune fille, en guise de réparation, était venue à Palerme — elle parlait avec un accent étranger, non ? — combiner l'histoire de l'avion.

— Pourquoi pas ? répondit Montalbano, plein de courtoisie et ouvert à toutes les possibilités.

L'hypothèe de Cosimo Zappalà, de l'hebdomadaire *Vivere !* lui fut communiquée à sept heures vingt-cinq. Lisetta et Mario, ivres d'amour et de jeunesse, avaient l'habitude de se promener, nus comme Adam et Eve, à travers la campagne, en se tenant par la main. Un jour funeste, surpris par un détachement d'Allemands qui battaient en retraite, ivres eux aussi, mais de peur et de férocité, les deux jeunes avaient été violés et tués. Sur son lit de mort, un des Allemands… Et ici, l'histoire, curieusement, se rattachait à celle de Stefania Quattrini.

— Pourquoi pas ? répondit Montalbano, plein de courtoisie et ouvert à toutes les possibilités.

A huit heures, Fazio frappa à la porte. Comme il lui avait été ordonné la veille au soir, il apportait l'ensemble des quotidiens arrivant à Vigàta. Tout en continuant à répondre aux appels, le commissaire les feuilleta. Tous, avec plus ou moins d'insitance, rapportaient la nouvelle. Le titre qui le divertit le plus fut celui du *Corriere* : « Un commissaire identifie un chien de terre cuite mort voilà cinquante ans. » Tout faisait vendre, l'ironie aussi.

Adelina s'étonna qu'il ne soit pas sorti, comme il le faisait toujours.

— Adelina, à la maison, je vais rester quelques jours, j'attends un coup de fil important. Donc, essaie de me rendre confortable cette période de siège.

— Je n'y compris rien, à ce que vous dites.

Montalbano lui expliqua alors qu'elle avait la charge de lui alléger sa réclusion volontaire par un surcroît de fantaisie dans la préparation du déjeuner et du dîner.

Vers dix heures, Livia lui téléphona.

— Mais qu'est-ce qui se passe ? Le téléphone est toujours occupé.

— Excuse-moi, c'est que je reçois un tas de coups de fil à cause d'un événement que…

— Je le connais, l'événement. Je t'ai vu à la télévision. Tu étais désinvolte, la parole facile, tu ne te ressemblais pas. Ça se voit que quand je ne suis pas là, tu vas mieux.

*
* *

Il appela Fazio au bureau pour le prier de lui apporter le courrier et de lui acheter une rallonge de téléphone. Le courrier, ajouta-t-il, il faudrait le lui apporter chez lui chaque jour, à peine arrivé. Et qu'on fasse passer le mot : à quiconque le demandait, le standardiste devait donner son numéro privé sans faire de manières.

Une heure n'était pas passée que Fazio se pointa avec deux cartes postales sans importance et la rallonge.

— Qu'est-ce qu'on raconte, au bureau ?

— Qu'est-ce que vous voulez qu'on raconte ? Rien. C'est vous qui vous attirez les grosses affaires. Le *dutturi* Augello, au contraire, il se ramasse les conneries, les vols à la tire, les petits casses, quelques castagnes.

— Qu'est-ce que ça veut dire, que je m'attire les grosses affaires ?

— Ça veut dire ce que je dis. Ma femme, parésempe, elle a la trouille des rats. Eh bé, croyez-moi, elle se les appâte. Où qu'elle aille, les rats arrivent.

Cela faisait quarante-huit heures qu'il était en laisse comme un chien, son champ d'action s'étendait à ce que lui permettait la longueur de la rallonge, il ne lui était donc permis ni de se balader au bord de la mer, ni de se taper une petite course. Le téléphone, il se l'emmenait partout, même quand il allait aux cabinets, et de temps en temps, manie qui l'avait pris au bout de vingt-quatre heures, il soulevait le combiné et se le collait à l'oreille pour vérifier qu'il fonctionnait. Au matin du troisième jour, une pinsée lui vint : « A quoi bon, se demanda-t-il en dialecte, te laver, si tu sors pas ? »

La pinsée suivante, strictement liée à la première, fut : « Et alors, quel besoin de se raser ? »

Le matin du quatrième jour, sale, hirsute, pantoufles aux pieds, sans s'être changé de chemise depuis le début, il effraya Adelina.

— Très Sainte Marie ! s'écria-t-elle en dialecte, *dutturi*, qu'est-ce qu'il vous arriva ? Qu'est-ce qu'il y a, vous êtes malade ?

— Oui.

— Pourquoi vous n'appelez pas le médecin ?

— Ma maladie ne regarde pas *u medicu*.

C'était un très grand ténor, acclamé dans le monde entier. Ce soir-là, il devait chanter à l'Opéra du Caire, ce vieux théâtre n'avait pas encore pris feu, il savait très bien que d'ici quelque temps, les flammes le dévoreraient. Il avait demandé à un employé de l'avertir dès que M. Gegè aurait occupé sa loge, cinquième à droite au deuxième étage. Il était en costume, on avait terminé la finition du maquillage. Il entendit : « Qui est en scène ? » Il ne bougea pas, l'employé arriva, hors d'haleine, pour lui dire que M. Gegè — qui n'était pas mort, on le savait, il s'était échappé au Caire — ne s'était pas encore présenté. Il se précipita sur la scène, regarda dans la salle à travers un trou dans le rideau : le théâtre était bondé, la seule loge vide était la cinquième à droite, au deuxième étage. Alors, il prit aussitôt une décision, il retourna dans sa loge, se débarrassa de son costume et remit ses habits, en gardant intact le maquillage, une longue barbe grise, des sourcils épais et blancs. Personne ne le reconnaîtrait et donc, il ne chanterait plus. Il comprenait très bien que sa carrière était finie, qu'il devrait s'arranger pour survivre, mais il n'y pouvait rien : sans Gegè, il ne pouvait pas chanter. Il se réveilla trempé de sueur. A sa manière, il s'était concocté un classique rêve freudien, celui de la loge vide. Qu'est-ce que ça voulait dire ? Que l'attente inutile de Lillo Rizzitano lui bousillerait l'existence ?

— Commissaire ? C'est M. Burgio, le proviseur. Voilà un moment que nous ne nous sommes pas parlé. Vous avez des nouvelles de notre ami commun ?
— Non.

Monosyllabique, rapide, au risque de paraître discourtois. Il fallait décourager les longs appels et les coups de fil inutiles, si Rizzitano se décidait, en tombant sur une ligne occupée, il risquait de changer d'avis.

— Je pense que désormais, la seule manière qu'il nous reste de parler avec Lillo, pardonnez-moi la mauvaise plaisanterie, c'est de faire tourner les tables.

**
* **

Il eut une grosse engueulade avec Adelina. La bonne venait d'entrer dans la cuisine quand il l'entendit pousser des cris. Puis il la vit surgir dans la chambre à coucher.

— Mon bon monsieur, vous ne mangeâtes ni hier midi ni hier soir !

— J'avais pas d'appétit, Adelì.

— Moi, je me tue de labeur à vous faire des choses goûteuses et vous, mon bon monsieur, vous les dédaignez !

— Je ne les dédaigne pas, mais je te l'ai dit : l'appétit me manque.

— Et puis, attaqua-t-elle, en pur dialecte, cette maison devint une porcherie ! Vous voulez pas que je lave par terre, vous voulez pas que je lave les affaires ! Cinq jours que vous vous gardez la même chemise et le même caleçon ! Vous puez, mon bon monsieur !

— Excuse-moi, Adelina, tu vas voir, ça va passer.

— Et alors, faites-le-moi savoir quand ça vous

passe, et moi je reviens. D'ici là, un pied ici, je le mets plus. Quand vous vous sentez bien, appelez-moi.

Il sortit sur la véranda, s'assit sur le banc, posa le téléphone à côté de lui, commença à regarder la mer. Il ne pouvait rien faire d'autre, ni lire, ni pinser, ni écrire, rien. Seulement regarder la mer. Il était en train de se perdre, il le savait, dans le puits sans fond d'une obsession. Il lui revint à l'esprit un film qu'il avait vu, tiré d'un roman de Dürrenmatt, où un commissaire s'obstinait à attendre un assassin qui devait passer en un certain endroit dans la montagne, et en fait, ce type n'y passerait jamais plus, mais le commissaire ne le savait pas, il l'attendait, il continuait à l'attendre et pendant ce temps, les jours filaient, et les mois, les années…

Vers onze heures ce matin-là, le téléphone sonna. Personne n'avait encore appelé depuis le coup de fil matinal du proviseur. Montalbano ne souleva pas le combiné, il était resté comme paralysé. Il savait, avec une certitude absolue, sans pouvoir s'expliquer pourquoi, qui allait lui parler à l'autre bout du fil.

Il se força, souleva le récepteur.

— Allô ? Le commissaire Montalbano ?

Une belle voix profonde, même si c'était celle d'un vieillard.

— Oui, c'est moi, dit le commissaire, et il ne put se retenir d'ajouter : enfin !

— Enfin, répéta l'autre.

Ils gardèrent un instant le silence, à écouter leurs respirations.

— Je viens d'arriver à Punta Ràisi. Je pourrai être chez vous à Vigàta pour treize heures trente au plus tard. Si vous êtes d'accord, expliquez-moi avec précision où vous m'attendez. Ça fait longtemps que je ne suis pas revenu au pays. Cinquante et un ans.

25

Il dépoussiéra, balaya, lava le sol à la vitesse de certains films comiques muets. Ensuite, il alla dans sa salle de bains et se lava comme il ne l'avait fait qu'une seule fois auparavant, à seize ans, quand il était allé à son premier rendez-vous amoureux. Il prit une douche interminable, se renifla les aisselles et la peau des bras, et s'aspergea pour finir, à tout hasard, d'eau de Cologne. Il se savait ridicule, mais choisit son meilleur costume, la cravate la plus sérieuse, frotta ses chaussures jusqu'à ce qu'on puisse croire qu'elles étaient munies d'une lampe à l'intérieur. Puis il lui vint l'idée de mettre le couvert, mais pour une seule personne ; bien sûr, il avait maintenant une faim de loup, mais il était certain de ne rien pouvoir avaler.

Il attendit, interminablement, il attendit. La demie de treize heures passa et il se sentit mal, eut une espèce de malaise. Il se versa trois doigts de whisky sec, l'avala d'un coup. Puis, la libération : le bruit d'une voiture le long de l'allée d'accès. Il se précipita pour ouvrir le portail. D'un taxi à plaque de Palerme descendit un vieillard très bien vêtu avec un bâton dans une main et un attaché-case dans l'autre. Il paya, et pendant que le véhicule manœuvrait, jeta un regard circulaire. Il était droit, la tête haute, avait quelque chose d'impressionnant. Tout de suite, Montalbano eut l'impression de l'avoir déjà vu quelque part. Il vint à sa rencontre.

— Par ici, il y a des maisons partout ? lui demanda le vieux.
— Oui.
— Autrefois, il n'y avait rien, que les broussailles et la mer.

Ils ne s'étaient ni salués, ni présentés. Ils se connaissaient.

— Je suis presque aveugle, je vois avec beaucoup de difficulté, expliqua le vieux assis sur le banc de la véranda, mais ici, ça me paraît très beau, ça donne beaucoup de tranquillité.

A ce moment seulement, le commissaire comprit où il avait vu le vieux, ce n'était pas lui précisément, mais son sosie parfait, sur une photographie de quatrième de couverture, d'un livre de Jorge Luis Borges.

— Vous voulez manger quelque chose ?
— Vous êtes bien aimable, dit le vieux après un instant d'hésitation. Mais bon, juste une petite salade, un petit morceau de fromage maigre et un verre de vin.
— Venez par là, j'ai préparé la table.
— Vous mangez avec moi ?
— J'ai déjà déjeuné.

— Alors, si vous n'y voyez pas d'inconvénient, vous pouvez me mettre le couvert ici?

Pour « mettre le couvert », il avait employé un verbe sicilien, *conzare*, mais comme l'aurait fait un étranger qui s'efforce de parler la langue de l'endroit.

— Je me suis rendu compte que vous aviez presque tout compris, dit Rizzitano pendant qu'il mangeait avec lenteur, à cause d'un article du *Corriere*. J'ai deux fils, l'un est ingénieur, l'autre professeur comme moi, marié. Or, une de mes belles-filles est *leghista*[1] acharnée, une idiote insupportable, elle m'aime beaucoup, mais elle me considère comme une exception parce qu'elle pense que tous les méridionaux sont des délinquants, ou, dans la meilleure des hypothèses, des fainéants. C'est pourquoi elle ne manque jamais de me dire : « Vous savez, papa, dans votre région — ma région s'étend de la Sicile à Rome comprise —, ils ont tué un tel, ils ont séquestré tel autre, arrêté un troisième, mis une bombe là, et précisément dans votre pays, on a trouvé une grotte avec deux jeunes assassinés il y a cinquante ans... »

— Comment ça? intervint Montalbano. Vos proches ne savent pas que vous êtes de Vigàta?

— Bien sûr qu'ils le savent, mais moi, je ne l'ai dit

1. Membre de la Lega, mouvement séparatiste du Nord de l'Italie, xénophobe et poujadiste, remarquable par l'imbécillité de ses chefs et de ses discours. *(N.d.T.)*

à personne, même pas à ma maman regrettée, que j'avais encore du bien à Vigàta. J'ai raconté que mes parents et une grande partie des gens de ma famille avaient été exterminés par les bombes. Ils ne pouvaient en aucune manière établir de rapport entre les morts du *crasticeddru* et moi, ils ignoraient que c'était un bout de terre à moi. Mais moi, à cette nouvelle, je suis tombé malade, j'ai eu beaucoup de fièvre. Tout redevenait violemment présent. Je vous parlais de l'article du *Corriere*. Il y était écrit qu'un commissaire de Vigàta, celui-là même qui avait trouvé les morts, non content d'avoir réussi à identifier les deux jeunes tués, avait aussi découvert que le chien de terre cuite s'appelait Kytmyr. Alors, j'eus la certitude que vous aviez réussi à avoir connaissance de mon mémoire de maîtrise. Donc, vous étiez en train de m'envoyer un message. J'ai perdu du temps à convaincre mes fils de me laisser venir seul, j'ai dit qu'avant de mourir, je voulais revoir les endroits où j'étais né et où j'avais vécu dans ma jeunesse.

Montalbano n'arrivait pas à comprendre ça, il insista.

— Donc, chez vous, ils savaient que vous étiez de Vigàta ?

— Pourquoi aurais-je dû le leur cacher ? Et je n'ai jamais changé de nom, je n'ai jamais eu de faux papiers.

— Ça veut dire que vous avez disparu sans jamais avoir voulu disparaître ?

— Exactement. On vous trouve quand les autres ont vraiment le besoin, ou l'intention de vous trouver… En tout cas, vous devez me croire si je vous dis que j'ai toujours vécu sous mes vrais nom et prénom, je me suis présenté à des concours, je les ai remportés, j'ai enseigné, je me suis marié, j'ai fait des enfants, j'ai des petits-enfants qui portent mon nom. Je suis à la retraite et ma retraite est au nom de Calogero Rizzitano, né à Vigàta.

— Mais vous avez certainement dû écrire, qu'est-ce que j'en sais, à la commune, à l'université, pour avoir les papiers nécessaires !

— Bien sûr, j'ai écrit et on me les a envoyés. Commissaire, ne commettez pas d'erreur de perspective historique. Personne, à l'époque, ne me cherchait.

— Vous n'avez même pas retiré l'argent que la commune vous devait pour l'expropriation de vos terres.

— Voilà le point délicat. Depuis trente ans, je n'avais plus de contacts avec Vigàta. Parce que, quand on vieillit, les documents du pays natal servent de moins en moins. Mais ceux qui étaient nécessaires pour recevoir l'argent de l'expropriation, ceux-là, ils devenaient risqués. Je risquais que quelqu'un se souvienne de moi. Et moi, au contraire, j'en avais fini depuis longtemps avec la Sicile. Je ne voulais plus — et je ne veux plus — avoir à y faire quoi que ce soit. Si on pouvait, avec un appareil spécial, me remplacer tout le sang qui circule dans mon corps, j'en serais heureux.

— Voulez-vous faire une promenade le long de la mer ? proposa Montalbano après que l'autre eut fini de manger.

Ils marchaient depuis cinq minutes, le vieux s'appuyait au bâton mais l'autre bras, il l'avait passé sous celui du commissaire, quand Rizzitano demanda :

— Voulez-vous me dire comment vous avez fait pour identifier Lisetta et Mario ? Et comment vous avez compris que j'étais dans le coup ? Excusez-moi, mais à moi, parler en marchant m'est pénible.

Tandis que Montalbano lui racontait tout, le vieux, de temps en temps, tordait la bouche, comme pour signifier que les choses ne s'étaient pas passées ainsi.

Puis Montalbano sentit que le bras du vieux pesait plus lourd ; pris par son discours, il ne s'était pas rendu compte que Rizzitano fatiguait.

— Voulez-vous que nous rentrions ?

Ils se rassirent sur le banc de la véranda.

— Alors, dit le commissaire, me racontez-vous comment les choses se sont exactement passées ?

— Bien sûr, je suis ici pour ça. Mais ça me coûte beaucoup de fatigue.

— Je vais essayer de vous épargner. Faisons comme ça. Moi, je vais vous dire ce que j'ai imaginé et vous, vous me corrigerez si je me trompe.

— D'accord.

— Donc, un jour, début juin 1943, Lisetta et Mario viennent vous trouver dans votre villa au pied du Crasto, où vous habitez momentanément tout seul. Lisetta a fui Serradifalco pour rejoindre son fiancé, Mario Cunich, un marin du navire-atelier *Pacinotti*, qui, d'ici quelques jours, devra lever l'ancre...

Le vieux leva la main, le commissaire s'interrompit.

— Pardonnez-moi, les choses ne se sont pas passées ainsi. Et moi, je me souviens de tout, dans les moindres détails. La mémoire des vieux, plus le temps passe, plus elle se fait limpide. Et impitoyable. Le soir du 6 juillet, vers neuf heures, j'entendis qu'on frappait désespérément à ma porte. J'allai ouvrir et me trouvai devant Lisetta qui s'était enfuie. Elle avait été violée.

— Durant le voyage de Serradifalco à Vigàta ?
— Non. Par son père, la veille au soir.

Montalbano n'avait pas envie d'ouvrir la bouche.

— Et ce n'est que le début, poursuivit le vieux, le pire était encore à venir. Lisetta m'avait avoué que son père, l'oncle Stefano comme je l'appelais, car nous étions parents, son père, de temps en temps, prenait avec elle certaines libertés. Un jour, Stefano Moscato, qui était sorti de prison et avait été évacué avec sa famille à Serradifalco, découvrit les lettres de Mario à sa fille. Il dit à celle-ci qu'il voulait lui parler d'une chose importante, il l'emmena à la campagne, lui jeta les lettres au visage, la battit, la viola. Lisetta était... elle n'avait jamais été avec un homme. Elle ne fit pas de scandale, elle avait les nerfs très solides. Simplement, le lendemain, elle s'enfuit et vint me trouver, moi qui étais pour elle plus qu'un frère. Le lendemain, j'allai au pays prévenir Mario de la présence de Lisetta. Mario arriva en début d'après-midi, je les laissai seuls et m'en allai me promener dans la campagne. Je rentrai vers sept heures du soir, Lisetta était seule, Mario était retourné sur le *Pacinotti*. Nous avons dîné et puis nous nous sommes mis à une fenêtre pour regarder les feux d'artifice, c'est à ça que ça ressemblait, une incursion aérienne sur Vigàta. Lisetta alla dormir à l'étage, dans ma chambre à coucher. Moi, je restai en bas, à lire un livre à la lumière d'une lampe à pétrole. Ce fut alors que...

Rizzitano s'interrompit, épuisé, il poussa un long soupir.

— Vous voulez un verre d'eau ?

— ... Ce fut alors que j'entendis au loin quelqu'un qui criait. D'abord, j'avais cru qu'il s'agissait d'un animal qui se plaignait, d'un chien qui hurlait. Mais c'était l'oncle Stefano, il appelait sa fille. Cette voix me mit la chair de poule, parce que ce n'était pas celle d'un père à la recherche de sa fille, c'était la voix déchirée et déchirante d'un amant cruellement abandonné qui souffrait comme une bête et criait sa douleur. Je fus bouleversé. J'ouvris la porte, c'était le noir complet. Je criai qu'ici, à la maison, j'étais seul, pourquoi venait-il chercher sa fille ? Soudain, il fut devant moi, une catapulte, il entra dans la maison, un fou qui tremblait, m'insultait, insultait Lisetta. J'essayai de le calmer, m'approchai. Il me donna un coup de poing en plein visage, je tombai en arrière, étourdi. Je vis alors qu'il avait un revolver en main, il disait qu'il allait me tuer. Je commis une erreur, je lui rétorquai qu'il voulait sa fille pour la violer de nouveau. Il tira sur moi, me manqua, il était trop agité. Il visa mieux, mais à ce moment, un autre coup partit. Dans ma chambre, près du lit, je gardais un fusil de chasse chargé. Lisetta l'avait pris et, du haut de l'escalier, avait tiré sur son père. L'oncle Stefano fut touché à l'épaule, il vacilla, l'arme lui tomba des mains. Froidement, Lisetta lui ordonna de s'en aller, sinon elle le finissait. Je fus certain qu'elle n'hésiterait pas à le faire. L'oncle Stefano regarda longuement sa fille dans les yeux, puis commença à gémir, lèvres fermées, je ne crois pas que c'était seulement à cause de la blessure, il tourna le dos, sortit. Je barricadai portes et fenêtres. J'étais atterré et ce fut Lisetta qui me réconforta. Nous restâmes barricadés le lendemain matin aussi. Vers trois heures de l'après-midi, Mario arriva, nous lui racontâmes ce qui s'était passé, et il décida de passer la nuit avec nous, il ne voulait pas nous laisser seuls, le père de Lisetta allait certainement essayer de revenir. Vers minuit, un bombardement terrible se déclencha sur Vigàta, mais Lisetta resta tranquille car son Mario était avec elle. Le matin du 9 juillet, j'allai au pays pour voir si la maison que nous y avions tenait encore debout. Je recommandai à Mario de n'ouvrir à personne et de garder le fusil à portée de la main.

Il s'interrompit :

— J'ai la gorge sèche.

Montalbano courut à la cuisine, revint avec un verre et une carafe d'eau fraîche. Le vieux prit le verre à deux mains, il était en proie à un tremblement. Le commissaire éprouva une peine aiguë.

— Si vous voulez vous arrêter un peu, on reprendra plus tard.

Le vieux secoua la tête.

— Si je m'arrête, je ne reprends plus. Je restai à Vigàta jusque tard dans l'après-midi. La maison n'avait pas été détruite, mais il y régnait un grand désordre, portes et fenêtres avaient été arrachées par les déplacements d'air, des meubles étaient tombés, des vitres cassées. Je mis de l'ordre comme je pouvais, je travaillai presque jusqu'au soir. Sous le porche, je ne trouvai plus ma bicyclette, on me l'avait volée. Je partis à pied pour le Crasto, il y en avait pour une heure. Je dus marcher sur le bord de la provinciale parce qu'il y avait un grand va-et-vient de véhicules militaires, italiens et allemands. Juste comme j'arrivais à la hauteur de la draille qui conduisait à la villa, des chasseurs-bombardiers américains surgirent, qui se mirent à mitrailler et grenader. Les avions volaient très bas, ils faisaient un fracas de tonnerre. Je me jetai dans un fossé et presque aussitôt, je fus frappé avec une grande force par un objet que je pris d'abord pour une grosse pierre projetée par l'explosion d'une bombe. En fait, c'était une godasse militaire, avec à l'intérieur un pied tranché au-dessus de la cheville. Je bondis sur mes pieds, me lançai dans le chemin, dus m'arrêter pour me soulager l'estomac. Mes jambes se dérobaient, je tombai deux ou trois fois. Au fur et à mesure que dans mon dos le bruit des avions faiblissait, on entendait plus clairement des hurlements, des plaintes, des prières, des ordres, tandis que les camions brûlaient. A l'instant où je franchis le seuil de chez moi, à l'étage, deux coups de feu retentirent, à brève distance l'un de l'autre. « L'oncle Stefano, pensai-je, a réussi à entrer et a accompli sa vengeance. » Près de la porte, il y avait une grosse barre de fer qui servait à fermer. Je la pris, montai sans bruit. La porte de ma chambre à coucher était ouverte, un homme qui me tournait le dos, juste au-delà du seuil, tenait encore un revolver en main.

Le vieux avait gardé les yeux baissés, mais à présent, il regardait le commissaire droit dans les yeux :

— Selon vous, j'ai une tête d'assassin ?

— Non, dit Montalbano. Et si vous faites allusion à celui qui se tenait dans la chambre une arme à la main, mettez-vous la conscience en paix, vous avez agi en état de légitime défense.

— Quelqu'un qui tue un homme, c'est toujours quelqu'un qui tue un homme, ce que vous me dites, ce sont des formules légales pour après. Ce qui compte, c'est la volonté du moment. Et moi, cet homme, je voulais le tuer, quoi qu'il eût fait à Lisetta et à Mario. Je levai la barre et lui portai un coup à la nuque, de toutes mes forces et avec l'espoir de lui fracasser la tête. En tombant, l'homme me dégagea la vue du lit. Mario et Lisetta y étaient étendus, nus, enlacés, dans une mare de sang. Ils avaient dû être surpris par les bombes tombées très près de la maison pendant qu'ils faisaient l'amour, et ils s'étaient étreints ainsi sous le coup de la peur. Pour eux, il n'y avait rien à faire. Peut-être y avait-il quelque chose à faire pour l'homme à terre derrière moi, il râlait. D'un coup de pied, je lui relevai la tête, c'était un sous-fifre de l'oncle Stefano, un délinquant. Systématiquement, avec la barre, je lui réduisis la tête en bouillie. Alors, je devins fou. Je commençai à arpenter les pièces en chantant. Vous avez déjà tué quelqu'un ?

— Oui, malheureusement.

— Vous dites « malheureusement », et donc, vous n'avez pas éprouvé de satisfaction. Moi, en revanche, j'éprouvais plus que de la satisfaction, de la joie.

J'étais heureux, je vous ai dit que je chantais. Puis je me laissai tomber sur un siège, saisi d'horreur, d'horreur pour moi-même. Je me haïssais. Ils avaient réussi à faire de moi un assassin, et moi, je n'avais pas été capable de résister, même j'en avais été content. Mon sang, à l'intérieur de moi, était infecté, bien que j'aie essayé de le purifier par la raison, l'éducation, la culture et tout ce que vous voulez. C'était le sang des Rizzitano, de mon grand-père, de mon père, des hommes dont, au village, les gens convenables préféraient ne pas parler. Comme eux et pire qu'eux. Puis, dans mon délire, une solution possible m'apparut. Si Mario et Lisetta devaient continuer à dormir, toute cette horreur ne serait jamais arrivée. Un cauchemar, un mauvais rêve. Alors…

Le vieillard n'en pouvait vraiment plus, Montalbano eut peur qu'il lui fasse un malaise.

— Je continue, moi. Vous avez pris les cadavres des deux jeunes gens, vous les avez portés dans la grotte et les avez disposés.

— Oui. A dire, c'est facile. Je dus les porter à l'intérieur l'un après l'autre. J'étais épuisé, littéralement trempé de sang.

— La deuxième grotte, celle dans laquelle vous avez mis les corps, elle était aussi utilisée pour le marché noir ?

— Non. Mon père en avait fermé l'entrée avec des pierres, à sec. Je les ôtai et, à la fin, les remis en place. Pour y voir, j'utilisai une lampe à pile, nous en avions beaucoup à la campagne. Ensuite, je devais trouver les symboles du sommeil, ceux de la légende. Pour la cruche et l'écuelle avec les pièces, ce fut facile, mais le chien ? A Vigàta, pour Noël...

— Je sais tout, dit Montalbano. Le chien, quand on fit la vente aux enchères, c'est quelqu'un de votre famille qui l'a acheté...

— Mon père. Mais comme, à ma mère, il ne plaisait pas, on l'avait mis dans un placard à la cave. Je m'en souvins. Quand j'eus terminé et que je fermai la grotte avec la porte-rocher, il faisait nuit noire et je me sentais presque serein. A présent, Lisetta et Mario dormaient vraiment, il ne s'était rien passé. C'est pourquoi le cadavre que je retrouvai à l'étage ne m'impressionna pas, il n'existait pas, il était le fruit de mon imagination bouleversée par la guerre. Puis la fin du monde se déchaîna. La maison vibrait sous les explosions des projectiles qui tombaient à quelques mètres, mais on n'entendait pas le bruit des avions. C'étaient les navires, ils tiraient du large. Je sortis en courant, je craignais de rester sous les décombres si la maison était touchée. A l'horizon, on aurait dit que le jour pointait. Qu'est-ce que c'était, toute cette lumière ? Dans mon dos, la villa explosa, littéralement, je fus frappé à la tête par un éclat et m'évanouis. Quand je rouvris les yeux, la lumière à l'horizon était plus intense, on entendait un grondement continu et lointain. Je réussis à me traîner jusqu'à la route, j'agitais les mains, les bras, mais aucun véhicule ne s'arrêtait. Tout le monde fuyait. Je manquai me faire renverser par un camion. Ils freinèrent, un soldat italien me hissa à bord. D'après ce qu'il disait, je compris que les Américains débarquaient. Je les suppliai de m'emmener avec eux, où qu'ils aillent. Ils le firent. Ce qui m'est arrivé ensuite, je ne crois pas que ça vous intéresse. Je suis épuisé.

— Voulez-vous vous étendre un peu ?

Montalbano dut quasiment le porter, il l'aida à se dévêtir.

— Je vous demande pardon d'avoir réveillé les dormants, de vous avoir rappelé à la réalité.

— Cela devait arriver.

— Votre ami Burgio, qui m'a beaucoup aidé, serait heureux de vous voir.

— Moi non. Et si ça ne vous dérange pas, vous devriez faire comme si je n'étais jamais venu.

— Bien sûr, ça ne me dérange pas.

— Vous voulez autre chose de moi ?

— Rien. Seulement vous dire que je vous suis profondément reconnaissant d'avoir répondu à mon appel.

Ils n'avaient rien d'autre à se dire. Le vieillard regarda sa montre de si près qu'il parut vouloir se l'enfoncer dans les yeux.

— Faisons comme ça. Moi, je dors une petite heure, puis vous me réveillez, vous m'appelez un taxi et je vais à Punta Ràisi.

Montalbano tira les rideaux, se dirigea vers la porte.

— Un instant, commissaire.

De son portefeuille posé sur la table de nuit, le vieillard avait tiré une photo, qu'il tendit à Montalbano.

— C'est ma petite-fille, la plus jeune, elle a dix-sept ans, elle s'appelle Lisetta.

Le commissaire s'approcha d'un rayon de lumière. N'étaient le jean qu'elle portait et la mobylette contre laquelle elle s'appuyait, cette Lisetta ressemblait comme deux gouttes d'eau à l'autre. Il rendit la photo à Rizzitano.

— Excusez-moi, dit ce dernier, vous pouvez m'apporter un autre verre d'eau ?

**
* **

Assis sur la véranda, Montalbano formulait les réponses aux questions que posait son cerveau de flic. Le corps de l'homme de main, même si on l'avait retrouvé au milieu des décombres, était sûrement inidentifiable. Les parents de Lillo avaient cru ou que ce cadavre était celui de leur fils, ou bien que, selon la version du paysan, celui-ci avait été recueilli à l'agonie par des militaires. Mais comme il n'avait plus donné de nouvelles, il était sûrement mort quelque part. Pour Stefano Moscato, cette dépouille était celle de son tueur qui, après avoir accompli son œuvre, c'est-à-dire tuer Lisetta, Mario et Lillo, et en avoir fait disparaître les corps, était retourné dans la maison pour voler quelque chose et avait été déchiqueté par le bombardement. Certain de la mort de Lisetta, son père avait inventé l'histoire du soldat américain. Mais son parent de Serradifalco, quand il était venu à Vigàta, n'y avait pas cru et avait interrompu les rapports avec lui. Le photomontage lui rappela la photographie que le vieux venait de lui montrer. Il sourit. Les affinités électives étaient un jeu grossier en comparaison des insondables combinaisons du sang, susceptible de donner un poids, un corps, une respiration à la mémoire. Montalbano regarda sa montre et sursauta. L'heure était largement dépassée.

Il entra dans la chambre à coucher. Le vieillard goûtait un sommeil serein, sa respiration était légère, son expression calme et détendue. Il voyageait au pays des rêves, enfin libéré de bagages encombrants. Il pouvait dormir longtemps, de toute façon, sur la table de nuit, il avait le portefeuille avec ses sous et le verre d'eau. Le commissaire se rappela le chien de peluche qu'il avait acheté à Livia à Pantelleria. Il le trouva sous la commode, caché derrière une boîte. Il le prit, le posa par terre, au pied du lit. Puis, doucement, sans bruit, il referma la porte derrière lui.

Note de l'auteur

L'idée d'écrire cette histoire m'est venue pendant que, par courtoisie envers deux élèves metteurs en scène égyptiens, nous étudiions en classe *Les Gens de la caverne*, de Taufik al-Hakim.

Je trouve donc juste de la dédier à tous mes élèves de l'Académie nationale d'art dramatique Silvio d'Amico, où j'enseigne depuis plus de vingt-trois ans.

Il est ennuyeux de répéter, à chaque livre qu'on imprime, que les faits, les personnages et les situations sont inventés. Mais il paraît nécessaire de le faire. Alors, puisque j'en suis là, je veux ajouter que les noms de mes personnages naissent en raison d'assonances amusantes, sans aucune volonté maligne.

Cet ouvrage a été réalisé par la
SOCIÉTÉ NOUVELLE FIRMIN-DIDOT
Mesnil-sur-l'Estrée
pour le compte des Éditions Fleuve Noir
en février 1999

FLEUVE NOIR - 12, avenue d'Italie
75627 PARIS - CEDEX 13.
Tél : 01.44.16.05.00

Imprimé en France
Dépôt légal : mars 1999
N° d'impression : 45788